W9-AHG-231

Виктор Суворов

КОНТРОЛЬ

аст
ИЗДАТЕЛЬСТВО

Москва
2001

ББК 84(2Рос-Рус)6
С89

Художник Ю.Д. Федичкин

Печатается с разрешения автора
и его литературного агента
Andrew Nurnberg Associates Limited.

Исключительные права на публикацию книги на русском
языке принадлежат издательству АСТ.
Любое использование материала данной книги,
полностью или частично, без разрешения
правообладателя запрещается.

Суворов В.

С89   Контроль: Роман. — М.: ООО «Издательство
АСТ», 2001. — 352 с. Вып. 7.

ISBN 5-17-003172-6

Это — проверка на прочность. Безжалостная проверка
на пригодность к работе в сверхсекретных органах. Кто
сможет пройти все этапы этого жестокого испытания?

© Виктор Суворов, 1994
© ООО «Издательство АСТ», 2001

ДЕЙСТВУЮЩИЕ ЛИЦА:

Настя Стрелецкая (Жар-птица).

Холованов (он же — Дракон) — товарищ в сверкающих сапогах.

Товарищ Сталин — Генеральный секретарь ЦК ВКП(б).

Ширманов — провокатор-исполнитель.

Некто в сером.

Профессор Перзеев — теоретик людоедства.

Товарищ Ежов — Нарком внутренних дел (НКВД) СССР, Генеральный комиссар государственной безопасности.

Мистер Стентон — генеральный директор фирмы «Фараон и сыновья».

Товарищ Берман — Нарком связи СССР, комиссар государственной безопасности первого ранга, бывший начальник ГУЛАГа НКВД СССР.

Товарищ Фриновский —заместитель Наркома внутренних дел, командарм первого ранга.

Товарищ Бочаров — старший майор государственной безопасности, начальник Куйбышевского управления НКВД.

Товарищ Берия — первый секретарь ЦК Коммунистической партии Грузии.

Мастер Никанор.

Инструктор Скворцов.

Катька Михайлова — хохотушка.

Сей Сеич — спецпроводник спецвагона.

Люська Сыроежка — спецкурьер ЦК.

Севастьян — медвежатник.

Терентий Пересыпкин — майор.

Мистер Хампфри — инженер-электрик.

Вожди, охрана, обслуга, чекисты, исполнители, вертухаи, политические, блатные, бытовики, спортсмены, рабочие, крестьяне, трудовая интеллигенция, людоеды, широкие народные массы.

ПРОЛОГ

— А теперь целуй мой сапог.

Сияющий кончик сапога осторожно ткнул в лицо: целуй.

Не увернуться от сапожного сияния. Не повернуть лица. Не повернуть, потому как руки заломили за спину и все выше тянут. Понемногу. И боль понемногу скользит к тому пределу, после которого крик не сдержать.

А кричать ей вовсе не хочется.

Она так и решила: не кричать.

В былые времена, когда в парусном флоте матросов линьками пороли, каждому в зубы тряпку совали, чтоб не орал. Но прошли те славные времена. Теперь в рот резиновый мячик суют, когда расстреливают в крытой тюрьме. А если расстрел на природе, так мячик в рот не суют — ори сколько хочешь. Ори в свое удовольствие. А уж если бьют или руки ломают, то крик не то чтобы пресекают, но требуют. Крик выбивают. Мода такая. Вообще пытка без воплей — неудавшаяся пытка. Неполноценная. Как пиво без пены.

Им же хотелось, чтоб удалась пытка. Им хотелось, чтобы она кричала. Потому ее руки они легонько тянут все выше.

5

А в расстрельном лесу весна свирепствует. Бесстыжая такая весна. Шалая. Распутная. И каждая прелая хвоинка весной пропахла. Жаль, что к запаху хвои лежалой запах ваксы сапожной подмешан. Запах сапога чищеного. И сапог тот незлобно, но настойчиво в зубы тычется: ну, целуй же меня.

И голос другой, ласковый почти, подсказывает:

— Цалуй же, дурочка. Чаво тебе. Пацалуй разочек, мы тебя и стрельнем. И делу конец. И тебе не мучиться, и нам на футбол не опоздать. Ну... а то, сама знаешь, — сапогами забьем. Цалуй...

Хорошо раньше было. Раньше говорили: «Целуй злодею ручку». Теперь — сапог. В былые времена перед казнью исполняемому и стакан вина полагался. Теперь не полагается. Теперь только исполнители перед исполнением пьют.

И после.

Весь лес расстрельный водярой пропитался.

Руки подтянули еще чуть. Так, что хрустнуло. Попалась бы рядом веточка какая, то вцепилась бы она в ту веточку зубами да крик и сдержала бы. Но не попадается на зубы веточка. Только мокрый песок и хвоя прелая. А руки уже так вздернули, что дышать можно только в себя. Выдохнуть не получается — глаза стекленеют.

Чуть руки отпустили, и выдохнула она со всхлипом. Думала, что еще руки чуть отпустят. Их и вправду еще чуть отпустили, но тут-то ее и ахнуло сапогом ниже ребер. Так ахнуло, что боль в руках отсекло. И вообще все боли разом заглушило.

Новая одна большая боль потихоньку сначала просочилась в нее, а потом хлынула вдруг, наполняя. И переполняя. Хватает она воздух ртом, а он не хватается. Руки ее бросили. Они плетьми упали. Ей как-то и дела нет до своих рук. В голову не приходит руками шевельнуть. Ей бы только воздуха. Продохнуть бы. И вроде уже схватила. Только изо рта он внутрь не проходит. Тут ее еще раз сапогом ахнули. Не тем сверкающим. Сверкающий — для поцелуев. Другим ахнули. Яловым. Яловый тяжелее. Может, и не так сильно ахнули. Только от второго удара зазвенели сладко колокольчики, и поплыла она спокойно и тихо в манящую черноту.

Уплывая, слышала другие удары — редкие и тяжкие. Но было уже совсем не больно, и потому она улыбалась доброй светлой улыбкой.

Потом лежала она все так же лицом в мокрый песок, в прелую хвою. Было холодно и нестерпимо мокро. Шинель сорвали, Настю облили водой. По пролескам снег еще местами. Потому холодно на земле. Если водой обольют. Медленно-медленно она выплыла из той черноты, из которой вроде бы не должно быть возврата. Не хотелось ей возвращаться оттуда, где запахов нет, в запах подснежников, в запах весны, в запах чищеного сапога.

Но вынесло ее.

Плывет она голосам навстречу. И голоса к ней плывут:

— Блядь, на футбол опоздаем.

— Кончай ее, командир. Не будет она сапог целовать.

— Заставлю.

— «Спартачку» сегодня хвоста надрать бы...

Она в блаженство вернулась. И не хотелось ей шевелиться. Не хотелось выдавать себя, не хотелось показать, что вот она уже снова тут у их ног лежит. Они-то спешили. А она не спешила. Ей некуда больше спешить. Даже на футбол. Ей бы лежать тихо-

7

тихо и долго-долго. Мокрая ледяная одежда ей в сладость. И колючие хвоинки периной пуховой. И захотелось ей высказать неземное блаженство словами человечьими. Но получилось лишь сладостное: ахх!

А они услышали долгий стон.

— Я же говорил, не до конца мы ее.

И ударило ее, обожгло, ослепило-оглушило. Потом поняла: это они еще одно ведро выплеснули. И вновь сапог сияющий у лица: целуй.

Долго она его рассматривала. У самых глаз сапог. Потому рассматривать удобно. Ни одной трещинки на сапоге. Отполирован так, что вовсе даже и не черный, но серебряный. Так близко сапог от лица, что можно различить не только запах ваксы, но и запах кожи. Новый сапог. Поскрипывает. По рантам — хвоинки налипли и мокрого песка комочки. Великолепие сапога этим не нарушается, но подчеркивается. Голенища — стоячие. Вроде как металлические. Между головкой сапога и голенищем — складочки. Но еле-еле. Почти незаметные складочки. Начальственный сапог. Можно на носителя такого сапога не смотреть. Глянь только на сапог и опусти глаза долу — перед тобою ба-а-а-альшой начальник. А еще можно в таком сапоге свое отражение уловить.

Увидела она себя в сапоге. Поначалу даже не сообразила, кто это там синяками изукрашен, кто это ртом разбитым кривит. Потом узнала. Мысли в голове ее идут одна за одной медленно-медленно. Точно караван верблюдов в пустыне.

Интересно, каков он на вкус, этот сапог?

И вдруг запах сапога стал ее злить. Вскипая, внутренняя глубинная ярость подступила к горлу и даже слегка вырвалась еле слышным рыком. Лицо ее на **8** песке. Никто не смотрит в ее лицо. А если бы посмотрел, то отшатнулся бы, увидев, как легко и просто с современного человека, с худенькой девочки, сошли легкие наслоения тысячелетий цивилизации и осталась неандертальская девочка-людоед со страшными синими глазами. Мгновенье назад была комсомолочка с белыми косичками. Стала девочка-зверь. Взревела она ликующим победным рыком и, разогнувшись могучей пружиной, бросилась на сверкающий сапог, охватывая обеими руками.

Она бросилась, как бросается удав-змееед на трехметровую королевскую кобру: накрывая жертву сразу и полностью. Она бросилась с тем клокочущим в горле ревом, с каким юная львица бросается на своего первого буйвола. Она знала, как ломать человеческие ноги: левый захват и толчок плечом ниже колена. Человек редко распределяет равномерно свой вес одновременно на обе ноги. Чаще переминается с ноги на ногу, перемещая нагрузку с одной на другую. И важно броситься именно на ту ногу, на которую в данный момент бо́льшая нагрузка.

Ей повезло.

А еще важно, толкнув под колено плечом туда, где нервов узел, всем своим весом удержать вражью ступню на земле. Если удастся — минимум один перелом гарантирован.

Веса в ней немного. Но техника...

Ступню его она на земле удержала, и потому у самого ее уха в полированном голенище затрещали, ломаясь, кости. Он валился назад с протяжным воем. Она знала, что внезапная потеря равновесия — одна из двух основных причин панического страха. Он был сокрушен. И не боль ломаемых костей, но страх был причиной его воя.

Ей бы в этот момент броситься еще раз. На лежачего. На горло.

Горло она бы перекусила.

Но не подумала о горле.

Ей ненавистен был сапог, и именно в него она вцепилась зубами.

Туда, где чуть заметные складочки.

Ей больше не надо беречь свои зубы. Жизнь ее уже отбивала последние мгновения. Потому мысль — не о своих зубах, но о сапоге, который она должна не только прокусить, но растерзать, разметать вместе с кусками мяса по весеннему лесу. Рот ее кровью горячей переполнило. Только не знала: его это кровь или собственная.

Ее били.

Но удары эхом в теле. Без боли. Так бывает, когда на телеграфном столбе сидишь, по которому лупят кувалдой: столб дрожит, а тебе не больно.

Потом снова была звенящая тьма.

Потом она вернулась из тьмы. Но уже не свирепой неандертальской красавицей, но комсомолкой Настей Стрелецкой. Настей Жар-птицей.

Ее тащили к яме. Она знала — на исполнение. Она смеялась над ними. Она знала, что победила. Правило старое: хочешь легкой смерти — целуй сапог. Не хочешь целовать — смерти легкой не получишь. Они не сумели заставить ее кричать. Они не сумели заставить ее целовать сапог, и все же она отвоевала себе право легкой смерти. Она победила их. Она знала это. И они знали.

Ее тащили за руки, а ноги — по песку. По кочкам. По ямкам. По кореньям.

Разинула пасть могильная яма. Посыпались в яму комья мокрого белого песка из-под яловых сапог исполнителей. И увидела она разом всех тех, кого расстреляли сегодня. Теплых еще. Парит яма, отдавая весне тепло человеческих тел.

Много в яме. До краев. Все мертвые глаза разом на нее смотрят.

На живую.

Пока живую.

Угнули ей голову над ямой. Рассматривай содержимое. И корешки сосновые рассматривай, и лопаты на отвале песка, и головы, головы, головы с раскрытыми ртами, с высунутыми языками, с полуприкрытыми теперь уже навеки глазами.

И не думала она, не гадала, что уйти из этой жизни выпадет под звуки бессмертного вальса «Амурские волны». Но выпало так. Где-то далеко-далеко за березовой рощей, за лесным озером тихо струилась мелодия. И никто не слышал ее. А она слышала.

Она знала, что это именно та мелодия. Что это для нее. Что вальс гремит и зовет ее не уходить. Но она-то знала, что пришло время уходить. Уходить в кучу переплетенных мягких тел. Уходить из одуряющих запахов весны в запах спекшейся крови, в запах мясной лавки, в запах мокрого песка и сосновых корней.

А ведь все для нее так славно начиналось. Впрочем, и завершается неплохо: не забита сапогами, но расстреляна.

Расстреляна.

Главное в жизни — умереть правильно. Красиво умереть.

Всем хочется красиво жить. Но каждому все остальные мешают жить, как хочется.

А умереть красиво никто не мешает. И этим надо пользоваться. Но мало кто пользуется. А она возможностью умереть красиво воспользовалась. И удалось. А время остановилось. Застыло. Потом пошло вновь медленно-медленно. Над правым ее ухом лязгнул пистолетный затвор. Этот лязг она узнала: «Лахти Л-35».

И грянул выстрел.

А начиналось все так славно...

11

ГЛАВА 1

1

Началось все с того, что построил инструктор Скворцов парашютную команду и сказал: «Здрас-сте».

— Здрассте! — девоньки хором.

— Умеет ли кто танцевать?

— Гу, — девоньки весело.

— Все танцевать умеют?

— Гу, — ответили девоньки. Без перевода ясно: как не уметь!

— Ладно, — инструктор Скворцов говорит. — Кто танцевать умеет, три шага вперед... Шагом... арш!

Дрогнул строй девичий и отрубил три шага вперед.

Одна Настя на месте осталась. Смерил взглядом строй инструктор Скворцов:

— Мне столько не надо. Мне одна только нужна. Ладно. Кто умеет хорошо танцевать... — Скворцов сказал с упором на слове «хорошо». — Три шага вперед... Шагом... арш!

Снова весь строй три шага вперед отрубил. Одна Настя на месте так и осталась.

— Ладно, девоньки. Мне нужна та, которая очень хорошо танцует. — На этот раз упор на слово «очень». —

12   Три шага вперед.... Шагом... арш.

Еще три шага строй отрубил и замер.

А Настя одна на прежнем месте.

Тогда инструктор Скворцов к ней подошел.

— Анастасия, ты что ж это танцевать не умеешь?

— Не умею.

— Врешь.

— Вру.

— Врешь? А почему?

— Не хочу танцевать.

— А танцевать не требуется.

Обошел инструктор Скворцов ее вокруг, оглядел.

— Я же не сказал, что танцевать надо. Танцовщиц у меня полная Москва. Мне девочка нужна с координацией, с гибкостью, с быстротой движений, с точностью. Давай так, ты нам только покажешь...

— Зареклась...

— А это танцем считаться не будет. Демонстрация способностей.

— Тогда пожалуйста. Только я без музыки не демонстрирую.

— Есть музыка.

Водрузил инструктор Скворцов на табуретку патефон, накрутил ручку как полагается, поднял головку блестящую... Среди девчонок ропот: да вы на меня только посмотрите! Да я вам и без музыки!

Поставил инструктор Скворцов головку на пластинку, порычал патефон, похрипел, вроде великий певец перед исполнением, и ударили вдруг в его патефонном нутре барабаны, взвыли саксофоны, заорали трубы: трам-пам-пам-пам, трам-пам-пам-пам, пра-па, бу-бу-бу-бу-бу!!!

С первыми звуками замерла Настя, вытянулась, вдохновением переполненная, вроде электрический заряд по ней плавно прошел, вроде искры с пальцев посыпались голубые.

13

И пошла.

И пошла.

— Эге, — девоньки сказали. — Эге.

Стоят вокруг, смотрят. А некоторые и смотреть не стали. На укладку парашютов пошли.

А Настя Жар-птица чертиком заводным ритм негритянский выплясывает. И по телу ее вроде волна вверх-вниз ходит, вроде ни костей в ней, ни суставов. Как змея под дудочку. Танцует так, что с места не сходит. Но ведь и змеи на хвосте танцуют, с места не сходя. При умении сцена вовсе не требуется. Умеющему и зал танцевальный не нужен. При умении можно и на месте танцевать. На собственном хвосте.

Где-нибудь в Калькутте или в Мадрасе оценили бы. И в Чикаго оценили бы. Правда, и в Москве оценили.

— Ну, девоньки, кто, кроме Настасьи, талант продемонстрировать желает?

Никто не желает: прыжки сегодня, энергию экономить надо, не до танцев.

Смеется инструктор Скворцов. И Насте на ушко:

— Молодец. Ай, молодец. Я тебя за три парашюта продам.

2

Вечерами у Насти работа. Завод «Серп и молот». Литейный цех. Подметальное дело. Семь часов в день. В соответствии со сталинской конституцией. А парашютная секция по утрам.

— Многие думают, что главное в парашютном деле — укладка, прыжки, приземление. Чепуха. Этому, девоньки, не верьте. Дураки думают, что приземлился и делу конец. Нет, куколки мои тряпочные, после приземления самое главное только и начинается.

14

Надо парашют спрятать и с места приземления уйти. Поэтому каждый день я вас на полный марафон гонять буду. Уходя от преследования, надо уметь переплыть реку. Поэтому каждый день помимо марафона мы будем плавать километр. Бассейна у нас нет, но он нам не нужен. Москва-река — наш бассейн.

— А зимой?

— Зимой у Серебряного бора нам ледокол дорожку ломать будет.

3

Отгремела смена вечерняя. Затих цех. И раздевалки затихли. Никого. Бесконечные ряды шкафов железных. На каждом шкафу замок. Все замки — разные. Если бы нашелся какой коллекционер, то — раздолье ему, сразу бы в раздевалке одного только цеха полную коллекцию замков собрал всех времен и всех народов.

Осторожно Настя в свой шкаф железный — юрк. Как мышка незаметная. Только щелочку надо оставить. Потому как снаружи ручка есть, а изнутри не предусмотрена. Щелкнет замок, как потом из этой мышеловки выбраться? Тот, кто шкафы для раздевалок делал, никак предположить не мог, что шкаф спальней кому-то служить будет. Домом родным.

Прижалась Настя спиной к железной стенке, обняла колени руками. Голову на колени — и спит. Жаль, затекают ноги быстро. Жаль, не вытянуть их. Жаль, ночами холодно. Жаль, что халаты промасленные не греют и голова от их запаха болит. Только пустяки все это. После марафона, после плавания километрового, после парашютной тренировки (а для умеющих хорошо танцевать — еще и стрельба, и самбо, и ориентирование на местности), после вечерней смены спится хорошо даже в железном шкафу раздевалки литейного цеха завода «Серп и молот».

4

Строг инструктор Скворцов:

— Значит, так. Сейчас у нас сентябрь. Объявляю купальный сезон. Любое занятие будем начинать с купания. Один час. И так будем продолжать. Весь год. В Москве холодно не бывает. Редко-редко до минус тридцати доходит. Это у нас в Сибири холодно. А тут тепло. Всегда. Но и у нас, в Сибири, вода холодной не бывает. Никогда. Если вода холодная, то она твердеет и превращается в лед. Но в любом льду всегда можно прорубить прорубь. В проруби вода всегда теплая. Пока не затвердеет. Но мы новую прорубь к тому времени прорубим.

И еще. Запрещаю воду ногой трогать. Запрещаю рукой. Незачем ее трогать. Температуру воды на глаз видно. В лед не превратилась — значит, теплая. В воду входить быстро. От этого решительность вырабатывается. В воду входить так, как входит парашютист в пустоту. Все ясно?

— Все.

— Тогда одна минута на раздевание... пошла. А с завтрашнего дня раздеваться будем быстро.

5

Почему Настя в шкафу спит? Потому, что больше негде. Совсем недавно жила она в большой квартире. В очень большой. Но осталась одна Настя на всю квартиру. На всю Москву. На всю Россию. Квартира гулкая. Москва гулкая. Отдаются шаги в квартире. Отдаются шаги на Москве: ходят темными ночами темные люди. Стучат в двери. Вы арестованы! Вы арестованы! Вы арестованы! Вы арестованы!

Затаилась Москва. Притихла. Мертвой прикидывается. Ведет себя Москва точно так, как город Конотоп, когда шпана по улицам песни орет.

В те странные ночи ходила Настя из комнаты в комнату. В каждой все четыре стены книгами заставлены. Под потолки. А потолки раньше вон какой высоты делали. Все бы хорошо, но на двери входной Моссовет резолюцию кнопочкой приколол: «Освободить до 13.7.1936». Резолюция в полном порядке: печать с колосьями, с серпом и молотом и подпись крюком.

Куда книги девать? И вообще, что делать? Отец, красный командир, врагом оказался. Не побоялся с самим Тухачевским спорить. А кто спорит с Тухачевским — тот враг. И мать врагом оказалась. Враг без права переписки. А дед-белогвардеец всегда врагом этой власти был. Дед где-то в маленьком украинском городишке прошлое свое таит. К деду можно было иногда, тихонько, на недельку. Теперь нельзя. Путь заказан.

Много друзей было у Насти в Москве. Только после ареста отца и матери как-то дружба разладилась, а новая складываться перестала.

До 13 июля неделя оставалась, и потому сидела Настя днями и ночами, книги листала. Читала она медленно. Быстро читать ее учили, но она этому противилась. Тот, кто быстро читает, тот не водит глазами по строчкам, а ведет глазами по одной линии сверху вниз. Девять секунд страница.

Так читать Настя не хотела. У нее — свой стиль. Никак ей нельзя было объяснить, зачем **17** по странице надо глазами сверху вниз скользить. Она вообще не понимала, почему надо читать одну страницу, а потом другую. Развернутая книга — две страницы. Поэтому она всегда читала обе страницы разом, не скользя взглядом ни по строкам, ни сверху вниз, а накрывая сразу обе страницы одним взглядом. И взгляд задерживала. Нормальному человеку на две страницы требуется восемнадцать секунд, ей — целая минута.

Но в медленном чтении есть и преимущества. Восемнадцать секунд — чтение поверхностное. Текст запоминается, но только если он понятен и интересен читающему. Если же на две страницы тратить по целой минуте, то тогда усваивается и полностью запоминается любой текст независимо от того, понятен он или нет, интересен или не очень. Потом при желании любой однажды прочитанный текст можно воспроизвести в памяти.

Любая человеческая голова способна удержать полное содержание любой библиотеки мира, сколько бы миллионов томов в ней ни содержалось. Настя никогда не имела намерения запомнить содержание всех книг какой-нибудь библиотеки. Читала то, что под руку попадалось. А что читала, запоминала. Имея прочитанные книги в памяти, в любой момент могла мысленно открыть любую книгу на любом месте и перечитывать. И замечали странности за нею. То плачет без причины, то смеется. А это она про себя то Гоголя читала, то Лермонтова, а то Гашека.

А тогда в пустой гулкой комнате решила проверить, как запомнила Полевой устав ПУ-36. Книжонка махонькая совсем. 215 страниц. 385 статей. Кроме статей, запомнила Настя и то, что к уставу вроде и не относится: «Текст отпечатан на бумаге Камского бумкомбината, отпечатано в 1-й типографии Государ-

18

ственного военного издательства НКО СССР, Москва, ул. Скворцова-Степанова, 3».

Люди, которые читают быстро, чтобы наизусть запомнить книжку в 200—300 страниц, должны прочитать ее дважды. Некоторым требуется прочитать книгу трижды. А Настя запоминала все прочитанное с первого раза. Так что время, потраченное на медленное чтение, окупается. Может Настя весь ПУ-36 от начала до конца рассказать. Не своими словами, а именно теми, которыми устав написан. Может отдельные статьи вразброс цитировать. Только номер назовите. Статья 128-я: «...Искусство составления приказа требует умения выразить выпукло и категорически идею боя...» Есть статьи в уставе коротенькие совсем, как 280-я. Три строчки. А есть длинные, как 308-я и 309-я. Почти по целой странице. Но ей все равно, как цитировать. Может — по статьям, может — по страницам. Страница часто на полуслове начинается. На полуслове и кончается. Вот Настя и начинает с полуслова. Можно ее и по строчкам проверять. Всего в книге 6544 строки. Например, пятая строчка на 139-й странице звучит так: «наводкой с 800 м. Если она этим требованиям не удо-». А шестая строчка: «влетворяет, батарея по тревоге выкатывается для».

Проверила себя. Сама себя похвалила: ай да Настенька!

Только к чему все это теперь?

Книги, книги... Куда книги девать?

И решила Настя книги бросить в квартире. Те, которые любила и читала, она все равно помнит.

А те, которые не любила и не читала, зачем они ей?

Ушла из квартиры. Ушла из школы. Теперь в шкафу живет. Без книг. Мастер Никанор замечает, что Настя вечерами в раздевалке прячется. Непорядок это. Вдруг она — диверсант вражеский? **19**

Вдруг она, одна оставаясь, оборудование портит? Но добр мастер Никанор. Не гонит на улицу. Знает, что нет у Насти дома нигде, кроме как в железном шкафу...

6

Разве нельзя в Москве найти места более подходящего, чем шкаф в раздевалке литейного цеха завода «Серп и молот»?

Можно найти такое место. Но, оставшись одна на весь мир, решила Настя начинать жизнь сначала. И начинать с главного. Что у нас главное? Главное — пролетарское происхождение. Где взять пролетарское происхождение? Все в роду ее до двенадцатого колена — народ служивый, стрельцы да пушкари, уланы да гусары, драгуны и даже один кавалергард был. Оттого фамилия такая — Стрелецкая. В роду ее те, кто у трона стоял, кто трон хранил, живота не жалея, кто не раз тот трон тряс, как грушу трясут, посмеиваясь. В роду ее те, кому цари не гнушались собственноручно головы рубить. В роду ее те, кого в Сибирь в кандалах гнали, за окаянство. В роду ее те, кто из Сибири в лаптях приходил в столицы белокаменные и лапой мужичьей брал династию за белу грудь, как женщину. В роду ее те, кто в одну ночь пропивал полцарства, а еще полцарства другу дарил. На память. В роду ее те, кто уходил на край земли грехи великие замаливать. В роду ее те, кто с великой войны пришел с офицерским Георгием на шее. В роду ее и те, кто, хряснув шапкой об пол, пошел к красным в услужение, лил за них кровь, дошел до больших ромбов в петлицах и сгинул на Соловках, где прародители непокорные грехи замаливали.

20   А пролетариев в роду не было.

Признав этот факт, можно дальше было идти двумя путями. Путь первый: пролетарское происхождение себе приписать. Путь второй: открыто во всех анкетах писать: «из дворян». И в пролетариат записаться. Начать пролетарскую династию с ноля. С себя: Настя Жар-птица — пролетарий в исходном поколении.

Сидит Настя-пролетарочка в железном шкафу. Два марафона сегодня прошла, полтора километра кролем, два часа на ковре чучело шестидесятикилограммовое через себя кидала и два часа парашюты укладывала. И семь часов с метлой в литейном цехе. По расчету, должна она уснуть сразу. Но не спится. Может, сменить судьбу? Может, и без пролетарского шкафа прожить можно?

7

Ходят по Москве урки. К ним у Насти интерес нездоровый. Гордые люди. Давят их. Гнут. Кого согнуть не умеют — стреляют. Но не переводятся урки на Москве. К ним, может? Ее-то не согнут. Ее только застрелить можно. Так это пусть. Только у блатных все хорошо. Но женщина ими командовать не может. Так это или не так, Настя не знает. Но слышала такое. Насте это никак не подходит. Ей бы командовать. Если бы родилась Настя во времена Елизаветы или Екатерины, трон бы взяла. Или погибла бы в бастионе Петропавловской крепости, как княжна Тараканова.

Если нельзя женщине у блатных мечтать о великом будущем, то к блатным она не пойдет.

Есть еще сословие на Москве. Процветающее. Продавцы, официанты, все, кто вокруг торговли и распределения. Сытно живут. Хорошая работа.

Есть и еще одно сословие на Москве — писатели, артисты. Но и их ломают и гнут. Кого не согнут, тех стреляют. А кто стреляет? Вот попасть бы в ряды тех, кто всех гнет и ломает. Только ведь и их кто-то ломает и гнет. И стреляет. Потому Настя в пролетариат пошла. Пролетариат — гегемон.

Пошла бы Настя подручным литейщика — не взяли. Не бабье дело, говорят.

8

И снова отгремела вторая смена. Рванул рабочий класс за ворота заводские. Всегда так: первые через проходную вырываются, как поток, плотину прорвавший, потом поток слабеет, слабеет, потом тоненьким ручейком струится. А потом уже по одному — капельками. Самые последние долго еще тянутся. В раздевалке еще час последние переругиваются.

Утихло все. Настя — в свой шкаф. И тут же, дверку растворив, мастер Никанор:

— Тут же тебе ноги не разогнуть. Иди сюда.

— Куда?

— Сюда, сюда. У меня же в кабинке и матрас есть, и укрыться есть чем. Там и спи каждую ночь.

И прижимает ее всю, и охватывает. Жаром дышит и водкой с чесноком.

— Нет, — Настя ему. — Спасибо, Никанор Иваныч, я уж у себя.

А у Никанора глаза жеребячьей кровью налиты, дышит печью огнедышащей. Вцепился ей в плечи лапами. Не отпустит. Злость аж капельками с зубов каплет. Такому не откажи. Растерзает.

Чуть расслабила Настя плечи свои, и Никанор совсем навалился. Тут она его легонько правым коленом и двинула. Согнулся Никанор, Настю отпустил, руки туда прижал, где ноги сходятся. А это тот самый момент, о котором каждый самбист мечтает. Сцепила Настя обе кисти замком в один кулак, вознесла его выше и врубила мастеру своему по загривку. Охнул Никанор, на оба колена пал. Это совсем хорошая ситуация. Знает Настя, что бить его надо, пока на коленях. Не дать вскочить ему. А то лопатой зашибет, никакое самбо не поможет. Потому — удар еще один и по тому же месту. По загривку. Но теперь уже ногой: правое колено к подбородку и разгиб резко вниз. Ребром ступни по шее. Охнул Никанор. Тут бы ему и объяснить, что, мол, промашка вышла и не хотел он ее обидеть. И уж рот открыл, а она ему ногой в дых так двинула, что булькнуло-чавкнуло в Никаноре, и все слова разом забылись, а если бы и вспомнились, так не продохнуть, не то что слово вымолвить. А она его пяткой сверху вниз по печени или еще по какой-то внутренности чувствительной так двинула, что пошли круги зеленовато-фиолетовые. И уж ботинки обувает. Обула. Теперь тот же прием, но только ногой, обутой в большой несгибаемый пролетарский ботинок, — по внутренности чувствительной. Сообразил мастер Никанор, что не зря товарищ Сталин миллион парашютистов готовит. Не потехи ради. Не просто они там в своих кружках с парашютами сигают, но и...

Следующий удар ботинком был в левый глаз. Вроде солнце в глазу взорвалось на триллион искр. Тут же и в зубы мастер Никанор получил. Тем же ботинком. Нет, так дело не пойдет! Спокон веку на Руси закон благородства: лежачего не бьют. Коммунисты проклятые нравственность молодежную испохабили. Ишь, над лежачим измывается. Погоди! Правой лапой махнул Никанор, чтоб за ногу Настю захватить да дернуть. Но не знал Никанор-мастер, что в парашютных кружках особо хорошие танцоры и танцовщицы ценят-   **23** ся. Не знал, что хорошо танцующих особо отбирают и особо готовят. Кто хорошо танцевать умеет, у того тело гибкое, мускулатура упругая, у того реакция волчья и координация движений кошачья. У того выносливость верблюжья. Из того самбисты получаются. Увернулась Настя от лапы Никаноровой, по полу гребущей, и прием повторила: правое колено высоко вверх, к самому лицу, и разгиб прямо резко вниз. По пальцам. Чтоб граблями не махал. Взвыл Никанор. От боли взвыл. От жалости к себе. А она ему по коленной чашечке: если погонится, так чтоб далеко не гнался. Поднимается Никанор. Большой и страшный. Разорвет Настеньку. Страшно ей. И весело. Как инструктор Скворцов учил, за кисть Никанора, за правую, да кисть — на изломчик. И через себя его. Мордой об шкаф железный. Грохнул шкаф, загудел. Понимает Настя, что велика Россия, а отступать ей некуда. Потому держит Настя оборону, как Полевой устав требует: нанося короткие внезапные контрудары. Завершающий — по позвонку. Нейтрализующий. Длительно нейтрализующий. На много часов.

На заре нового радостного дня пошел Никанор-мастер к себе в будочку. Там у него и матрас есть. И укрыться чем. Пошел на четвереньках. Или как у нас это точнее выражают: на карачках. И зарекся. Парашютисток не трогать. Да и что удовольствия от такой: ни сисек, ни жирности. Ему, собственно, от нее ничего и не надо было. Подумаешь. Не хочешь, не надо. Кому она такая нужна. Да у Никанора таких полный цех. Только свистни...

9

Заходите, товарищ Холованов. Чудо покажу. Заходит товарищ Холованов в темноту балконную. Сапоги товарища Холованова так сверкают, что тьма по углам рассеялась. Раньше певчие тут на балконе пели. Теперь балкон служит складом спортинвентаря. И с балкона, с высоты, вся церковная внутренность видна. Ковер спортивный посредине, и тренирует инструктор девчонок. Хорошо церкви под спортзалы подходят. Своды высокие, хорошо дышится.

— Любуйтесь.

Любуется товарищ Холованов. Есть чем любоваться. На ковре девчонки бросают друг друга. И инструктор их бросает. И они инструктора.

— Вот на ту беленькую смотрите.

— Так я ж на нее и смотрю.

— Чувствуете разницу с остальными?

— Чувствую.

— В любой борьбе, в классической и в вольной, у нас в самбо, у японцев в дзюдо, в любых национальных единоборствах различают захват и бросок — это два основополагающих элемента. Захватил — бросил. И этим многие мастера грешат: захватил и топчется, примеряется, приноравливается, а уж потом бросает. А у нее захват от броска неотделим. У нее захват и бросок вместе слиты. В одно касание. В принципе у нее захвата нет. Сразу бросок. Причем совершенно внезапный. Мы все ждем ее захвата и броска. Вот схватит. Вот схватит. Ждем, а захват и бросок все равно внезапны. Знаете, как в лаборатории, ждешь — вот сейчас электрический разряд шарахнет. Вот сейчас. А он все равно внезапный. Смотрите, только кончиками пальцев коснулась — сразу бросок. Да какой! Не бросает, а печатает. Вот смотрите: обманное движение. Теперь — бросок. А когда захватить успела, не усмотришь. Славненько припечатала инструктора?

— Славненько.

— Еще смотрите. Обманное движение. Еще одно! Бросок! А захвата и не увидели. А вот ее бросают. Вообще ее бросают, только получив на это ее согласие. Без разрешения не бросишь. Она контрприемом с ковра выбросит. Итак, ее бросают. Обращаете внимание? Припечатали к ковру, а она на нем не лежит. Не лежит. И не встает. Она от ковра как мячик от бетона отскакивает. Как вы ее ни кидайте, она на ногах тут же. Оп! И еще — оп! Змея. Форменная змея. Как змею ни кидайте, она тут же к новому броску готова.

— Но должны быть и у нее ошибки.

— Есть. Есть, товарищ Холованов, и у нее ошибки. Этим грешат и великие мастера. Приемы она все в правую сторону проводит. Только в правую. А надо, чтоб бросала и правым, и левым непредсказуемо. Это поправимо. Дайте ей лучшего тренера Союза, через год на международные соревнования выставлять можно... Вот она снова бросает! Чудо?

— Чудо, — согласился товарищ в сверкающих сапогах. — Зачем, Скворцов, мне чудо демонстрируешь? Уведу.

— Уведете, — покорно согласился инструктор Скворцов. — Яснее дня — уведете. Но не последний же вы гад, товарищ Холованов, чтобы такое чудо из моего клуба бесплатно уводить.

— А твоему клубу парашюты нужны...

— Американские, — скромно опустил глаза инструктор Скворцов. — Знаете, парашюты с ярлычком зелененьким? Шелкопряд на паутинке.

— Знаю шелкопряда. Сам только американскими парашютами пользуюсь.

— Вот они самые.

— А ты, случаем, девочку чекистам не показывал?

— Как можно?

— А военным?

— Вам первому. Вы меня знаете. Если у вас парашютов не найдется для старого друга, то тогда я ее, конечно...

— А как прыгает?

— Красиво прыгает.

— С каких высот?

— С тысячи. С трех. С пяти. С семи.

— С кислородом пускал?

— А как с семи без кислорода?

— А затяжные?

— Стал бы я вам ее, товарищ Холованов, показывать, не проверив в затяжных. Обижаете вопросами.

— Правда никому не показывал?

— Застрелите меня тут же, товарищ Холованов, из своего леворлюционного левольверта.

— А то смотри, Скворцов. В мантульные места загоню. Ты меня знаешь. На великие стройки коммунизма.

— Все понимаю. Правду говорю, никому девочку не показывал.

— Ладно. Договорились. Завтра получишь пять американских парашютов.

— Сто.

— Так я же сказал — пять.

— Я поначалу тоже думал — пять. Даже за три собирался вам ее продать. За советских. Потом передумал. Каждый день на занятия ходит. По три часа самбо. И еще по три часа парашютной подготовки. Еще час мы плаваем каждый день. Немножко бегаем. Радиокружок, как положено. А кроме всего, она полную смену на «Серпе и молоте» вкалывает. И вроде не устает.

— Тебе-то откуда знать?

— А вы на нее поглядите. Похоже, что она по три часа в сутки спит?

— Не похоже.

— Смотрите, как троих к земле печатает! Самоцвет. Шлифовке поддается с трудом. Как алмазу и положено. Зато сверкание негасимое. После шлифовки. Знаете, как в руках огранщика камушек: долго-долго его шлифуют, и вот он р-р-раз и засветился с одного бока. Развернули другим — точат-точат, р-р-раз. Он и с другого края засветился. Так и у нас. На каждой тренировке мы в ней новые стороны открываем. И с каждой стороны — сверкание. Чекисты за нее...

— Да я ее бесплатно уведу.

— Вы же, товарищ Холованов, не последний гад.

— Не самый последний.

— Тогда сто.

ГЛАВА 2

1

У человека в сверкающих сапогах квартира на улице Горького. Большая квартира. В квартиру он заглянул на минутку. Вещи захватить. Захватил. Запер квартиру — и в лифт. Хорошие лифты в больших домах на улице Горького. А этот лифт — самый лучший. Лучший потому, что под кнопочками — замочная скважина. И никто внимания на нее не обращает. Но если вставить в скважину ключик, лифт ни на каком этаже больше останавливаться не будет и двери ни перед кем не откроет.

Простая система. Если, конечно, в кармане этот ключик иметь.

У товарища в сверкающих сапогах этот ключик оказался, и он им воспользовался.

А еще тем хорош лифт, что если вставить ключик в скважину и нажать одновременно на кнопочки «4» и «1», то пойдет лифт без остановок, проскочит первый этаж и пойдет глубже и глубже. В подземный тоннель.

Знал человек, на какие кнопочки нажимать. Нажал. Провалился лифт в недра московские. И замер. Открылась дверь. Вышел человек. Вправо — коридор во мрак, влево — коридор во мрак. И прямо коридор. Тоже во мрак. Полоснул товарищ фонариком вправо-влево и пошел прямо. Тридцать шагов — пово-

29

рот, еще сорок — и снова поворот. Дверь в стене. Дверь несокрушимого бомбоубежища. Поколдовал товарищ у двери, отошла она в сторону, оголив свою полуметровую толщину. А за дверью — обыкновенный тоннель московского метро, только не проходной, а тупиковый. И ремонтный поезд в тоннеле.

Ремонтный поезд как обычно в метро: локомотив не то дизельный, не то электрический, вагон не то почтовый, не то багажный, и платформа с какими-то механизмами. И надпись размашистая по бортам: «Главспецремстрой-12». Если к локомотиву присмотреться, если вникнуть в суть, то понять легко: локомотив и электрический, и дизельный. По тоннелям метро шастать — лучше на электрической энергии. Чтоб воздух не коптить. Ну а если в экстремальном случае, если отрубят электричество, все движение в метро остановится, а ремонтному поезду остановиться нельзя. Ему надо двигаться в любой ситуации, особенно в критической. Вот для того у него дизель. И не все ему по подземным тоннелям шататься, ремонтному поезду и на поверхности дел немало. И опять дизеля нужны. Одним словом, как на подводной лодке: под водой на электроэнергии идем, на поверхности — на дизелях.

Возле локомотива — машинисты. Обыкновенные наши родные советские машинисты. Только ростом чуть выше обычных и плечами раза в два шире. Всего только и разницы. Кивнули машинисты человеку в полированных сапогах — и к себе в кабину локомотива. Если пассажир прибыл, значит, сейчас едем. А у вагона не то почтового, не то багажного — проводник. Тоже не из слабой сотни. Странно: проводник в пассажирском вагоне бывает, а тут вагон явно не пассажирский. Он только по форме пассажирский, но окошек мало, все больше стенка стальная, а окошечко тут да там. Вагончик даже и на тюремный смахивает. У тюремного тоже окон дефицит. А вернее всего, это вагон не багажный и не почтовый, и даже не тюремный, а обыкновенная лаборатория для проверки пути. Есть такие в ремонтных поездах: по виду и форме на обыкновенный пассажирский вагон похожи, а внутри всяким оборудованием и приборами нафаршированы. Потому им окошек много и не надо.

В общем, гадать пока не будем, что это за вагон такой и что у него внутри. Потом выяснится.

А сейчас товарищ в сапогах подал лапу широченную проводнику:

— Здравствуйте, Сей Сеич!

— Здравствуйте, товарищ Холованов. Куда прикажете?

— Прикажу в Ленинград.

2

Просвистел «Главспецремстрой-12» пустыми подземными тоннелями, прогрохотал спящими станциями, выскочил на поверхность и замер на запасных путях Ленинградского вокзала среди пустых пригородных поездов. Теперь ждать утра.

3

Ровно в 8.00 из-под стальных сводов Ленинградского вокзала плавненько потянул красный паровоз караван красных вагонов с золотой полосой над окнами и надписями золотыми: «Красная стрела».

«Главспецремстрой» выждал две минуты и также плавненько —за «Стрелой». Это удобно: **31** чтобы графики движения не нарушать, пристроился за экспрессом на дистанцию двух семафоров да так за ним до Ленинграда и иди. Без остановок.

Тут возникают два вопроса.

Первый: позволительно ли какому-то ремонтному поезду втесаться в расписание и следовать прямо за «Красной стрелой»? Тут я вынужден отвечать отрицательно: какому-нибудь ремонтному поезду втесаться в расписание пассажирских поездов не позволят. Другое дело, если поезд принадлежит тресту «Главспецремстрой».

Второй вопрос: сумеет ли ремонтный поезд угнаться за «Красной стрелой»?

Ответ и тут отрицательный: ремонтный поезд угнаться за «Красной стрелой» никак не может. Это железное правило. А в правиле одно исключение: если ремонтный поезд из треста «Главспецремстрой», то он любую «Стрелу» обгонит.

Если потребуется.

4

«Красная стрела» день в пути: утром в Москве, вечером — в Ленинграде.

И «Главспецремстрой-12» — тоже.

Только у самого Ленинграда ремонтный поезд понесло не к Московскому вокзалу, а чуть в сторону. На запасные пути, к складам, к паровозным депо, к табунам пустых вагонов.

Юркнул «Главспецремстрой» в неприметный, травой заросший тупик меж двух кирпичных стен и замер. Открылась дверь вагона. Выпрыгнул товарищ на битый кирпич и — в какую-то закопченную дверь.

И был таков.

Никто его не видел. Некому тут быть меж двух стен заводских. Некому выпрыгнувшего товарища разглядывать.

А если бы и было кому, все одно не узнал бы. Потому как наш товарищ выпрыгнул не в сверкающих сапогах, не во френче и галифе, а в английском костюме фирмы «Остин Рид», в ботинках фирмы «Фамберленд», в шляпе на глаза, с плащом на левой руке, с портфелем крокодиловой кожи — в правой. И уже совсем он и не товарищ Холованов, а товарищ Беев, гражданин Болгарии, ответственный сотрудник Коминтерна.

Брошенным цехом через битое стекло и щебенку вышел он на тихую улицу, где как раз скучал амбал-таксист в большой машине с темными стеклами.

— На Финляндский.

— Понял.

Дальше его след теряется. Охотно рассказал бы, куда он поехал, но, увы, этого мне знать не дано.

Удалось выяснить только, что вновь он появился через двенадцать дней в самом красивом городе мира — в Вашингтоне. (Читатель, конечно, понимает, что краше Киева ничего в мире нет. Но Киев так прекрасен, что сравнивать с ним другие города просто нельзя. Так вот: если Киев во внимание не брать, то тогда самым красивым будет Вашингтон, а уж после него — Сидней.)

Итак, в этом самом Вашингтоне некий господин Беев стукнул бронзовым набалдашником в зеркальную дверь величественного здания штаб-квартиры концерна «Фараон и сыновья» на М-стрит. Правда, теперь господин Беев был уже не ответственным работником Коминтерна, а преуспевающим болгарским коммерсантом.

Он любил удобство во всем. Коминтерн — штаб Мировой революции, потому государственную границу Советского Союза удобнее всего пересекать с документом этого учреждения. А вот путешествовать по Америке удобнее не эмиссаром штаба Мировой революции, но преуспевающим бизнесменом. И лучше не прикидываться шведом, потому как можно нарваться. Итальянцем тоже прикидываться не рекомендуется. Любой американский полицейский может итальянцем оказаться. Выдавать себя за грека — не лучшее решение. А если за ирландца себя выдашь, то может получиться совсем нехорошо. Но много ли американских полицейских владеют болгарским языком? И если таковые окажутся, то есть господину Бееву возможность извернуться. «Да, я — болгарин, но папа и мама — русские. Бежали от проклятых большевиков» И другие есть извороты...

5

Итак, стукнул элегантный господин в зеркальную дверь, проворный привратник ее распахнул, шляпу над головой вскинул.

Поднялся господин на шестой этаж.

Он откровенно любил этажи Вашингтона. Он знал цену мраморным лестницам и бронзовым светильникам. Стиль Древнего Египта захлестнул мир. И вот величественные образцы чудо-архитектуры: колоннады как в храмах Асуана, бронзовый узор в виде широченных листьев и людей с песьими головами. Мягкий свет струится непонятно откуда. И вообще.

Открылась дверь пред ним, и он оказался в кабинете, который вполне мог служить тронным залом Рамзеса Второго.

Навстречу поднялся крепкий упругий человек и протянул руку.

Молча пожали. Ответственный работник Коминтерна, он же преуспевающий бизнесмен, он же Холованов, широко известный в узких кругах под звонким именем Дракон, протянул владельцу кабинета свою трость. Тот принял ее, внимательно рассмотрел львиную морду набалдашника. Извлек из стенного шкафа другую. Такую же. Сравнил. Вернул трость Холованову и жестом предложил сесть.

Не каждый американец свободно владеет болгарским языком. Не каждый житель Болгарии — английским. Потому они заговорили на русском. Гость свободно. Хозяин — тщательно подбирая слова и старательно их выговаривая.

— Что сделано?

— Сделано многое. 84 американских инженера завербованы и отправлены на строительство крупнейшего в мире авиационного завода в Комсомольске. 56 инженеров завербованы и отправлены на строительство танкового завода в Челябинске...

— Мы его называем тракторным, — мягко поправил гость.

— Да, конечно, — согласился хозяин. — 18 американских инженеров завербованы и отправлены на строительство танкового завода в Нижнем Тагиле, да, я помню, вы его называете вагонным заводом. Скоро будут пополнения на Воронежский и Куйбышевский авиационные заводы, на Харьковский танковый.

— Это хорошо. Кроме всего, нужны специалисты в области акустики и записи звуков.

— Специалистов было легко вербовать, когда Америка была в величайшем кризисе. Сейчас Америка из кризиса выходит...

— Вы на что-то намекаете?

35

— Все на то же. На вознаграждение американским инженерам в России...

— И вам?

— И мне.

— Американские инженеры в России живут так, как они не живут в Америке, и получают столько, сколько они не получают в Америке...

— И все же любителей поубавилось.

— Я рассмотрю этот вопрос.

— Я постараюсь акустиков найти. В Россию?

— В Россию. Но вербуйте их якобы для Швейцарии, намекая, что в России платят в три раза больше. Сделайте так, чтобы документы были оформлены на Швейцарию, но чтобы им очень хотелось в Россию.

— В пути инженеры-акустики пропадут, и концы в воду...

— Это не ваша забота. Вы завербуете и отправите их в Швейцарию. Остальное вас не касается.

— Это будет стоить дороже обычного...

— На сколько?

— Вдвое.

— Я подумаю. Но не слишком ли?

— Найдите другого.

— Ладно. Договорились. И еще. Мне нужны машины, которые называются магнитофоны.

— Сколько?

— Сорок.

— Ого.

— Сорок сейчас. Потом еще.

— Знаете ли вы, что один магнитофон стоит столько, сколько стоят двенадцать хороших автомобилей?

— Знаю.

36 — Сорок магнитофонов — это стоимость почти пятисот хороших автомобилей.

— Да, конечно.

— И десять процентов от сделки... мои?

— Как обычно.

— Хорошо. Будут магнитофоны.

— В основном мы довольны вашей работой. Вот оплата вашего труда за прошедшие месяцы. Мы очень беспокоимся о вашей безопасности и настоятельно рекомендуем вербовать американских инженеров не только для Советской России...

— Мы прикрываемся как можем. Но вербовать специалистов для других стран фирме убыточно...

— Вы опять намекаете на то же самое.

— Опять намекаю.

— Хорошо, я подумаю. И последнее. Как идет выполнение главного заказа?

— К концу 1938 года будет готов.

— Раньше нельзя?

— Раньше нельзя.

— Я плачу.

— Раньше нельзя. Если бы мы знали, что делаем, то можно бы и пораньше. Очень трудно делать сложнейшую вещь, не понимая, для чего она предназначена.

— Это действительно трудно. Но таковы условия соглашения: вы не спрашиваете, что это такое и для чего предназначено.

— А знаете, я догадался. Это своего рода ключ к какой-то очень сложной электротехнической системе, которую вы создаете там, у себя, в Советской России. Например, мистер Сталин создает запасную столицу на случай войны... Все системы связи стягивает куда-то в сторону от Москвы. Чтобы запасной столицей и ее системами связи никто не мог воспользоваться без его разрешения, он создает электротехнический прибор, который по сложности не уступает са-

37

мым совершенным шифровальным машинам мира и в то же время невелик по размерам — помещается в небольшом чемодане или даже в портфеле. В России вы не можете заказать такой прибор: враги мистера Сталина могут узнать об этом заказе, прибор украдут и используют его против мистера Сталина, взяв под контроль все системы связи страны. А в Америке вы заказываете такой прибор и не боитесь: экспертам фирмы непонятно назначение прибора, если они и догадаются, что это ключ к чему-то, они все равно не могут им воспользоваться, так как не знают, где находится та самая секретная столица со всеми ее системами связи, которые этим ключиком открываются... Я прав?

Пока хозяин кабинета говорил, гость внимательно слушал. Теперь настало его время говорить.

— Мистер Стентон, у вас в Америке есть очень хорошее выражение: любопытство губит кота...— В глазах гостя сверкнуло нечто такое, что согнало улыбку с губ мистера Стентона. — Очень вас прошу никогда никому не высказывать ваших предположений относительно наших заказов.

— Но нас тут только двое...

— Мистер Стентон, нам обоим будет лучше, если вы не будете высказывать своих предположений даже мне. До свидания.

6

В этот вечер преуспевающий болгарский бизнесмен превратился в единственного наследника сербского княжеского рода. Еще через восемь дней — в ответственного работника Коминтерна, потом в товарища Холованова, товарища в сверкающих сапогах, известного под кличкой Дракон.

7

Обратила Настя внимание: работает на ковре, бросает инструктора правым захватом, а по балкону, на котором спортивный инвентарь хранится, все чьи-то сапоги ходят. Может, и не заметила бы, да уж слишком сияние яркое.

Сегодня после занятий выходит из раздевалки в пустой коридор, а ее и окликнули.

Обернулась: стоит перед нею дядька в кожаном пальто. Хорошо, что коридор широкий, в самый раз ему плечи вместить. А то боком бы ему в коридоре стоять. Сапоги на нем те самые, которые даже в темноте абсолютной сверкают. В самый раз по лесу ночью гулять, сапогами дорогу освещая.

— Гражданка Стрелецкая, поступило заявление от мастера Никанора...

— А разве он жив?

— Вообще-то жив. Поправляется.

— Передайте, если встречу еще раз — зашибу.

— Незачем его встречать.

— Ну и хорошо.

— Меня Холовановым зовут.

— Очень приятно. Мне как раз на работу сейчас. До свидания.

— С директором «Серпа и молота» я поговорил.

— С директором? — не поверила Настя.

— С директором. Вот бумага с его подписью. Вас с должности уборщицы цеха подняли до помощника сменного мастера.

— А я ничего в производстве не понимаю.

— Ничего понимать не надо. И вообще на завод теперь можно ходить раз в месяц за по-

39

лучкой. Если времени не будет, так они на дом получку присылать будут. Руководство сборной Союза приглашает вас в команду. Профессионального спорта у нас нет и быть не может. Спорт у нас любительский, но тренироваться надо день и ночь, круглый год.

— А «Серп и молот» будет мне платить за такую работу?

— Будет. Если любитель на работу не ходит, а только тренируется, то на что же он жить будет? Поэтому наши заводы помогают любителям. Еще есть вопросы?

— Есть. Ваш пистолет — это настоящий «Лахти»?

8

Серебряный самолет. Отполирован до сверкания. Как сапоги у Хлованова. По борту красными размашистыми буквами: «Сталинский маршрут».

— Этим самолетом и полетим?

— Этим самым и полетим.

— Постойте, а вы не тот ли самый Хлованов, который на полюс летает?

— Тот самый.

— А есть еще один знаменитый Хлованов, который на мотоцикле рекорды бьет.

— Есть и такой Хлованов.

— Ваш брат?

— Нет, это я сам.

— А на коне — ваш брат?

— Нет, и на коне я сам.

— Понятно.

— Надо, Настя, в меха закутаться. Летим в Крым, но на высоте — один черт морозяка. Отопления у нас нет. И пора переходить на «ты», я человек простой.

40   — Я тоже не очень сложная.

Напарницей хохотушка попалась. С большим опытом. 215 прыжков, включая 73 затяжных.

— Значит, так, Настя. Готовили меня одну к затяжному прыжку на авиационном параде. Теперь решили нас парой бросить. Я тебя быстро в курс дела введу. Ты только меня слушайся. Смотри, прибор этот создан творческим гением советского народа и его славных конструкторов. Называется РПР-3. Взводим курки. Помещаем прибор под стеклянный колпак. Нажимаем кнопочку, откачиваем воздух. Представь, что тебя бросили с четырех тысяч, а раскрыться надо на двухстах...

— На двухстах? Кто же на двухстах раскрывается после четырех?

— На двухстах раскрываются герои. Например, я. Если боишься, сразу скажи.

— Не боюсь.

— Вот и правильно. Нечего бояться. Мы же не на советских парашютах. На американских. Но с советским прибором.

— Можно ли скорость погасить, если летишь с четырех, а раскрываешься на двухстах?

— Можно. Если раскрыться точно.

— Как же ты раскроешься точно прямо на двухстах?

— Тебе техника поможет. Повторяю еще раз. Прибор РПР-3 создан творческим гением советского...

— Про гений я поняла. Расскажи, как работает.

— Работает просто. Чем выше поднимаемся, тем ниже давление воздуха. А когда с высоты на землю опускаемся, давление возрастает. Прибор от давления воздуха срабатывает. Как только долетишь до высоты, которая тебе требуется, так он и сработает.

— Но давление воздуха меняется.

— Перед прыжком с метеорологами консультируемся и соответствующие поправки вносим.

— Ясно.

— Сейчас кладем прибор под стеклянный колпак и откачиваем воздух. Следим за показанием шкалы. Это давление на высоте четыре тысячи. Вот ты летишь. Вот давление повышается. Прошла три тысячи. Прошла две. Одну. Восемьсот. Шестьсот. Четыреста. Триста. Двести. Оп!

Хлопнул прибор. Вроде стрельнул дуплетом. Вроде пружина мощная мышеловку захлопнула. Ловко?

— Ловко. А если... не сработает?

— Дурилка ты огненная. В нем же дублирующий механизм.

— А если...

— Овечка тупорылая. Название какое? РПР-3. Создан гением. Три механизма независимо друг от друга. Ты дуплетом выстрел слышала, а их не два, а три. Иногда в два сливаются, а иногда и в один. Твой прибор опробован 567 раз, и каждый раз все три курка сработали. Не веришь — вправе вызвать инструктора и конструктора. В твоем присутствии сколько хочешь раз опыт повторят.

— А твой прибор тоже испытывали?

— 641 раз. Был один отказ. Два курка сработали, один отказал. А мне они все три и не нужны. Мне одного вполне хватит.

— И прыгала?

— Прыгала. Завтра вместе начнем. Только смотри, главное в нашем деле не хлюздить. Хлюздю на палочке катают.

42

10

С детства Жар-птица правило усвоила: только хлюздить не надо — хлюздю на палочке катают. В высших кругах девочка выросла. Папа у Насти был командиром о многих ромбах. Так вот соберутся друзья папочкины, надерутся коньячища и на язык непонятный переходят: «Молодец, Андрей Константинович, перед самим Тухачевским не хлюздишь». Откуда у больших начальников термины не армейские, понять Насте Жар-птице не дано. Спросила в школе у учительницы, у Анны Ивановны, что это за слово такое. А Анна Ивановна, интеллигентная такая женщина, брови удивленно вскинула, возмутилась: «Ах, Настенька-отличница, всей школы гордость, а вещей таких простых не знаешь. Придет время — зачалишься в кичман, простите, — в тюрягу, загремишь по зонам котелками, а языка человеческого не понимаешь. Хлюздить — бояться. Это старая феня, но как же познавать ребенку новое, если он старого не знает. И запомни, девочка, хлюздить в этом мире незачем». Затянулась Анна Ивановна беломориной, глянула в даль поднебесную и добавила: «Лучше не хлюздить, хлюздю на палочке катают».

11

Бросали с четырех.

Внизу море сверкает миллионом зеркал. Коса песчаная за горизонт. Установили курки на немедленное раскрытие.

Холованов сам в кабине. Самолет у него — Р-5. Белый шарф шелка парашютного по ветру шлейфом. Поднял на четыре тысячи. Улыбнулся.

— А ну, девоньки, на плоскости выбирайтесь. И не хлюздить. Чуть что, руками отрывайтесь.

Это и так ясно. Не первый раз инструкцию повторяют. Выбрались на плоскости.

Настя на левую. Катька — на правую.

— Готовы?

— Готовы.

— Подождите малость. Так. Пошли.

Скользнули обе с крыльев. Провалились в небо.

12

Снова бросили с четырех. На автоматическое раскрытие теперь на трех. Летят. Переполнило Настю ветром, как парус корабельный. Страшно Насте. За кольцо хватается. Оно и не кольцо вовсе. Просто называется так — кольцо. На самом деле — рамка металлическая. С тросиком. Руки в стороны положено. А Настя нет-нет да за кольцо потрогает. Тут ли оно? Оно тут. Целую вечность летели. Настя уже и не надеялась, что прибор, созданный творческим гением советских людей... а он как стрельнет. Вырвало хрустящий купол из ранца, разнесло над головой, и хлопнул он, воздухом переполнившись. Осмотрела Настя купол: хорошо наполнен. На стропах ни перехлестов, ни переплетения, ни скручивания. Теперь осмотреться: нет ли вероятности в чужой купол ногами влететь? Нет такой вероятности. Развернулась на стропах вокруг: нет ли опасности столкновения? И такой опасности нет. Катька рядом летит, хохочет:

— Завтра на двух тысячах раскрываться будем.

Раскрылись на двух тысячах. Обе рядышком.

Строг Холованов: не торопитесь. Успех закреплять надо. Десять прыжков с раскрытием на двух тысячах. Потом понемногу и ниже раскрываться будем. За компанию и Холованов с ними третьим иногда прыгает.

Вечерами после прыжков на песчаной косе жгут костер. До самого неба. Выбрасывает море чурки, сучья, бревна. Годами на берегах эти бревнышки и чурочки лежат. Сохнут. А потом попадают в костер сборной Союза. Говорят, что йодом чурки пахнут. Говорят — солью. Еще чем-то, говорят. Что бы ни говорили, а костер пахнет морем. И Настя у костра.

И вся команда тут. Песни до зари:

> Дан приказ: ему — на запад,
> Ей — в другую сторону.

А потом:

> На Дону и в Замостье
> Тлеют белые кости...

Еще пели песни свои, особые, десантные:

> Выползать на плоскость
> Со-би-рается
> С парашютом
> Чело-век.

Потом, к утру ближе, шли непристойные. Катька самая первая. Такие песни запевала, что вся сборная хохотом чаек пугала. И танцевали до рассвета. **45**

Бросили с четырех с раскрытием на двух. Хлопнул купол, и зависла Настя над морем. А у Катьки не хлопнул. Мимо скользнула Катька и вниз, вниз, вниз. В точечку превращаясь. Чем Настя помочь может? Парашют раскрыт, и никак на нем Катьку не догнать. Катьке только криком и помочь можно. И кричит Настя:

— Рви! Катька! Рви! Кольцо рви!

На земле Катька смеется. И Холованов смеется. И вся сборная смеется. Катька уже тренированная. Ей прибор не на два километра взвели, а на двести метров. Чтоб Настю пугануть.

Настя уж думала, что Катька разбилась.

Смеются все. Одна Настя в себя прийти не может. Сердце не железное.

— Ладно, ладно, Настя, будешь и ты когда-то до самой почти земли летать не раскрываясь, сама новичков пугать будешь. Иди отдыхай. Больше тебя пугать не будем. Завтра прыгаем снова с четырех, но раскрытие на километре. Это не фунт изюму. Иди, морально готовься. Не побоишься на километре раскрыться?

— Не побоюсь.

Бросали с четырех.

С раскрытием на километре.

На километре хлопнул у Катьки купол, а Настя вниз летит, превращаясь в точку. Теперь Катьке очередь кричать.

— Настюха, раскройся! Раскройся, дура! Руками рви! Руками!

Ничем не поможешь ей. Зависла Катька на парашюте — быстрее не полетишь. А Настя, не раскрываясь, — к земле, к земле, к земле. И с земли ей орут: «Рви! Настюха! Рви!»

Не реагирует.

На двухстах у нее все три автомата сработали. Хлопнул купол. Тут и земля.

Вызывает Холованов.

— Сама на двести поставила?

— Сама.

— Всех нас напугать?

— Ага.

— Но у тебя нет практики даже на восьмистах метрах раскрываться.

— Теперь есть. Сразу на двухстах.

— Это хорошо. За грубое нарушение дисциплины от прыжков отстраняю. Из сборной отчисляю.

16

Ходит по пустынной косе. Шумят волны. В небе купола. В небе планеры и самолеты.

А ей делать нечего. И ехать ей некуда. Сидит на берегу, камушки в воду бросает. Или лежит и смотрит вдаль. Как кошка бездомная. И есть ей нечего уже третий день. Кошка мышей бы наловила. А Настя мышей ловить не обучена. Потому просто сидит и в море смотрит. И никого вокруг. Зато отоспалась за много месяцев и на много месяцев вперед. Никто не мешает — ложись на камни и спи. **47**

Одеяла не надо. Тепло. Лежит. В памяти статьи устава перебирает.

Зашуршали сзади камушки. Оглянулась. Человека не видно, потому как в лучах солнца. Только сапоги видно. Нестерпимого блеска сапоги. Глаза поднимать не стала. Зачем глаза поднимать? Она и так знает, чьи это сапоги.

И говорить ничего не стала. О чем говорить?

Заговорил он:

— Ты что здесь делаешь?

— Миром любуюсь.

— Жрать хочешь?

— Нет.

— Ну и характер у тебя.

На это она промолчала.

— У меня тоже, знаешь ли, характер. И послал бы тебя к чертям. Но я за тебя сто американских парашютов отдал. Получается, я их просто пропил, промотал. Летаю в небе и все тебя высматриваю. Коса песчаная и не могла ты далеко уйти. От парашютов наших.

— Не могла.

— Тогда пошли.

— Куда?

— Прыгать.

17

Начали все с самого начала: прыгали с четырех с мгновенным раскрытием, потом с четырех с раскрытием на трех. На двух. На километре. Добрались и до двухсот метров.

48

Поначалу на четыре тысячи вывозил сам Холованов. Потом его вызвали в Москву по неизвестным делам. Вывозил помощник его. Но с Холовановым лучше было.

— Какой же дурак такого человека в самый разгар тренировок по пустякам дергает?

— Дурочка, а ты хоть знаешь, кто он такой?

— Холованов и Холованов. Рекордсмен.

— Ах, глупенькая Настенька. Холованов — личный пилот товарища Сталина. И телохранитель. Его не зря Драконом зовут.

ГЛАВА 3

1

Поле от горизонта до горизонта. Поперек поля бетонная полоса. У полосы — трибуна для вождей. Над трибуной — тент: синие и белые полосы. Вокруг трибуны — охрана.

Вожди через три дня появятся. А трибуна под охраной. Через три дня все, что с этой стороны взлетной полосы, заполнит толпа. А полоса останется свободной. И все, что за полосой, — свободным будет. Над той стороной поля истребители петли вертеть будут, туда парашютисты валиться будут отдельными снежинками и снегопадом. Воздушный парад, одним словом. Несокрушимая мощь Родины. Несгибаемые крылья советов.

А пока подготовка.

Бойцы тянут кабели. Верхолазы на столбах дятлами сидят, молоточками постукивают, репродукторы-колокольчики прилаживают. Кран-исполин с кузовов автомобильных ларечки снимает и аккуратным рядочком расставляет. «Пиво-воды», «Мороженое», «Союзпечать». Снова — «Пиво-воды». Плотники-умельцы из фанерных щитов сортир сколачивают. Сортир-гигант. Крупнейший в Европе.

Но главная забота — безопасность. Навезли из Москвы табуны чекистов. Тренировка. С виду —

просто парни в кепочках, в пиджачках, в футболочках полосатых. Вроде даже и не чекисты. Присмотришься — они.

И команда над полем: «Ра-а-а-зберись!»

Вроде толпа была, вроде орда неуправляемая, а р-р-раз — и разобрались цепочками-линеечками. Продольные людские цепочки до самого горизонта. И до другого — тоже. Еще поперечные цепочки. Цепочки людские своим переплетением квадраты образуют. Коробочки. Арматуру толпы. Нахлынет народ московский на поле тушинское, а меж народа — полосы чекистов. С севера на юг, с запада на восток. В толпе их не увидишь. А сейчас они пока без толпы тренируются: становись — разойдись. В каждой цепочке свой начальник. В каждом квадрате — свой. У каждого начальника — трубка телефонная в кармане. Когда толпа заполнит поле, каждый командир в толпе, в давке, незаметно свой телефон к подземному кабелю подключит или к ларечку «Пиво-воды», или еще к какому ларечку. Не зря к ларечкам кабели провешены.

Ближе к трибуне вождей — гуще цепи, коробочки плотнее. У самых трибун цепи совсем непробиваемые. Как фаланга Македонского.

2

Под самой правительственной трибуной — кабина комментатора. Так усажен, чтоб и самолеты видел, и парашютистов, и лицо товарища Сталина. Чтоб, значит, реагировал, если что. Рядом с комментатором место Холованова. И ему самолеты будут видны, и парашюты, и толпа, и лицо товарища Сталина. Сложные у Холованова обязанности. В лицо товарищу Сталину смотреть. И в небо. И в толпу. Еще **51** и на комментатора. На боку товарища Холованова — «Лахти Л-35». Это если вдруг комментатор взбесится и начнет всякие мерзости в микрофон выкрикивать: так чтоб долго не кричал, чтоб его сразу тут и порешить одиночным выстрелом между глаз. Еще у Холованова в руке рубильник: тот правит, у кого связь в руках. У кого связь, тот команды передавать может. Кто команды передает, тот парадом командует. Не зря товарищ Ленин в первую голову телеграф захватывать рекомендовал. Так вот связь в надежных руках. Рубильник в руках на тот случай, если враги в кабинку ворвутся и в микрофон начнут передавать толпе не те команды, какие следует. В этом случае дернет Холованов рубильник и всю систему связи одним электрическим ударом расшибет. Лучше — никакой связи, чем в руки врага отдать.

Прямо у кабинки, в которой комментатор с Холовановым сидеть будут, — три чекиста. С виду — техники микрофонные. На самом деле они для того, чтоб Холованова продырявить, если он взбесится и сам в микрофон гадости кричать вздумает. Оружие у них — под пиджаками. Оттопыривается оружие на задницах. Оружие у них — без особых претензий. На всех не напасешь заграничные «Люгеры», «Кольты» и «Лахти». Потому оружие у них — обыкновенные родные «тетешники». Ни отделки у «тетешника» элегантной, ни вида заморского. Одно хорошо: лупит мощно и точно. Надежная штука «ТТ». Никогда не подведет. Но если у одного микрофонного техника при стрельбе по Холованову осечка выйдет, так передернет затвор и тут же другим патроном Холованова успокоит. А пока он передергивать будет, Холованова пробьет восемью дырками другой товарищ. На то и приставлен рядом с первым. Ну а если и у него заедание или перекос затвора, то тогда третий товарищ из Холованова решето делать будет. Но это на самый крайний случай. А в нормальной обстановке, чуть что, они все втроем по восемь патронов в Холованова врежут, сменят магазины — и еще каждый по восемь. А пока улыбаются они Холованову. И он им улыбается. Почтительны те трое: сталинский личный пилот. С таким не шути. С другой стороны, прикажут завтра — и превратится сталинский личный пилот в обыкновенного клиента с маленьким входным отверстием в затылочной части черепа и с большим выходным отверстием в лобовой части. Может быть и наоборот. Можно к товарищу Холованову в лапы попасть и превратиться в его клиента... Потому лучше с ним пока не ссориться, а улыбаться: как дела, дорогой товарищ?

3

Идут часы. Палит солнышко беспощадное. Пылит аэродром. Тренировка продолжается. Холованов по телефону команду-циркулярку: блокируй! Это значит, из одной коробочки в другую хода никому не будет. Выпускай на север! И это понятно: в каждой коробочке выпускай людей в северном направлении, а в другие не выпускай. Отпусти блокировку! Это значит, толпа вообще присутствие чекистов ощущать не будет — ходи в любом направлении. И опять: блокируй! В южном направлении — выпускай! Так миллионную толпу контролировать можно. Тут еще рядом пикапчики стоять будут. Чуть что, через толпу вооруженную группу в любую точку аэродрома перебросить можно.

Если связь телефонная откажет, то и тогда контроль над чекистскими цепочками не нарушится. Тогда команды другим образом передаваться **53** будут. Молчаливыми жестами по цепочкам. И подражанием впереди стоящему. Рядом с комментаторской будочкой поставили детинушку. Выше него во всем НКВД не найти. Если Холованов прикажет ему сесть, сядет. Тогда все, кто его видит, тоже садятся. И все, кто их видит, сядут. А садиться зачем? Для дисциплины. Мало ли что случиться может? Мало ли какая ситуация сложится? И связи нет. Так вот выполняй команды молчаливые. Любые команды выполняй. Любые!

Выполняй, что прикажут. Потому команды из стеклянной будки так и сыплются: встать, садись, ложись, встать, садись, разойдись, становись!

Рядом по полю пустому две подружки-хохотушки гуляют. Катька и Настюха. Перед прыжком своим рекордным пришли просто на поле посмотреть, на котором приземляться. И все им смешно. Хи-хи да ха-ха. И Холованову рожки показывают.

Не понимают, что у Холованова за них душа болит. Глупые совсем. Вообще ничего не понимают. А риск немалый. Надо бы их еще как-то подстраховать.

4

Настя с Катькой все полем гуляют. Мордочки чекистам корчат. Катьке все бы хохотать. А Настя нет-нет да и вспомнит прыжок предстоящий.

— Ты, Катька, не схлюздишь?

— Да я затяжными прыгала, когда ты еще укладку осваивала. Ты бы не побоялась, раньше времени не рванула бы, не раскрылась бы на пятистах.

Попался тут Катьке в траве жук смешной. Ну такой смешной, что забыла она прыжок предстоящий и уже хохотала, не переставая.

5

— Знаете, девоньки, советская техника — лучшая в мире. Но подстрахуемся и немецкой. Помимо советского прибора РПР-3 дадим мы вам дополнительно и по немецкому прибору. Страховка хорошо, двойная лучше, тройная лучше двойной, а мы еще добавим. С другим принципом действия. С секундомером. Прибор немецкий, а часовой механизм в нем швейцарский. «Ролекс». Желаю удачи.

6

Выбрались на плоскости. Катька на правую, Настя — на левую. Улыбнулись пилоту. Тот четыре пальца в кожаной перчатке показывает: точно четыре тысячи держу. И махнул рукой.

Скользнули девочки в бездну.

7

Толпа миллионная в небо смотрит.
И товарищ Сталин.
И Холованов.

Предпоследний номер программы. Холованова ответственность. После этого массовый прыжок. Но это уже не его забота. Хорошо воздушный парад прошел. Ни сучка ни задоринки. Остался затяжной с четырех тысяч и массовый заключительный.

Все круче самолет, все круче берет. И вот выровнялся. Двигатель придержал. С земли хорошо слышно, как рокот моторный прекратился. Диктор напротив Холованова сидит, радостным голосом толпу извещает:

— Высота четыре тысячи метров над уровнем моря. Тут только и понял Холованов, что разобьются обе.

8

Скользит Настя. Рвет ее поток воздушный словно водопад горный. Весело и страшно. И все страшнее. Все сегодня не так почему-то. Чувство такое, что не так. Земля слишком быстро надвигается. Хронометр правильно тикает, и все три курка взведены, и по опыту знает, что лететь еще да лететь, но почему земля прет навстречу с такой скоростью? Главное — не хлюздить. Приборы сами все сделают. Главное — страх сдержать. Не дать страху вырваться. Но вырвался страх, как вырывается купол из ранца. И закричала Настя, как кричат во сне, когда кричишь и не кричится, когда в крике только и спасение:

— Рви! Катька! Рви!

И Катька рядом. И у нее лицо — ужас. И не кричит она — вопит: рви!

И рвет сама кольцо. И Настя рвет кольцо.

Но...

9

Для Холованова время остановилось, когда самолет площадку сделал и рокот оборвался. Растянулось для Холованова время гармошкой. Секунды в сутки превратились нескончаемые. В годы.

Резанул его диктор: НАД УРОВНЕМ МОРЯ!

56 Все просто. За исходную точку отсчета принят

уровень моря. И самолет поднялся на четыре тысячи над уровнем моря. И умные механизмы откроют парашюты на высоте двести метров над уровнем моря. И проверено все тысячу раз на песчаной косе. И та коса — на уровне моря. Может, на несколько метров выше. Но тут — не песчаная коса в Крыму. Тут Москва. Тушинский аэродром. Разве Москва на уровне моря? Из школьных учебников известно: Москва — сто семьдесят метров над уровнем моря. Это в среднем: где чуть выше, где чуть ниже. Но в любом случае высоты никак не хватает. Откроются парашюты ровно за двести метров до уровня моря, и будет поздно.

10

Смотрит товарищ Сталин на падение двух комочков и понимает...

11

Вырвал Холованов микрофон у диктора.

Трое рядом пистолеты «ТТ» на него вскинули. А он им глазами. А он им мимикой матерной: спасаю ситуацию!

По инструкции стрелять чекистам положено. Выхватили пистолеты все трое. Народ от них шарахнулся. Но ни один в Холованова не стреляет. Подсказывает чутье пролетарское: происходит что-то ужасное и только Холованов с микрофоном ситуацию спасти может. И на Сталина чекисты смотрят. Он бы им мимикой. Он бы им знаком. В момент Холованова прошили бы двадцатью четырьмя дырками.

Но молчит товарищ Сталин. Ни взглядом, ни жестом отношения не выказывает. Как статуя гранитная. Как стальное изваяние. Одно ему имя — Сталин! Нет его сейчас тут в этом мире суетном. В даль веков взгляд товарища Сталина устремлен.

Холованову же дождаться: две разобьются или одна только. Катька-хохотушка может спастись. Опытная.

Над одним комочком вырвало купол, и хлопнул он, воздухом наполнившись. Над другим тоже вырвало купол. Только не хлопнул он. Не успел.

Нажал Холованов кнопку микрофонную и тоном радостным: «А демонстрировался номер: «Катя-хохотушка и мешок картошки!» Га-га-га. Номер исполняли мастер парашютного спорта, рекордсмен Союза и Европы Екатерина Михайлова. И... мешок картошки! Га-га-га!»

Черен лицом Холованов. Диктору микрофон в зубы: продолжай! Засмеялся диктор радостно: и мешок картошки! Колокольчиком закатился.

А Холованов здоровенному чекисту: «Смейся, гад, застрелю!»

Засмеялся здоровенный уныло: Гы-гы-гы. И покатилось по чекистским цепочкам: гы-гы-гы. И по толпе: гы-гы-гы.

Холованов же — в пикапчик. И в поле погнал...

12

Купол Настя погасила за две нижние стропы. Их надо энергично и быстро на себя вытягивать. Ветра нет, потому быстро купол погас. Сбросила систему подвесную и к Катьке бегом. Катька не шевелится. Лежит как мешок с картошкой. И купол не гасит. По инструкции положено срочно купол гасить и подвесную систему сбрасывать. Но лежит Катька, инструкцию нарушает. Настя бегом к ней. Но не бегут ноги. Тащатся. Так ногами Настя приложилась, что, кажется, оба колена вдребезги разбиты и ступни вдребезги. И бедра. И позвоночник, наверное, в десяти местах переломан. Бежит Настя неуклюжим чучелом: погасила свой купол, гаси соседний — такова инструкция. А что его гасить? Он только наполнился чуть, не тугой, каким быть ему положено, а вялый, как мячик проколотый. Чужой гасить легче.

Всем телом, руки расставив, на него Настя бросилась. Купол Катькин не пружинил. Просто под Настиным весом увял, хотя и не отличается Настя весовыми показателями. Теперь купол быстро смять в комок. И подвесную систему отцепить. Чтобы тело не потащило ветром. Расцепляет Настя замки, на Катьку смотреть боится.

Тут пикапчик подскочил. Из кабины — Холованов. Катьку — в парашют да в кузов. И второй парашют туда. Настю за руку — и в кабину. Только тут он ей в лицо посмотрел. И отшатнулся. То ли лицо у Насти без улыбки, то ли не ожидал ее живую увидеть. По расчету, по логике, Насте мертвой полагается быть.

А Катьке — живой.

13

Страшная Катька.

Потеряло тело форму. Деформировано тело. Бугры и шишки везде, где не должно их быть. На глазах наливается тело чернотой. Превращаясь в один сплошной синяк.

Холованов — за рулем. Настя рядом. Взгляд немигающий. Подивился Холованов: ни слова от нее, ни слезинки. Рванул с места. Рванул от толпы. Рванул от криков.

А в небе — массовый прыжок. Тысяча парашютистов на разноцветных парашютах. Загляденье.

14

Хоронили Катю Михайлову скромно. И скрыто. Хоронили, как подобает хоронить десантников в тылу врага. Без гроба. В шелку парашютном. В неизвестном месте. Нельзя на могиле памятник ставить. Нельзя имени писать. Престиж государства — выше любых индивидуальных жертв. Только крестик на карте. А карту — в надежное место. Пройдет пятьдесят лет, наступит полный коммунизм на всей земле. Не будет больше границ государственных, все страны сольются в одну великую семью равноправных народов. И тогда вспомним мы тебя, Катя Михайлова. Через пятьдесят лет. Страшно подумать: в 1987 году. И поставим на этом месте величественный тебе памятник. Из гранита. И напишем золотыми буквами: «При исполнении служебных обязанностей... при испытании новейшей техники, созданной творческим гением... Катя Михайлова... Хохотушка».

15

Ночью Жар-птица не плакала.

Она никогда не плакала. Запер ее Холованов в парашютном ангаре. Предупредил: не показывайся. Принес одеяло, подушку, мыло, полотенце, порошок зубной, щетку, расческу, ведро воды, принес десантных пайков пять коробок. Пошутил:

— Десантник, вооруженный сухим пайком, практически бессмертен.

Не приняла Жар-птица шутку. Он и сам понял — не к месту про бессмертие.

И вот одна в огромном складе. Под сводом мышь крылатая мечется. Луны сияние в окошечке.

Обняла подушку и долго кусала губы. До рассвета. Чтоб не плакать.

И не плакала.

ГЛАВА 4

1

По трамваям московским слухи.

По рынкам. По подъездам. Спорит народ. Говорят, что ужасно смешной номер показали на воздушном параде: бросили с самолета девку с парашютом и мешок картошки — тоже с парашютом. Мешок с картошкой разбился, а девка жива-здорова. Вот хохоту было!

Но не все так говорят. Говорят, две девки было. Одна спаслась, другая разбилась. А мешок картошки заранее придуман был: если что не так, объявить, что мешок разбился. А было их две. Своими глазами видели. Одна-то опытная. Она и спаслась. А другую совсем зеленую приставили. Все хотела отличиться. Допрыгалась.

2

Положил Холованов на стол товарища Сталина аккуратную стопку листов отпечатанных. Оперативная сводка о московских слухах за неделю. Товарищ Сталин за рабочим столом. Читает. Молчит. Замер Холованов.

Каблуки вместе. Носки сверкающих сапог — врозь. Руки по швам. Строевая стойка.

Плохо, когда товарищ Сталин молчит. Еще хуже — когда молчит и сесть не предлагает. Сидит сам, шуршит страницами отчета, про Холованова забыл. Отчет — семь страниц. Потому как неделя — семь дней. 52 оперативные сводки в год. 365 страниц.

Читает товарищ Сталин, прочитанные страницы на стол откладывает. Первая. Вторая. Третья. Читает товарищ Сталин четвертую страницу, а Холованов знает, о чем Сталин именно в этот момент читает. Легко запомнить, что на каждой странице. Потому как на первой — доминирующий московский слух — о том, что парашютистка разбилась на воздушном параде. И вторая страница — о том же. И третья. И четвертая. И тэ дэ. Только на каждой странице подробностей фантастических добавляется. В первый и второй день слухи парашютистку по фамилии не называют. С третьего дня выясняется, что по фамилии парашютистка была не то Стрельникова, не то Стрелкова. Москва только о ней и говорит. К Холованову все слухи стекаются. Специальный отдел материал обрабатывает, отчет готовит, Холованов отчет подписывает и товарищу Сталину — на стол. И рад бы Холованов написать отчет о каких-то других слухах, а парашютистку вскользь помянуть. Не выйдет. Кроме холовановского отчета на сталинском столе — отчет о московских слухах из НКВД. За подписью товарища Ежова. И еще один — из ЦК. За подписью товарища Маленкова. Маленков не знает, что докладывает Ежов. Ежов не знает, что докладывает Маленков. Оба не знают, что докладывает Холованов. В принципе Ежов с Маленковым и все их подчиненные вообще не должны знать, что Холованов со своими ребятами ту же самую работу делают. А Холованов доступа не имеет к отчетам НКВД и ЦК. И еще кто-то товарищу Сталину докладывает. Помимо Холованова. Помимо ЦК. Помимо НКВД. И все — про парашютистку. Так система придумана, чтоб источники информации были независимыми друг от друга. Чтобы не было монополии. Как Холованову соврать при таком раскладе? Никак не соврешь. На фоне других докладов твое лукавство высветится. Потому все семь страниц холовановского отчета об одном слухе, который Москву переполнил от подземных станций метро до самых звезд кремлевских. (Доложили Холованову утром: вчера трое рабочих чистили красную звезду на Троицкой башне и все о парашютистке трепались... Не из одного источника информация получена, а сразу из трех независимых источников...)

При такой постановке работы поди обмани.

А товарищ Сталин завершил чтение, сложил листочки стопочкой и тут только вспомнил о человеке в сверкающих сапогах:

— Садитесь, товарищ Холованов.

Сел.

А товарищ Сталин встал. Набил трубку. Долго раскуривал. Раскурил. По кабинету заходил. За спиной Холованова. Как барс в клетке. Не слышно поступи. Мягенько лапы на пол ставит. Холованов его спиной чувствует. Зверя кровожаждущего.

— Мы готовим миллион парашютистов, товарищ Холованов. А вы перед всем миром нашу страну опозорили. Понимаю, весь мир удивить хотели. Не вышло. Ошибку вы пытались загладить. Вы правильно действовали, когда увидели, что катастрофа неизбежна. Очень мне понравилось, как вы себя вели в момент гибели парашютистки. Вы единственный, кто реагировал решительно, быстро и правильно. Что разбилась парашютистка, видели все. Но благодаря вашим действиям половина Москвы верит, что разбился мешок с картошкой. — Помолчал товарищ Сталин. —

64

Зато другая половина Москвы все же верит, что разбилась парашютистка. Поэтому мы тут посоветовались с товарищами и решили вас, товарищ Холованов, расстрелять.

— Правильное решение, товарищ Сталин, — согласился Холованов. — Мудрое и своевременное.

Товарищ Сталин телефонную трубку поднимает:

— Ежова дайте. Товарищ Ежов, Холованова надо расстрелять.

— Давно пора, — ответила трубка. — У меня на этого мерзавца двенадцать чемоданов компромата.

Положил товарищ Сталин телефонную трубку.

— Последнее вам задание, товарищ Холованов. Перед тем как мы вас расстреляем, вам предстоит слухи о парашютистке пресечь. Думали ли вы над тем, как это сделать?

— Думал, товарищ Сталин. И решил слухи не только пресечь, но обернуть в нашу пользу.

Остановился товарищ Сталин возле окна и долго рассматривал звезду на Спасской башне, на которую как раз трое рабочих забрались. Маленькие звездочки. Если снизу смотреть. Но люди на звездах — и того меньше. Букашечки. Высота, черт ее побери. На высоте только им сейчас и разговора о том, кто с высоты свалился. И никак эти слухи не пресечешь. Холованов предлагает пресечь и повернуть в свою пользу? Интересно.

— Продолжайте, товарищ Холованов.

— Отрицать то, что парашютистка разбилась, невозможно. Поэтому я дал Отделу распространения слухов приказ: все разговоры о гибели парашютистки не пресекать, а поощрять их и усиливать.

— Занятно.

— Обратите внимание, товарищ Сталин, в первые два дня говорили просто о парашютист- **65** ке, не называя по имени. Последние пять дней не просто говорят, что безымянная парашютистка разбилась, а называют ее — Стрелецкая. Ошибочно называют. Это работа моих ребят. Не отрицая факта гибели парашютистки, мои ребята направили слухи в другое русло. Где их легко пресечь. И обернуть нам на пользу. Опровергать гибель какой-то безымянной парашютистки невозможно и глупо. Но опровергнуть гибель парашютистки Стрелецкой просто. Ведь она жива и здорова. Поэтому пусть Москва пока болтает о гибели парашютистки. Но не какой-то вообще, а именно о гибели Стрелецкой! Все внимание на Стрелецкую персонально. Чем больше слухов о ее гибели, чем больше подробностей, тем лучше.

— А Стрелецкую надо спрятать, чтобы ее никто не видел.

— Товарищ Сталин, я ее спрятал немедленно после случившегося. Никто, кроме вас, меня и самой Стрелецкой, не знает, какая из двух парашютисток погибла.

— Но кто-то же видел труп той, которая действительно разбилась. Как ее? Михайловой.

— Труп Михайловой близко видели Стрелецкая и я. Все.

— Хорошо, товарищ Холованов. Хорошо.

— Так вот, если все будут говорить, что погибла именно Стрелецкая, и вдруг выяснится, что она жива и здорова, то... слух будет убит. Психология толпы такова, что никому не придет в голову вспомнить о другой парашютистке. Если кто-то вчера повторил ложный слух о гибели Стрелецкой, то завтра он будет посрамлен. Предлагаю и настаиваю, за следующую неделю слухи о гибели Стрелецкой довести до высшей точки, а потом Стрелецкую показать.

66 — Где?

— Только не в прессе. Будет подозрительно. Показать ее там, где ее знают и помнят. На заводе «Серп и молот». А уж потом и в прессе. Так, невзначай.

Снова поднял товарищ Сталин телефонную трубку:

— Ежова дайте. Товарищ Ежов, мы тут посоветовались с товарищами и решили Холованова пока не расстреливать.

3

— То-ва-ри-щи! Сегодня перед нами выступает наш знаменитый полярный летчик, мотогонщик мирового класса, наездник высшей квалификации, парашютист тоа-а-а-варищ Холованов!

Показалось, что обвалился потолок цеха и мостовой кран. Овация бушевала, пока ладони не отшибли. Выходит Холованов, да не в полярной куртке, не в унтах, как следовало бы полярным летчикам выходить, а в рубахе красной шелковой, на шелковом же шнурочке, в сапогах сверкающих, пиджак внакидку. На пиджаке орденов ряд. Понимает Холованов, что народ его ждал в меха упакованного, несмотря на август. Так в народном представлении летчик полярный рисуется — и белый медведь рядом. И, понимая это, пошел Холованов не в том, в чем ожидали, и тем народу угодил. Неожиданность больше внимания притягивает. Особенно женской половине рабочей силы рубаха его красная понравилась. Заплескали руками. И мужикам понравился Холованов за плечи шире шкафа, за рост, за ручищи, которыми коня за задние ноги ловить, за легкость походки. Не вышел Холованов на помост — вспорхнул. Вроде веса в нем нет. И шажищами по помосту — бум-бум. Думали, до средины дойдет, остановится, бумагу вынет. Нет! Дудки! Не так. Холованов

67

только на помост взлетел — и уж историю рассказывает. Идет — говорит. Говорит — вроде песню поет и вроде сам себе на гуслях подыгрывает. А голосище — гудок заводской: хоть арии петь, хоть дивизией командовать. Еще до средины помоста не дошел, а уж народ до слез уморил. Шутками, как искрами сыплет. Из породы искросыпительных. Искрометных.

Ухватил Холованов внимание толпы, точно кобылицу строптивую за узду. Не выпустит. А народу нравится. Нравится народу, когда сила в человеке. Когда сила через край. Согнет руку в жесте рубящем, а под шелком алым шары стальные катаются. А шеяка, что у вашего бугая. Такая шеяка, что ворот лучше и не застегивать, один черт не застегнешь. А еще чувствует народ, что силищи душевной в этом человеке и того больше. Так и плещет. А Холованов с толпой, как со зверем — то ласкает, то плетью врежет; то шутки-прибаутки, а то как завернет про происки врагов. Мигом толпа суровым гневом наливается. То про политику партии любимой — тут ему овация, вроде он сам и есть вся партия. Хлопают ему так, как хлопали бы партии родной, которая народ к светлым горизонтам ведет. А он — про самого любимого из людей, про того, кто ночами не спит, за народ болеет. Тут уж зал — в истерику. А он с высоких нот да снова в шутки. Рассказывает, а в ответ ему то взрыв хохота, то аплодисмент, аж окна звенят. И снова хохот. Веселый товарищ. Толковый.

Рассказал много. Про самолеты, про лошадей, про мотоциклы, про медведей полярных: тут уж из цеха выносили тех, кто до икоты смеялся, до нервного вздрагивания. А больше всего рассказывал — про парашюты.

Завершил. Сам уморился. Сам смеется. Лоб платочком атласным вытирает.

68 — Вопросы есть?

Взметнулись руки над толпою, словно копья над ордою чингисхановой.

Холованов ручищей знак старому деду, который в этом цехе, наверное, еще со времен Александра Второго, мол, ваш вопрос, дорогой товарищ дед.

Откашлялся дед степенно, усы разгладил:

— А скажикась мне, сынок, когда с небес парашютисты валятся, головы у них не крутятся?

— Нет, — рубанул Холованов. — Нет, отец, головы у советских парашютистов никогда не крутятся! — Громыхнул аплодисмент за такой ответ. — А вот жопы — другое дело. Жопы крутятся.

Тряхнуло цех от фундамента до крыши. Голуби на дворе с карнизов сорвались, точно как при пушечном выстреле срываются. И долго люди по полу катались. Не все. Только кому повезло. Не каждому выгорело по полу кататься, потому как встать некуда. Люди на станках стоят, карнизы облепили вместе с голубями и мостовой кран. Двое даже на крюке покачиваются, точно мартыны на древесах.

Шутку надо так сказать, чтоб в масть. Скажи кто другой, ну посмеялись бы. А тут шутит герой полярный в сапогах сверкающих, при орденах боевых, в торжественной тишине. Хорошо шутит. По-нашему. По-рабочему.

Одним словом, смеялись бы и дальше, если бы Холованов не протянул руку к парню с наглой мордой, мол, ваш вопрос, дорогой товарищ.

А тот и ляпни:

— Все у вас складно, товарищ парашютист, а вот у нас тут в цехе Настенка Стрелецкая полы мела, заманили ее красивыми словами в парашюты ваши. Нет ее больше, Настёнки.

Замерла толпа на полдыхании. Голубь под крышей крылами бьет — слышно. Год на дворе — одна тысяча девятьсот тридцать седьмой. Наглости такой... Заморозило зал. В ледяные глыбы толпу обратило. Оцепенели разом все.

«Провокатор», — совсем тихо, глядя под ноги, вроде сам себе сказал некто в сером. Тихо сказал, но услышали. А он громче повторил: «Провокатор». И вдруг дурным взвопил голосом: «Провокатор!»

И первым на провокатора — когтями в морду. Словно крючьями. И все вокруг стоящие — на провокатора. Рви его!

И разорвали бы.

Но протянул Холованов руку:

— Стойте! Если виноват гражданин, так не терзать его, аки барс свою жертву терзает, но доставить куда следует! Разобраться, с кем связан, кто его подослал, кто его подучил провокационные вопросы задавать, кто ему деньги платит. Рвать сорняк, так с корнем! И вообще. На чью мельницу воду льете, гражданин!? Приказываю! Рядом с ним стоящие, сомкнуть кольцо! Чтоб ни один волос с его головы не упал. Сейчас завершим митинг, я этого субчика сам на своей машине доставлю куда следует.

Сомкнулись вокруг наглеца передовые сознательные рабочие. Стеночкой в четыре стороны. Квадратом непробиваемым. Коробочкой.

— Советский суд вынесет вам меру. Только кто вам, гражданин провокатор, сказал, что Настя Стрелецкая разбилась?

А он, с мордой изодранной, эдак надменно подбоченясь:

70   — Да вся Москва говорит!

Тут уж к нему бросились со всех сторон: бей гада!

Но те, которые вокруг наглеца коробочкой, проявили сознательность — прикрыли.

И Холованов толпе:

— Нельзя его убивать! Убивая провокатора, мы тем самым мешаем следствию. И еще: вот кричите все, а ведь и среди вас есть такие, которые поверили слуху, что Настя Стрелецкая разбилась. Я вам, товарищи, честно признаюсь, тоже грешен. Наслушался всяких разговоров и сам нос повесил. Хорошая девушка. Да многие же ее тут знают. И я ее знаю. Прыгали вместе. Потому как услышал про смерть ее, приунал. А она в это время выполняла ответственное правительственное задание. Не могу сказать, какое. Тайна государственная. Но верю, что скоро наградят ее. Самым что ни есть важным орденом. А вчера аэродромом иду, и что вы думаете? Настя Стрелецкая с парашютом — навстречу. Ты ж, говорю, разбилась, а она смеется!

Молчит цех. Молчит, в тысяче глаз укор: провокатора мы разорвем в клочья, если будет на то ваша воля, товарищ Холованов. И вам бы самому первым на провокатора броситься и застрелить его. Чтоб народ не мутил. Но обманывать нас не надо. Сами видели: разбилась девка. И знали ее тут в этом цехе многие. Провокатора убить — ваше право, товарищ Холованов, а врать народу не к лицу. Даже полярному герою.

— Ладно, — Холованов говорит. — Москва слезам не верит и словам не верит. Знал, не поверите. Потому Настю Стрелецкую с собой привез. Настюха, а ну иди в цех родной. Покажись народу.

И вышла Настя.

Ахнул цех единым ахом.

Заорал народ, затопал, руками заплескал.

— Настюха! Ты ли это? Н-Настенька! Настась Андревна, гордость ты наша парашютная! Краса ненаглядная! Загордилась, в цех родной не показывается! Вот она! Глядите на нее! А ведь что гады болтали!

Хохотали и хлопали. Хлопали и хохотали. А тетки дородные, так те и заплакали: дурочка она и есть дурочка, сейчас спаслась, так в следующий раз разобьется. Дурочка поднебесная, а все одно жалко.

А Холованов руку вскинул:

— Товарищи! Вот вам пример коварства вражьего: «Вся Москва говорит». А вы уши развешивайте! А вы верьте больше! Где ж наша бдительность революционно-пролетарская? Когда враг открыто говорит, возмущаетесь все. А если тот же враг по трамваям в уши шепчет, так слушаете. Правду говорю?

— Правду, — дружно согласились.

— Этот мерзавец вам тут шептал, а его никто не остановил, никто ему язык не вырвал!

— Да мы его, товарищ Холованов, впервой видим! Не наш он.

— Значит, заслан! Держите там?

— Держим! — ответили сознательные рабочие в тридцать глоток.

— Наш революционный долг — не допустить, чтобы такие молодчики, как он, наши головы дурили. Наш долг — провокаторов и шептунов — к стенке! Ведите сей же час его в мою машину. Да стерегите. Вместе куда следует доставим.

— Доставим! — тридцать глоток ответили.

— А вам всем, дорогие товарищи рабочие завода «Серп и молот», советские парашютисты просили передать пламенный привет прямо из-под самого из поднебесья!!!

В машину водитель дверку открывает. Холованов с Настей на заднее сиденье садятся. У Холованова в руках «Лахти Л-35» — на провокатора наставлен. Повязан провокатор ремнями брючными, веревками, цепями — всем, что под руку попалось, в ноги Насте и Холованову брошен. Подножки автомобиля — сознательными рабочими облеплены. И вторая сзади машина ими же перегружена. Для охраны.

Выехали с завода без труда — в честь приезда Холованова милиции было много, — толпу оттеснили, машины пропустили.

Отъехали.

Холованов свой «Лахти» в кобуру прячет. Кобуру застегивает. Сознательные рабочие провокатора развязывают. Трет он руки отекшие. На среднее сиденье полез, обтирая платочком грим с лица. Ему с подножки некто в сером:

— Товарищ Ширманов, я вам харю не сильно покорябал?

— Ладно уж. — И к Холованову: — Ну как я вам вопрос, товарищ Холованов?

— Хорошо, Ширманов. Хорошо. И ребята твои хорошо работали. Всем им от моего имени — один дополнительный выходной.

Слухи по Москве: заслал Троцкий из-за кордона банды шептунов-брехунов. На один только «Серп и молот» — сто. Врали шептуны такое — уши вянут. Говорили, будто власть советская девку живую без парашюта бросала из-под самых небес. А девка жива-здорова. Стрелкова. Или Стрелина. Шептунов вчерась ночью брали. На «Серпе и молоте» всех, у кого язычок больше стандарта, выловили. Двести их было. Точнее — двести пять. Пятерых парашютист Холованов прямо на заводе поймал. Летел на полюс. Дай, думает, прыгну на завод да одного бреху́на поймаю. И что же вы думаете? Прыгнул с парашютом и — хвать одного. Хвать другого. За полчаса — пятерых. Связал всех одним парашютом... А других ночью брали. Но тех уже обычным порядком. С кроваток. Тепленькими.

И по другим заводам брали. Три тыщи. Или четыре. Поделом.

6

Летний день отшумел. Закат. Сосны. Дача. Длинный стол. Скатерти и салфетки накрахмалены до хруста. Серебро. Хрусталь. Букеты гладиолусов как салютные разрывы. Большой толстый повар оглядывает стол в последний раз. Придирчив. Официанты — в безостановочном движении. Есть такой жук водяной на длинных лапках — не знаю, как называется, — вода под его лапками прогибается, но сам он в воду не проваливается. И по воде не бегает, а скользит. Именно так работают официанты у праздничного стола. Скользят. На длинных лапках.

Чуть в стороне — вожди. Ждут почтительно. Ждут товарища Сталина. Он тут. На лужайке. Но он, видно, забыл, что стол накрыт. И медленно ходит до самого леса и обратно. Рядом с ним — девчонка-парашютистка. Настя Жар-птица. Товарищ Стрелецкая. Она что-то доказывает. Сталин слушает. Возражает. Соглашается. Никто не смеет их беседу прервать. А они снова от дачи к лесу пошли. Разговор серьезный. Разговор о парашютном спорте. О массовой подготовке парашютистов для грядущей освободительной войны. Нужны парашюты. Нужно много парашютов. Нужны специальные парашютные заводы. И фабрики шелко-прядильные нужны. И парашютные склады. Совсем не просто парашюты хранить. Температура, влажность и все такое. И сушилки парашютные нужны. И ремонт-ные парашютные мастерские. Нужны новые парашют-ные клубы. Нужны десятки тысяч инструкторов. Нужна транспортная авиация. Нужны пикирующие бомбарди-ровщики, которые внезапным ударом подавят аэродро-мы противника и откроют путь тяжелым транспортным самолетам. Миллион парашютистов. А кроме многоты-сячных десантных бригад, дивизий и корпусов, нужны небольшие элитные десантные подразделения, которые будут резать людишек аэродромных еще до налета на-ших пикирующих бомбардировщиков, до нашего пер-вого удара, до начала войны. Элитные женские подразделения? Конечно, женские! Тонкую работу жен-щина лучше сделает. Одно дело, перед началом войны в районе вражеского аэродрома появятся огромные мужи-ки с пулеметами, всю округу перепугают. Другое дело — тоненькие девушки. Броневой кулак — в перчатку бархат-ную. Маскировка. Как Полевой устав требует. ПУ-36. Миллион мужиков — потом. После подавления аэро-дромов, а сначала...

И вдруг вопрос Сталина:

— Вы были подругами?

Аж дыхание у нее перехватило. Понимает Настя, что это он про Катьку. Вспомнила Катьку-хохотуш-ку, и вдруг глаза ей слезами переполнило. Понимает, что если расплачется тут сейчас, то ее про-стят. Может, и вопрос такой, чтоб расплакалась. Чтоб облегчила душу. И совсем ей не хочется тут плакать. Потому ресницами старается быстро-быстро моргать. И знает: только выговори слово одно сейчас — и все. И не сдержать слез. Потому Настя слов никаких не произнесла. Просто головой кивнула. Губы закусив. Мимо него глядя. Слегка так кивнула. Потому как сильно не кивнешь. Потому как голова должна быть высоко поднята. Смотреть надо всегда на вершины деревьев, тогда гордый такой вид получается. И еще надо на вершины деревьев смотреть и сильно головой не кивать, когда надо слезы на кончиках ресниц удержать. Так что она даже и не кивнула, а больше видом показала, что да, подругами были. А глаза — выше и в сторону. И знает, что если вот он ее сейчас возьмет легонько и прижмет к своему плечу, вот уж тогда на этом плече она и расплачется.

В стороне, у стола (к столу не подходя) — лучшие люди страны. Товарищ Молотов. Товарищ Микоян. Товарищ Хрущев. Товарищ Ежов. Еще какие-то товарищи. Понимают они, какой там сейчас разговор. Потому не прерывают. Потому не смотрят на лужайку, по которой Настя со Сталиным ходят. Но все видят. И понимают, что именно в этот момент — про Катьку. Зачем он про Катьку? Лучше бы про аэродромы. Она бы и рассказала, что в первый момент войны, вернее, за несколько минут до ее начала, резать надо охрану аэродромную. И зенитчиков аэродромных. И на рассвете пилотов спящих резать. Еще связь в районе аэродромов резать надо, тогда их истребители не взлетят и наши бомбардировщики будут бомбить беспрепятст...

Но его это уже меньше интересовало. Он взял да и тихонечко прижал ее к своему плечу.

Тут она и расплакалась.

Долго гремел ужин. Было много вина. Было много шуток. Она сидела по правую руку от Сталина и все смотрела на него. Она видела его совсем близко. Рядом. С благодарностью смотрела. Он ведь ее про парашютные дела из вежливости спрашивал. Знает он парашютные проблемы лучше любого инструктора. Знает, что наш советский парашют лучше американского. Конечно, лучше. Но знает все и про американский парашют с зелененьким ярлычком: с тутовым шелкопрядом на паутинке. Знает, что почему-то советские летчики и парашютисты за один парашют с зеленым ярлычком готовы отдать семь советских парашютов. Цена такая — семь. Знает он эту цену.

Понимала она, что нельзя сидеть и все на него смотреть. Потому смотрела на всех. А потом так быстренько — на него. Чтоб никто не видел.

Он был первым, кто сообразил, что ей поплакать надо. В данный момент. От чувств избытка. Ну и пожалуйста. Вот тебе мое плечо. Даже не успокаивал. Реви на здоровье. Навзрыд. Гости подождут.

Подождали гости. И ужин не очень задержался.

Какая-то тетка добрая, с виду экономка, увела Настю. Умыла. Воды дала холодной попить. Хорошая на сталинской даче вода. Холодная и вообще особая какая-то. И вот снова — рядом со Сталиным. Он вина предложил. Отказалась: не пью, товарищ Сталин. Не настаивал. Всех остальных, да. Остальных, мягко говоря, принуждал: а ну, товарищ Ежов, что это на вашем краю стола все рюмки пересохли?

Вором багдадским закрался синий вечер на сталинскую дачу. Шума больше. Хохот. **77**

Музыку завели. Фонари зажгли на веранде. А официанты скользят машинами неустающими. Вроде на коньках мимо проносятся. С легким свистом. Товарищ Калинин Михал Ваныч все на Сталина поглядывает. А Сталин нет-нет да и покажет ему, что, мол, не время еще.

Пропало разом со стола все, что на нем было. Сдернули официанты верхнюю скатерть. Под ней — другая. Тоже слепящая. В темноте голубой и скатерть голубой видится. Десерт. Расставили официанты что положено и пропали все разом. Вроде не было их никогда ни на даче, ни на ближних подступах к ней, ни на дальних. Товарищ Сталин товарищу Калинину знак: пора. Товарищ Калинин только того знака и ждал. У него сразу в руках коробочка красная неизвестно откуда.

Поднялся Сталин. Затихли все. Даже кузнечики на лужайке все разом стрекотать перестали.

— Мы тут с товарищами посоветовались, да и решили парашютистку нашу наградить орденом Ленина. Товарищ Калинин...

Михал Ваныч улыбается, орден вручает. Руку пожал. Потом не сдержался, обнял, прижал к себе: носи, доченька, заслужила.

Обступили Настю со всех сторон. Поздравляют, руку жмут. Оказалась Настя в кольце.

В стороне — только Сталин. Немедленно рядом с ним — Холованов. Откуда появился, никто объяснить не может. Я и сам, откровенно говоря, не знаю, откуда. Просто взял и появился. Это в его характере — появляться из ниоткуда. И сказал ему товарищ Сталин тихо, так, чтобы никто другой не услышал:

78   — В контроль.

ГЛАВА 5

1

У машины длинный-предлинный мотор. Фары — как прожекторы на крейсере. На переднем сиденье — водитель и начальник охраны. Переднее сиденье открытое — это чтобы начальник охраны по сторонам смотреть мог и назад, чтобы машинам охраны сигналить в случае чего. Из открытого пространства и стрелять сподручно. А салон закрыт. Салон как карета княжеская: по полу не то ковер, не то белая мягкая шкура, стенки, сиденья, занавески — пепельного цвета. Обивка атласная, стеганая. Умеет Америка внутренность автомобильную отделывать. Такой толщины стекла и занавески, что шум московский по ту сторону окна остается.

Народный комиссар внутренних дел, Генеральный комиссар государственной безопасности Ежов Николай Иванович вытянул ноги. На сталинской даче обед завершился в половине четвертого. Скоро рассвет. А у Николая Ивановича рабочий день продолжается. Допросы до полдня. Потом короткий сон, вечером бал и совещание во время бала.

Он расстегнул воротник с двумя огромными маршальскими звездами, чуть отпустил ремень и сказал водителю в переговорную трубу:

— В Суханово.

2

Коробочку от ордена и орденскую книжку Настя в карманчик спрятала, а орден в руке зажала. Так его и привезла в парашютный клуб. И никому не показала. Только сама любуется, пока никого рядом нет. На руке держишь, вес чувствуешь: основной металл — золото, ленинский профиль — платина. Сделан орден просто и скромно. И красиво. Днем красиво и ночью в лунном свете. Устроилась Настя на списанных парашютах, а уснуть не может. Так орден повернет. Эдак. Сверкает золото. Венок золотых колосков — множество граней. Каждая отдельно сверкает. А у платины свой особый блеск, совсем не такой, как блеск золота. Положила Настя орден рядышком и вдруг поняла, что без Сталина коммунистической власти не прожить. Если Сталина убьют (ей как-то в голову не приходило, что он сам умереть может), то власть понемногу, а потом все скорее начнет загнивать и рассыпаться. И решила она...

3

Николай Иванович Ежов прислонился лбом к холодному стеклу. Проклятый Сталин-Гуталин каждый раз заставляет пить. Голова кругом. Это скоро пройдет. Голова пройдет, и Гуталин не будет больше заставлять.

4

По клубу парашютному — слух. Не было Стрелецкой несколько дней — все ясно. Потом появилась. К самому рассвету подвезла ее длинная черная машина — дело известное. Были уже тут такие: сначала к отбою опаздывали, потом к рассвету возвращаться стали, потом возвращаться стали на длинных черных машинах. Потом возвращаться перестали... Вот и эта — на тот же путь. Ни стыда ни совести. Только восемнадцать стукнуло. А начальство куда смотрит? А туда начальство и смотрит. Все от начальства и идет. Рыбка, как известно, с головы... Начальству не стыдно. Ох, не стыдно. Такую молоденькую таскают. Ишь машинами буржуазными начальство обзавелось. Жируют ответственные товарищи. Стрелять начальников почаще надо. Стрелять беспощадно. Ведь это загнивание. Ведь это перерождение. Термидор. Ведь это подумать только. Позор. Что в женщине главное? Главное — пышность телесная. А в этой Стрелецкой главного-то как раз и не оказалось. За что же тогда ее начальство любит? Понятное дело — за податливость. Да мало ли у нас в клубе девок податливых, но пышных! Так нет же, на тощую позарились. Разврат да и только. Извращение вкуса. А все кто? Все Холованов-кобель. Сам пользуется и начальству поставляет. Голову на отгрыз, не пройдет и трех дней, приедет Холованов на длинной черной машине и заберет эту самую Настю Жар-птицу навсегда.

Не прошло и трех дней, приехал Холованов на длинной черной машине и забрал Настю Жар-птицу навсегда.

5

Двое в бесконечном подвале. Холованов строг. Разговор серьезный.

— Веришь ли, Анастасия, в социальную справедливость?

— Верю.

— Не будем о названиях спорить: социализм, коммунизм; веришь ли в то, что можно на земле построить общество, в котором будет обеспечена справедливость для всех?

— Верю.

— Вот и я верил.

— А сейчас?

— Это к делу не относится. Главное, чтобы ты верила. Думаю, ты веришь, и потому новая тебе работа. Основоположники говорили, что социализм — это контроль. Правильно говорили. В капитализме у каждого своя плошка, тарелка или блюдо. Социализм — общий котел и распределение по справедливости. В капитализме нет того, кто распределяет. Потому капитализм — это свобода. А общество социальной справедливости должно иметь класс людей, которые все общественные блага берут под единый контроль и распределяют по справедливости. Тот, кто у котла, тот, кто распределяет, получает такую власть над людьми, которая никакому капиталисту присниться не может. Социализм — это власть меньшинства, это власть тех, кто стоит у общего котла. Миллионы шакалов бросились к общему котлу: одно дело — создавать блага, другое — распределять. Шакалам нравится распределять. Любая социальная справедливость неизбежно порождает власть тех, кто справедливость осуществляет. Справедливость — категория субъективная. Те, кто у котла, решают по своему разумению, что есть справедливость.

— Тех, кто у котла, надо тоже контролировать. И почаще стрелять.

— Вот такая у тебя и будет теперь работа.

— У меня биография вражеская.

— Именно такие и нужны.

— Почему?

— Чтоб тебя под контролем держать.

6

Суханово — это монастырь бывший. Под Москвой. Следственный изолятор особого назначения.

Если в Лефортово признаний не выбьют, то в Суханово отправляют.

Тут брака в работе не бывает. Тут выбьют.

Суханово — это лес березовый, это птиц пересвист, это воздух свежий. Суханово — это, кроме всего, дом отдыха высшего руководящего состава НКВД. Первый этаж — камеры пыточные, второй — номера-люкс для отдыхающих чекистов. Когда на террасах второго этажа звучит божественная мелодия «Амурских волн», когда женщины в длинных платьях заполняют второй этаж, следователям на первом этаже объявляют перерыв. На несколько часов пусть не будет визга и писка подследственных, пусть только птицы поют и звучат бессмертные вальсы.

Объявлен перерыв. На втором этаже бал. Дамы улыбаются Николаю Ивановичу Ежову. Николай Иванович отвечает улыбкой. Николай Иванович спешит. Под пыточными камерами — расстрельный подвал. Николай Иванович знает, что если все можно подслушать, то расстрельный подвал — нельзя.

Работа в подвале уже завершена. Подвал уже убран.

Сегодня в расстрельном подвале короткое тайное совещание: Ежов, Фриновский, Берман. Надо быстро решить два десятка вопросов. И снова появиться среди танцующих.

— Я разбираюсь с историей Великой Французской революции. Был там у них за главного некий Робеспьер — Верховное существо. Был полный революционный порядок. Резали народу головы, и все было великолепно. А потом Верховное существо начало резать головы своим... Ну его, понятно, того... свои ему голову и оттяпали.

7

— Правило в контроле такое: каждый может заказать себе любое оружие, которое ему нравится. — Старый оружейный мастер за много лет ружейным маслом пропах. Взгляд суров. — У меня на складе есть все, что можно придумать. Исключение: советское оружие. Советского мы не используем.

— А почему? — Настю Жар-птицу в любом деле причина интересует.

— Не положено. — Исчерпывающий ответ.

— Коллекция у вас, позавидуешь.

— Вам, девушка, если затрудняетесь в выборе, я бы рекомендовал...

— Я в выборе не затруднюсь. Дайте мне «Лахти».

— «Лахти»? — Оружейный мастер выставил два зуба вперед, отчего стал похож на старого насторожившегося зайца.

— «Лахти».

— Редкая штука. — Он еще сильнее выставил два зуба. — А не боитесь, что тяжеловат будет?

— Боюсь.

— А не боитесь, что со снабжением патронами проблемы возникнут?

— Так к нему же патроны от «Парабеллума». Какие проблемы?

— Правильно, девушка, правильно. Ну что ж, идите за мной. Было у меня всего три «Лахти». Один товарищ Холованов взял, другой — еще какой-то дядя. В общем, один всего у меня остался «Лахти». Берег для какого-нибудь ценителя и знатока, но все «Браунинг» или «Кольт» просят.

Взяла Настя в руки «Лахти», прикинула вес.

— Тяжел?

— Тяжел.

— Я так и думал. Не рекомендую брать. Рука должна с пистолетом жить в любви и согласии.

Вскинула Настя прекрасный пистолет на руке еще раз и со вздохом вернула.

— Что на втором месте?

— Дайте «Люгера».

— Какого именно «Люгера»?

— «Парабеллум» ноль восемь.

— Это другой разговор. У меня вон их сколько.

Открыл мастер зеленый ящик и извлек новенький, в толстом слое масла, черный пистолет.

8

На открытых террасах второго этажа — смех и танцы. Поют птицы, и звучат чарующие мелодии. Посторонние звуки не нарушают торжества.

Жена товарища Ежова сказала жене товарища Фриновского:

— Как только Робеспьер начал резать головы своим...

9

Бесконечен подвал кремлевский. Складом пахнет. Сухо. Прохладно. Полки без конца.

Одежды и обуви — без конца.

Вот вам, девушка, ботинки, вот комбинезон, сапоги, юбка, гимнастерка, портупея. Будете носить алые петлицы. На повседневной форме — без всяких знаков различия. Парадная форма — только в своем кругу. К парадной форме на алых петлицах — эмблемы: серп и молот. Эмблемы 575-й пробы. Вот они. А это шлем меховой. Унты. Вот куртка английская летная. Распишитесь.

Расписалась.

10

От Ярославского, от Ленинградского, от Савеловского, от Павелецкого, Киевского, Казанского, Белорусского, Виндавского, Курского... электрички набитые. Каждую минуту.

Потные толпы.

— Да что это вы меня, гражданочка, все в морду тычете?

— Петушки: синие, красные, зеленые! Петушки: синие, красные, зеленые!

— «Спартачку» давно пора хвост надрать. Не получается.

— «Эскимо» на палочке! На палочке «Эскимо»!

— Место бы уступили, молодой человек!

— А знаете ли вы, что как только Робеспьер...

11

— Слушай решение партии: «Постановлением Секретариата товарища Сталина Стрелецкая Анастасия Андреевна назначена спецкурьером Центрального Комитета ВКП(б)». Вот твое, Настя, удостоверение.

— Ой какое!

— Наши удостоверения печатаются не на бумаге, а на белом шелке. Платочек семь на семь. «Семью семь» — это девиз и пароль для посвященных. Шелк используется парашютный, но с твоей парашютной судьбой это никак не связано. Просто шелк лучше бумаги. Такое удостоверение можно вшить в одежду, и никто его не нащупает. С таким удостоверением можно плавать через реки и идти сквозь болота. Потом только постирать от грязи. Печать ЦК и подпись товарища Сталина не смываются. Но помни, спецкурьер — это только официальное название должности. Только прикрытие. Должность придумана так, чтобы было непонятно, чем ты занимаешься. Поди разберись, что делает спецкурьер ЦК ВКП(б). Все поняла?

— Все.

12

Вот ей все понятно. А нам — нет. Интересно, например, а где живут спецкурьеры ЦК? Раньше Настя в шкафу жила. Потом — в аэроклубе на парашютах. Не положено спецкурьеру на парашютах жить. Ей-то все равно, но не все равно Центральному Комитету и Генеральному секретарю.

— Будет у тебя, Настасья, своя келья. Сегодня домой поедем. Наш поезд в два ночи.

— С какого вокзала?

— С Кремлевского.

87

Отошла стена в сторону. Открылся обыкновенный вестибюль станции метро. Очень похоже на «Красные ворота». Только людей нет, нет кассиров, нет контролеров. Никого нет. Два эскалатора. Спускающий и поднимающий. Оба стоят. Нажал Холованов кнопку. Спускающий пошел. Спустились в подземные залы. Опять нажал кнопку. Остановился эскалатор. И вдвоем с Настей — по мрамору. Шаги гулкие далеко летят: бум-бум-бум-бум. Подземные залы с коридорами, переходами и платформами по оформлению тоже на обыкновенную станцию метро похожи — на «Дзержинскую». Только название нигде не написано. Все привычно. Одно отличие: тоннели, по которым рельсы идут, закрыты стальными стенами, как шлюзы на канале Москва—Волга. Не проломить те стены никаким стихиям.

У одной платформы — ремонтный поезд. По локомотиву и вагону размашистые надписи: «Главспецремстрой-12». Не понять, дизельный локомотив или электрический. Наверное, и то и другое. За локомотивом — зеленый вагон. Не то багажный, не то почтовый: окон мало. А может, не багажный и не почтовый, а вагон с оборудованием, лаборатория на колесах для проверки состояния железнодорожного полотна. В окна не заглянешь. Окна изнутри плотно шторами закрыты. За этим не то почтовым, не то багажным вагоном — платформа со шпалами и еще платформа с какими-то механизмами. У локомотива — машинисты. Кивнули Холованову. Ответил. У почтового вагона — проводник. Тоже кивнул. Растворил проводник двери перед Настей и Холовановым, закрыл за ними, тут же поезд и тронулся плавно, вроде только их двоих ждали. Громыхнула-лязгнула стальная стена, поезд пропуская в тоннель, и так же легко и плавно за поездом затворилась, еще раз лязгнув замками, станцию запирая.

Внутри вагон вовсе не почтовый. И не багажный. И вовсе не лаборатория на колесах. По коридору вагонному — пушистый ковер такой белизны, вроде по нему никто никогда не ходил, а летал над ним. Стены и потолок — красного дерева. Куда ни глянь — зеркала одно другое отражают. Бронза солнечным блеском сверкает. Так все металлические детали начищены, что, кажется, сверкание с каждой ручейком стекает.

— Сюда, — растворил Холованов узкую дверь. — В дневное время шторы не открывать. В ночное можно открывать, когда в купе нет света. Проводника зовут Сей Сеич.

Красивое купе. Главное в любом деле — гармонию соблюсти. Белый ковер с красным полированным деревом — гармония. Столик дерева орехового. На столике — лампа бронзовая. Под абажуром зеленым. Ноги в ковре утопают, занавески шум заоконный глушат. Диваны бордовой кожи. Сядешь — утонешь. Так и тянет сбросить туфли — и на тот диван в уголок. Ноги под себя калачиком.

Сбросила Жар-птица туфли — и к окну в уголок. Клубочком-калачиком. Мордочку — под занавеску. Интересно. А за окошком проскочила самая что ни на есть обычная станция метро. Узнала ее Жар-птица — «Дзержинская». На платформах работа ночная. Два электрика люстру отвертками крутят. Три толстые тетки в серых халатах платформу метут, четвертая стену гранитную особой машиной полирует. Чтоб сверкала стена. Чтоб гордился народ советский подземными дворцами. Чтоб супостатам при одном взгляде на наши

89

стены гранитные зависть морды кривила. Чтоб они навсегда с кривыми мордами оставались.

Работают люди. На ремонтный поезд смотреть некогда. Было бы на что смотреть. Сколько их ночами по подземным тоннелям шастает. Этот от других только скоростью и отличился. Проскочил-просвистел, и красный огонек в тоннеле растаял.

— Такое впечатление, что мы во всем поезде единственные пассажиры.

— Правильное впечатление.

— Нас одних поезд ждал?

— Нас одних.

— А если никого пассажиров не окажется?

— Тогда без пассажиров уйдет. Ему навстречу сейчас другой такой же поезд идет. Один туда, другой — обратно. Каждую ночь. Кроме пассажиров, эти поезда почту везут. Пассажиров может не быть, а почта каждый день бывает. Раз в неделю, по пятницам, один такой поезд ходит на 913-й километр. В 12 ночи приходит, в 12 дня уходит. А вообще такие поезда по всему Союзу мотаются. Тебе, спецкурьеру, эти маршруты все объездить предстоит.

— А сейчас куда едем?

— В монастырь.

14

Стукнул проводник Сей Сеич в дверь.

— Чаю?

— Ага. — Холованов головой мотнул.

— Что к чаю?

— А что можно? — это Настя из чистого любопытства.

Проводник Сей Сеич такому вопросу удивился глубоко. Но служба в спецвагоне приучила ничему не удивляться, а если и удивляться, то удивления не проявлять. Потому отвечал с достоинством:

— Все можно.

— В общем, так, — распорядился Холованов. — Чаю потом. А сейчас выпить и закусить. Детали на личное усмотрение.

Вот это деловой разговор. Такой разговор спецпроводнику понятен и близок.

А мимо окна летят «Кировская», «Красные ворота», «Комсомольская». И вынесло ремонтный поезд из подземного тоннеля на поверхность в невообразимое переплетение стальных путей, в мириады огней, в переклик маневровых паровозов, в перестук колес на стрелочных переходах. Если сразу после «Комсомольской», значит, вынесло их где-то у трех вокзалов. Пути, пути. Светофоров — галактика целая. На путях скорые поезда в путь готовятся: и пассажирские, и почтовые. Рядом по параллельному пути набирает скорость «Москва — Владивосток», курьерский. Расходятся пути. Сходятся. Товарные составы бесконечного протяжения во множестве рядов. Грузят их ночью, разгружают. Прогрохотал встречный на Москву. Из Хабаровска. Ясно — вынесло «Главспецремстрой» на пути Ярославского вокзала. Дальше пойдут Мытищи, Пушкино, Загорск. Но прет ремонтный поезд куда-то в сторону. Под мост, еще под один, в выемку, на насыпь, еще куда-то. Прет уверенно. Напористо. Никому дороги не уступая. Не задерживаясь. Находя во мраке свой единственно правильный путь в неисчислимом множестве путей. И везде перед ним светофоры синим огнем горят. Везде его семафоры поднятой рукой приветствуют.

Стукнул проводник. Дверь в сторону. Скатерть — на стол. Вроде скатерть-самобранку. Не работает Сей-Сеич — колдует. И сразу на столе появился графинчик-мерзавчик. В холоде содержался. Аж ледяная корочка по стеклу. К мерзавчику — чарочки сверкающие. Тут же и тарелки со льдом появились. Во льду — маленькие совсем баночки запотевшие с икрой севрюжьей. И с икрой белужьей. Масла кусочки вырезаны в виде ракушек морских. И лимона ломтики. Тоненькие. И огурчики. И помидорчики. И грибочки. И какой-то салатик. И еще что-то в баночках. И паштет на блюдечке. И копченые какие-то ломтики с горошком зеленым. Все на серебре. Серебро начищено с любовью. А чарочки золотые. Самое время заполнять их. А Сей Сеич поставил на стол кувшинчик чеканный с длинным тонким горлышком, с единственным, но прекрасным цветком, пожелал аппетита и вышел, дверь затворив.

— Давай, Жар-птица, за помин души Катькиной. Знаю, не пьешь, но за это следует.

А за окном — дачные поселки в темноте пролетают. Платформы. Станции. Летит рабочий поезд, никакому курьерскому не угнаться.

15

Открыла она глаза, потому что необычно. Необычно, потому что стоим. Это всегда так: идет поезд, все пассажиры спят крепко. Остановился — и все проснулись. Вот и Настя проснулась, осмотрелась, удивилась. Где это она?

Оказалось: в углу широкого мягкого кожаного дивана. Калачиком. Уснула, не раздеваясь. Только кто-то подушку ей под голову положил и укрыл шерстяным одеялом. Стол убран. Холованова нет. Выглянула из-за занавески в окно. Лес сосновый. Колючая проволока. Люди в форме. Собаки. Светло. Часов шесть утра. Что-то крикнул старший охранник машинисту. И тронулся поезд медленно. Два охранника с винтовками свели вместе створки решетчатых ворот. И пошел поезд, набирая скорость. И снова по сторонам — дачи за зелеными заборами, рощицы березовые, речка в камышовых берегах и огромный монастырь белокаменный с башнями, с зелеными крышами. Скрипнули тормоза. Приехали.

Выглянула Настя в коридор. Из соседнего купе Холованов улыбается:

— Выспалась? Пора на работу, товарищ принцесса.

16

Едешь Подмосковьем — в каждой деревне церквушка. Разбитая, разграбленная, брошенная, а все одно прекрасная. Едешь рощами березовыми, едешь полями, и вдруг — стена монастырская. Как маленький кремль. Мощный собор посредине. Стены вокруг, на изломах стен башни с крышами шатровыми. Бойницы узкие, камень гулкий, стены метра по три толщиной. Ворота кованые. Вот именно такой монастырь им и встретился на пути. Озеро, как море, дубовые рощи. На берегу — монастырь белокаменный. Одинокая станция под самой стеной. Ремонтный поезд у перрона. И ни души вокруг.

В стене несокрушимой, из многотонных гранитных валунов сложенной, — ниша сводчатая и дверь тяжелая. У двери — часовой. Не просто часовой, а образцовый. Точно такой, как на ордене Красной Звезды. Стукнул часовой прикладом по граниту дорожки, Холованова и Настю приветствуя, и открылась дверь в стене. Думала Настя, документы два часа проверять будут. Но видно, Холованову везде вход без проверки документов.

ГЛАВА 6

1

Ступила Настя на каменные плиты двора и поняла: это не просто монастырь, это женский монастырь. Точнее — девичий.

Только девчонки не в черных одеждах, а в юбках узких коротких, в кожаных куртках, как комиссарши Гражданской войны. С пистолетами. Много девчонок. Смеются. На Холованова посматривают. Самые обычные наши советские комсомолочки. И взгляды — самые обычные, открытые советские взгляды. Мужчина женщине — друг, товарищ и брат. И женщина мужчине — товарищ, друг и сестра. Вот и улыбаются комсомолочки Холованову дружескими улыбками. И смотрят комсомолочки на Холованова товарищескими взглядами. Может быть, взгляды чуть дольше товарищеских. На самую малость дольше. Так что и не заметно даже, что они дольше.

Есть еще форма одежды в монастыре: зеленый комбинезон, высокие ботинки на толстых мягких подошвах, шлем парашютный. Мимо Насти и Холованова, задыхаясь, шуршит взвод толстыми подошвами.

Тут девчонкам не до улыбок. Пот ручейками, дыхание на срыве. Этих всю ночь здоровенная тетка, с виду баскетбольная капитанша, по лесам окрестным гоняла: подтянись! Так что не до улыбок. Одна только капитанша и подарила Холованову долгий товарищеский взгляд. И еще один взвод возвращается с ночных занятий: четыре отделения по десять и свирепая бабенка во главе. Эта — небольшого роста. Но надо отметить, что среди небольших тоже иногда свирепые встречаются. Покрикивает. Поравнялась с Холовановым, подобрела лицом. Пробежал ее взвод мимо, и опять рык: подтянись!

На лужайке перед центральной колокольней третий взвод оружие чистит. Четвертый — парашюты укладывает.

— А прыгаете где?

— Тут у нас рядом аэродром полярной авиации. Тут и «Сталинскому маршруту» основное место. Иногда в Крым прыгать летаем.

Комсомолочки в кожаных куртках навстречу стайками. Пройдут мимо серьезные, а потом за спиной: ха-ха-ха.

2

Сталин отложил последний лист в сторону и задумался. Доминирующего слуха на прошлой неделе не было. Болтали о том и о сем. О том болтали, что снижены цены на мясо, на масло, на хлеб, на яблоки, на водку. Радуются люди. Еще болтали о том, что пропали разом мясо, масло, хлеб и яблоки. Только водка осталась. Дешевле на десять процентов, а качеством хуже — на сто.

И еще про Робеспьера Москва болтает. Это не слух, а тема популярная. Робеспьер был лидером Французской революции, а потом загремел под сверкающее лезвие. Свои же ему голову и оттяпали... Как кочан капусты. И покатилась голова... Самое интересное: когда Робеспьера повезли на грязной повозке к месту казни на площадь Согласия, толпа орала проклятия, забрасывала его камнями, гнилыми яблоками и тухлыми яйцами, та самая толпа, которая еще три дня назад считала его гением всех времен и народов, толпа, которая с величайшим энтузиазмом приняла новый культ — культ Верховного существа, культ Робеспьера, культ личности. И много в сводке всяческих подробностей про Верховное существо... Не сводка, а трактат исторический. Под сводкой подпись: Маленков.

Историю Верховного существа товарищ Сталин знает. Интересовался. Рядом со сводками на сталинском столе старая книжка — Густав ле Бон. «Психология толпы». Непостижимо поведение толпы. Грозная, непредсказуемая стихия. У толпы всегда есть вожаки и подстрекатели. Почему толпа вдруг заговорила про Робеспьера?

И еще одна сводка о слухах за неделю. О том, о сем. Популярная тема недели: Робеспьер. Под сводкой подпись заячьим хвостиком. Неразборчивая.

А вот сводка от Холованова: цены и Робеспьер. Подпись резкая, энергичная, буквы словно изломы молнии.

А что товарищ Ежов докладывает?

Товарищ Ежов докладывает о ценах. Ведомство товарища Ежова тему популярную про Робеспьера не зафиксировало.

3

Дом надо строить так, чтобы он стоял тысячу лет. Минимум.

Потому лучший строительный материал — гранит. Идет Настя за Холовановым ступеньками гранитными выше, выше, выше. Лет пятьсот по этим ступеням люди ходили, а истерли их слегка только. По этим ступеням еще десять тысяч лет ходить можно.

Стены гранитные любой звук гасят, в стенах этих всегда прохлада, мрак и покой. Вправо — коридоры гулкие, влево — коридоры гулкие. Выше и выше Настя за Холовановым поднимается. Без тренировки задохнуться можно, но тренирована Настя-танцовщица, одышка не мучит, не срывается дыхание, как у тех девочек, которые одну только ночь побегали и уже тяжело дышат.

Пришли. Под крышу. На чердак. Сложена крыша из дубовых стволов почерневших. За пятьсот лет — окаменевших. По чердаку — коридор и двери вправо-влево.

Отворил Холованов дверь: милости просим.

Вошла Настя, счастьем задохнулась. Комната под скошенной крышей, три на три. Широкая деревянная кровать без спинок под медвежьей шкурой, полка, шкаф. Пол — из дубовых брусьев. Еще одна шкура на полу. Печка чугунная в углу. У окна стол. Тоже дубовый. Стул. Все. И ничего больше. О таком жилье она мечтала. Такие комнаты бывают только в рыцарских замках и сказочных теремах. Такие комнаты в детских книжках рисуют: когда большая цветная картинка на всю страницу.

4

Широк двор монастырский — весь в сирени. Между буйством сиреневым огромные строения из валунов: храмы, колокольни, трапезные, келейные. Меж зданиями сквозь сирень — дорожки, аллейки, лужайки. И все охвачено несокрушимой стеной с башнями. А за стеной — еловый лес тысячелетний, и озера сверкают в камышах, и снова лес и озера. И лес до самых **97** гор, до далекого горизонта. Лес за горы, за горизонт. Прикинула Настя, какая красота откроется, когда осень ударит, когда округу в багрец изукрасит.

А если на самую высокую колокольню взобраться, то сверху в бинокль аэродром виден за лесом. Там, на аэродроме, — ярко-оранжевые самолеты. Полярная авиация. А один серебром горит. Это «Сталинский маршрут». Его по очертаниям узнать легко и по сверканию.

Полюбила монастыри рабоче-крестьянская власть.

Чем монастырь хорош? Тем, что закрыт. Тем, что стены из валунов гранитных сложены. Там, повыше, камушки мельче, по полтонны каждый. А внизу у оснований — большие каменюги. И тем монастырь хорош, что все в нем есть для жизни необходимое. Для уединенной жизни. И тем хорош, что двери железные, что решетки кованые, что замки мудреные, что подвалы глубокие. Под концлагерь монастырь хорош. И под секретный исследовательский центр. И вообще для всякого тайного предприятия незаменим.

5

— Итак, Настенька, место это именуется просто: монастырь. Во владении НКВД много монастырей: Донской, Осташковский, Соловецкий, в Суханове. Но и у нас есть монастырь. Посторонним незачем объяснять, что за монастырь. А люди свои тебя с полуслова поймут. Есть у этого места и официальное название, но сугубо секретное: Институт Мировой революции. Вход сюда запрещен практически всем. В первую очередь — чекистам. Стратегией Мировой революции занимается товарищ Сталин лично. Он у нас частый гость. Приезжает вечером, работает ночь, а утром снова в

Москве. Спит в пути. Никто и внимания не обратит на его отсутствие. Сюда к нам стекаются материалы обо всем на свете. Работа спецкурьеров ЦК — не доставка материалов, а их обработка. Институт наш — и учебное заведение, и научно-исследовательский центр. Разделен институт на отделы, секторы и взводы. Ты зачислена в девятый взвод, но это — по чисто административным соображениям. Подготовка будет индивидуальной и работа — индивидуальной.

Твоя подготовка: испанский язык, бег, стрельба, плавание, самбо, карманное и квартирное дело, дадим тебе представление о липачах и медвежатниках, займемся горной подготовкой...

— А тут горы пологие.

— Летом тебя на Кавказ отвезу, а сейчас пока колокольню главную осваивать будешь. Это твоя учеба, а работать будешь в звуковом контроле. Рабочее место — в соседней комнате. Иди сюда. Начнем с главного. С этого аппарата. Раньше такие аппараты весили очень много и занимали много места. Теперь наука исхитрилась и сделала аппарат легоньким совсем, всего 530 килограммов. Название ему — магнитофон. Создан творческим гением советского народа.

Удивляется Настя: все надписи по металлу — вражескими буквами, а сбоку табличка: «Made in USA».

— Это по ошибке, — Холованов поясняет. — Наши ребята делали аппарат, да английскими терминами все исписали. Снять надо. И табличку по ошибке присобачили. Повторяю: аппарат создан творческим гением советского народа. Так и писать надо: «Сделано в СССР». Или ничего не писать. И так понятно, что только у нас такие машины строить умеют. Этот чудо-аппарат может записывать человеческую речь и потом ее воспроизводить. Но речь записывается не на привычную нам граммофонную пластинку, а на стальную проволоку. Проволоку можно потом размагничивать, и на той же катушке записывать речь другого человека, потом снова размагнитить.

— А зачем речь записывать?

— Чтобы слушать потом столько раз, сколько хочется. В Москве у нас уже действует несколько таких аппаратов. В основном там, где запретные зоны и дачи высшего руководящего состава партии, правительства, НКВД, армии. При строительстве правительственных дач к каждой предварительно подводится подземный кабель. Все кабели сходятся к центрам записи. Каждый день со всей Москвы в Кремль собираются катушки с проволокой и поездом доставляются к нам в монастырь на анализ. Мы слушаем и выясняем, кто настоящий марксист, а кто не очень...

— Как интересно.

— Подъем тебе каждый день в полдень, т.е. в 12 дня. Два часа физической подготовки. Час на обед. Обед в трапезном зале девятого взвода. Час личного времени. Четыре часа — обучение премудростям нашего дела. С четырех до четырех утра — работа в звуковом анализе. С четырех утра до восьми — тренировки. А потом спать. С восьми до двенадцати. Когда ты в монастыре — работа строго регламентирована. А на выездах рабочий день не лимитирован. В месяц — один выходной. В год один отпуск — неделя. Желательно отпуск проводить тут. Родственников у тебя все равно нет. Таких сюда и подбираем. Иногда расписание будет меняться, но больше четырех часов спать у нас никак не выходит. Можно отсыпаться в выходные дни и во время отпуска. Времени на личную жизнь ни у кого из нас не остается, поэтому мы занимаемся личной жизнью на рабочих местах.

— Дракон, мне кажется, что я все поняла. Но если мы делаем всю эту работу, то чем же тогда занимается НКВД?

100

— НКВД контролирует всю страну и многое за ее пределами. А мы контролируем НКВД. И еще: есть два типа заговоров. Первый тип — это когда есть плохой человек, его надо немножечко расстрелять, но доказательств нет. Вот тогда ему как дохлую собаку на шею вешают заговор. Такие заговоры каждый придумывать умеет. Такие заговоры считаются золотом. Но фальшивым. НКВД имеет разрешение и приказ такие заговоры фабриковать. Мы же не имеем такого права, мы фальшивого золота не производим. Мы ищем заговоры настоящие. И прежде всего — в самом НКВД. Заговоры есть, но мы не знаем, где они. Найти заговор, по нашим понятиям, — найти самородок. Я не ставлю тебе никакой задачи, я не приказываю тебе искать заговор в каком-то конкретном учреждении, в какой-то конкретной группе людей. Если бы я знал, где заговор, то сам бы его вскрыл. Поэтому мы работаем тут, как золотоискатели на Клондайке: мы не указываем, кому где золото искать. Если бы знали, то там бы сами и копали. У нас каждый сам для себя ручеек выбирает. Внизу библиотека с самыми секретными документами советских учреждений и библиотека с личными делами на десятки тысяч людей. Выбирай любое поле для своей деятельности. Работай на каком угодно участке, только чтоб золотишко однажды нашла. Ищи заговоры и находи. В крайнем случае — находи новые приемы и способы контроля высшего руководства страны.

6

Чтобы в совершенстве научиться управлять машиной, именуемой магнитофон, нужны долгие годы. Кнопочек на магнитофоне, рычажков и тумблеров больше, чем в кабине бомбардировщика. Освоить все это можно, только имея специальную инженерную подготовку. Нет возможности отвлекать девчонок на изучение всех премудростей. Потому дается им только начальный курс управления магнитофоном и настрого заказано: а вот эти кнопочки не трогать, вот эти ручечки не вертеть.

Сложнейшее дело — настройка магнитофона. Доверена она особому инженеру. Россия — родина магнитофона. Созданы магнитофоны творческим гением советских людей, но настраивать их и обслуживать приставлен американский инженер — мистер Хампфри.

Хороший человек. Видный такой из себя. Дело свое знает. Работа у него тяжелая: капризная штука магнитофон. А их в монастыре вон сколько: каждый настраивай, каждый проверяй, каждый ремонтируй. Технику советскую мистер Хампфри быстро освоил. Может, специально для него все надписи по магнитофонам на английском языке пишут?

Технический прогресс идет совершенно невероятными скачками, но осваивает мистер Хампфри новейшую технику. Посидит день, другой и с новой системой разберется. Раньше магнитофоны были только стационарными: внутри большой комнаты сваривали каркас из рельсов и на каркас навешивали лампы с водяным охлаждением, ставили устройство велосипедного типа — сидишь, педали крутишь, от педалей крутится барабан с проволокой магнитной... Теперь другие времена. Теперь катушку с магнитной проволокой электрический мотор вертит. Магнитофоны теперь научились делать миниатюрными, как рояль на колесиках. Захотел — в одной комнате держи, надоело — в другую перекати. В любую келью вкатил магнитофон, вот тебе и пост звукового контроля.

Днями и ночами мистер Хампфри с паяльником по всему монастырю над магнитофонами колдует.

Правда, Холованов не скупится. Тугие пачки долларов мистеру Хампфри отсчитывает. И домик американский в монастыре специально для мистера Хампфри построен. Из Америки ему газеты и журналы на самолете возят. Повариха тетя Маша для мистера Хампфри яичницу особым американским способом жарит. И радио ему американское слушать не запрещается. Антенны над монастырем вон какие: те, кому дозволено, могут слушать хоть весь мир.

И все же не позавидуешь мистеру Хампфри, как не позавидуешь тем немногим мужчинам, которых судьба-злодейка забрасывает в женский монастырь. Женщина по натуре привередница. Женщина капризнее магнитофона. Потому ни днем, ни ночью мистеру Хампфри покоя нет. Все звоночки:

— Нельзя ли мистера Хампфри в пятьсот пятнадцатую?

А Настя удивляется. Не вечно же мистеру Хампфри в монастыре жить. Наступит время ему в Америку возвращаться. Так ведь он же расскажет там в Америке подробности устройства советских магнитофонов...

7

Когда-то очень давно товарищ Ленин сидел в шалаше. Сидел и мечтал. Ясно товарищу Ленину, что любая революция должна истреблять своих врагов. А врагов у революции при любом раскладе всегда набирается больше, чем друзей. Какие классы и социальные группы надо истребить, каждому ясно. Но озарила ленинскую голову гениальная идея: враг может оказаться среди лучших друзей. Кто Цезаря убил? Кому Цезарь кричал: «Tu quoque, Brute!»? Бруту кричал — фавориту. А кто Робеспьера на гильотину отправил? Те, кто возвел его в ранг Верховного существа. А кто Бонапарта от власти отставил? Маршалы, которых Бонапарт вывел из грязи да прямо в князи. А Емельку Пугачева кто выдал? Свои выдали. Да мало ли? Вся история на том стоит.

Вывод? Вывод прост. За друзьями лучше присматривать надо. Чем ближе друзья к вершине власти, тем опаснее, тем больше у них соблазна власть захватить, тем больше у них возможностей это сделать. А ведь есть у Ленина друзья, которых лучше сразу к стенке поставить, чем ждать, пока они в самый неподходящий момент за горло возьмут. Надо бы заранее их списочек иметь.

Не долго думая, вырвал товарищ Ленин листочек из блокнота, прищурился, глянул вдаль и пошел строчить имена. Быстро листочек исписал, удивился и вырвал второй. Быстро второй исписал и тогда решил, что листочков не напасешься. Взял товарищ Ленин большую синюю тетрадь, раскрыл ее и пошел писать сначала. Долго писал. Исписал тетрадь до конца. Надоело.

Но труд ленинский не пропал даром...

8

Потом взяли товарищи коммунисты власть, создали особые чрезвычайные органы для борьбы с контрреволюцией, и пошли те органы истреблять враждебные партии, общественные группы и целые классы. Но помнит товарищ Ленин о тетрадочке. Уничтожает врагов классами и группами и друзей не забывает. Только беда: врагов у революции множество, но и друзей, которых неплохо бы было истребить, тоже немало. Никак в одну тетрадочку не вмещаются. Вызвал товарищ Ленин товарища Сталина и приказал работу продолжать.

Занялся товарищ Сталин работой, но скоро и он понял, что так просто за пару месяцев на всех друзей, которые могут превратиться во врагов, списков не составишь. И посадил товарищ Сталин на эту работу ответственного товарища, своего личного секретаря, Григория Каннера, дал ему помощников, выделил помещение и сказал: занимайся этим всегда.

Кто-то подумать может: поручили Сталину, а он взял и на другого переложил. Нет, нет. Будем к товарищу Сталину справедливы: не забыл товарищ Сталин этого дела, а взял под свой персональный контроль. Пишет Гриша Каннер списки, а товарищ Сталин их проверяет, корректирует, утверждает. Врагов ударным темпом истребляет ЧК, а Гриша Каннер пишет списки друзей, которых тоже забывать не следует...

Быстро первая градация нащупалась: друзья бывают внутренние — советские, и внешние — зарубежные. И потому для их учета пришлось создать отдел. Пришлось и списки разделить на две категории. Раз так, то отдел учета друзей был разделен на два сектора: внешний и внутренний. Но и внешние, и внутренние друзья делились на множество классов, типов и сортов. И потому отдел учета был превращен в управление с отделами и секторами.

9

Товарищ Сталин не просто следил за составлением списков, но и рекомендовал ввести систематизацию по алфавиту, по степени вредности друзей, по категориям деятельности. И еще товарищ Сталин рекомендовал не растягивать списки, а при любой возможности их укорачивать. Не ждать Мировой революции, а уже сейчас друзей, которые могут оказаться врагами, понемногу постреливать. Нечаянно. На охоте. И резать их. На операционном столе. Чтоб больше не встали. Или рекомендовал того или иного друга во время купания дернуть немного за ноги. Или ясным тихим рассветом перевернуть слегка лодку с одиноким рыбаком. И чтоб концы — в воду. Для выполнения таких фокусов был создан ОМД — отдел мокрых дел.

Некоторых друзей лучше не топить, но подтолкнуть под автомобиль идущий. Или под поезд. А товарищ Сталин рекомендует не просто списки писать, но на каждого друга заводить папочку. К 1923 году разрослась организация, и надо ей имя благозвучное придумать. Можно, конечно, назвать: Управление борьбы с друзьями Мировой революции. Не звучит. Надо мягче. Почему управление? Почему не институт? Институт Мировой революции. Коротко и ясно.

10

И еще был эпизод в жизни вождей. В Кремле говорил товарищ Ленин по телефону и вдруг понял, что телефонная барышня, которая соединила его с товарищем Троцким, может (если захочет) узнать все тайны Мировой революции. Бросил товарищ Ленин телефонную трубку, назавтра созывает Политбюро и требует бдительности. Отныне по телефонам секреты рассказывать нельзя. Все соглашаются. В принципе. Только вот... Только так все привыкли к телефону, что без него жизнь представить невозможно. Посовещались товарищи и решили от телефона не отказываться, но для самых ответственных товарищей создать такую систему телефонной связи, которую никто подслушать бы не мог. Чтоб не барышни линии соединяли, а чтоб они сами соединялись. Автоматически.

Кому же это дело поручить? Все товарищи в Политбюро и в ЦК заняты: произносят пламенные речи, пишут умные книги, публикуют зажигающие статьи. Чем больше пламенных речей произнесет революционер, чем больше умных книг напишет, чем больше зажигающих статей опубликует, тем больше у него поддержки в массах. Чем больше поддержки в массах, тем больше влияния данного революционера на ход Российской и Мировой революции.

Только товарищ Сталин не произносит пламенных речей. Да и не умеет. Только товарищ Сталин не пишет мудрых книг. Да и не берется. Только товарищ Сталин зажигательных статей не публикует. Да и не стремится. И потому нет у товарища Сталина известности в массах. И не будет. Нет у товарища Сталина рычагов влияния на массы. Он и не заботится о создании таких рычагов. Так вот, если делать ему все равно нечего, пусть и займется делами чисто техническими. Ума большого для этого не требуется. Золото Российской империи захвачено, бери сколько надо для такого дела. За рубежом среди телефонных конструкторов могут оказаться коммунисты — тайно привези такого товарища в Страну Советов. Заграничная капиталистическая техника скоро сгинет вовсе, но перед своим полным загниванием и крахом она еще выдает иногда удивительные штучки вроде автоматических телефонных станций, которые соединяют два телефонных аппарата без помощи телефонной барышни. Вот и купи такую штуку у загнивающих капиталистов.

107

Всего-то товарищу Сталину и забот: взять золота, пригласить зарубежного инженера-коммуниста, по его рекомендации закупить лучшую автоматическую телефонную станцию, доставить ее в Москву, поставить телефоны в кабинетах ответственных товарищей, отладить связь и проверить. Потом зарубежного коммуниста в список врагов внести и расстрелять, чтобы не раскрыл секретов устройства Кремлевского узла связи.

Занялся товарищ Сталин. Заказал за рубежом самую современную технику, тайно вызвал в Страну Советов верившего в Мировую революцию хорошего телефонного инженера. Поставил инженер самым главным товарищам телефоны такие, что подслушать нельзя. Отладил всю связь, получил деньги большие за работу. И исчез. Во имя Мировой революции. (А деньги в кассу вернулись.)

Ответственные товарищи рады. Ни на что Сталин не способен, так хоть на это. Теперь говори сколько хочешь, никто не подслушает, никакая телефонная барышня...

А товарищ Сталин не просто выполнил поручение особой важности, но и проявил инициативу: центральный автоматический коммутатор поместил в такое место, куда ни один враг не проберется — в Центральный Комитет партии, в комнату рядом со своим кабинетом.

Не просто товарищ Сталин выполнил поручение и забыл о нем. Совсем нет. Товарищ Сталин взял обеспечение безопасности телефонной связи под свой персональный и постоянный контроль. Такую телефонную станцию заморский инженер поставил, которая не просто обеспечивает надежную бесперебойную

связь двух любых телефонных аппаратов, но и

позволяет с центрального поста проверить, а не подключился ли кто к линиям, а хорошо ли связь работает. Так что если, например, товарищ Троцкий говорит по телефону с товарищем Бухариным, то в их линию вообще никто подключиться не может. Никто не может подслушать. За исключением товарища Сталина. Товарищ Сталин подключается к разговорам и товарища Троцкого, и товарища Рыкова, и товарища Бухарина, и товарищей Зиновьева с Каменевым. Заботлив товарищ Сталин: подключится, разговору не мешает, а только все слушает, хорошо ли слышно? Слышно хорошо. Не зря заморскому инженеру большие деньги платили.

И пошли ответственные товарищи обсуждать вопросы Мировой революции и всякие другие вопросы. Тем временем товарищ Сталин предложил систему связи расширить: не только московских руководителей обеспечить связью, которую ни один враг подслушать не может, но и руководителям Украины, Урала, Поволжья, Кавказа тоже поставить чудо-телефоны.

Так и сделали.

12

Поначалу сам товарищ Сталин подключался к линиям связи, цокал языком, головой покачивал: до чего же слышно хорошо, до чего же техника доходит! Потом приказал создать отдел постоянного контроля качества работы правительственной связи. И включить его в состав Института Мировой революции. Дело то же самое: изучать друзей, которые могут оказаться врагами.

Но не все по телефону люди говорят. Говорят без телефона: на даче, в санатории, в лесном охотничьем доме, на кавказском курорте, в вагоне правительственного поезда, в палате Кремлевской больницы, в бане, в парилке, в кровати, на кухне. И все это надо слушать. И все это надо держать под контролем. Чтобы защитить Мировую революцию от друзей, которые могут стать врагами.

Тогда вопрос: кого же поставить на контроль качества прохождения звуковых сигналов?

Товарищей из НКВД? Нельзя. Их самих слушать надо. Армейских командиров? Наслушаются тайн и знанием воспользуются для захвата власти.

Надо поставить таких людей, которые не воспользуются. Которые сами по себе силы не представляют. Девчонок молодых. Лучше всего — без родственников, без знакомых, без друзей. Лучше всего — с подпорченными биографиями. Чтобы в случае чего...

Девчонок и для охраны использовать неплохо. Есть ситуации, когда лучше на улицы Москвы выкатить пятибашенные танки Т-35 5-й тяжелой танковой бригады и выпустить на просторы московских площадей полки 1-й Московской пролетарской стрелковой дивизии. Но есть ситуации, когда лучше пустить на московские улицы стайки смеющихся девчонок. У которых руки к убийству привычны.

Сила, но невидимая.

13

С точки зрения Мировой революции люди делятся на две основные категории: на тех, кого надо резать, и тех, кого пока не надо.

Грянет Мировая революция, и знать надо, кто есть кто. Чтобы всякие не примазались к победившему пролетариату. Ударит час, загудит набат мировой, и знать надо, был ли ты с нами, товарищ, или против нас. Уклонялся ли? Колебался ли? Проявлял ли примиренчество? Кто не с нами, тот против нас! Будет Мировая революция страшнее Страшного суда. И на каждого друга — папочка готова. Принцип старый: петушки к петушкам, раковые шейки в сторону! Леди и джентльмены, мадам, мадемуазель, месье, синьоры и синьориты, дамы и господа, уважаемые товарищи, дорогие друзья, ра-а-зберись по мастям!

Грядет день, и будет много работы товарищам из НКВД. Будет много стрельбы. Товарищи из НКВД будут истреблять врагов. Но кто будет истреблять друзей, которые могут стать врагами? Есть такая сила. Не спит Институт Мировой революции. Не спит никогда. Полки бесконечные и папочки на полках — вот оружие защиты Революции! Материал по всем странам. По всем континентам. По капиталистам. Помещикам. Социал-демократам. По либералам и социалистам. По левым радикалам и правым умеренным. По генералам и офицерам. По журналистам: написал мерзкую статейку про Советский Союз, про НКВД, про товарища Сталина, и все, и появилась на тебя папочка. Тоненькая. Один в папочке листочек — твоя статейка. Еще одну напишешь клеветническую, и станет твоя папочка толще ровно на один газетный листик. Можешь потом сто хвалебных статей писать. Хорошие не в счет. Хорошие тебе ничего не прибавят и не убавят. Плохого говорить не надо. Вот так. Сидишь где-то в своем Париже, пером бумагу карябаешь. И не знаешь.

Ох, не знаешь...

111

ГЛАВА 7

1

— Твоя работа сегодня — в группе цветов. Забудь все на свете. Помни: главное для тебя — цветы. Ты не одна на цветах. Постарайся представить, что ты одна отвечаешь за все цветы во всей Москве.

— Ясно.

Напирает толпа.

Мой читатель, если есть выбор: толпу московскую контролировать или табун бешеных жеребцов успокаивать, мой совет — лучше выбирать табун. Оно и проще, и спокойнее. А у Насти выбора нет. Боевая задача: контроль толпы, а именно — работа в группе цветов. Пробивается Настя сквозь толпу, как ледокол «Ермак» сквозь полярные льды. Ах, не затерло бы торосами. Взгляд вправо. Взгляд влево. Зорким оком видит Настя в толпе тонкие цепочки чекистов. С запада на восток. С севера на юг. Если глаз не наметан, то цепочек не фиксирует. Просто не улавливает их. В толпе не различает. А цепочки образуют коробочки. Скоро неслышная команда пройдет по цепям: блокируй. И не будет толпе выходов из не видимых ею коробочек. Только свои люди в толпе скользят, проходя свободно через линии чекистов как сквозь стену. И Холованов рядом проталкивается, и его ребята. Вот дядю какого-то прижали: что это у вас, дядя, оттопыривается? И еще одного. Ласково так. И незаметно. С трех сторон обжали и от галстука до подошв прощупали. Внимания не обратишь. Помяли, по бокам похлопали и привет: продолжайте, дядя, видом наслаждаться. И Настя сквозь толпу прорывается, как матрос Железняк из вражеского окружения. И весь девятый взвод, развернувшись цепью, сквозь толпу продирается. И еще какой-то взвод, и еще. Для постороннего это не взводы вообще, а просто комсомолочки в ситцевых платьицах. Если появится подозрение на оружие, то никто из группы цветов не вмешивается: Холованову мигнуть. Он разберется. А девочкам — цветы искать. Вот и Насте — та же задача. И высматривает. Как орлица парящая — змею в скалах. Вроде чисто тут. Вроде и тут все хорошо. Всю толпу не осмотришь. Сотни людей правее и левее ту же работу делают. Цветы высматривают. Тоже сквозь толпу сейчас продираются. Взгляд вправо. Взгляд влево. Вот оно! Здоровенная деваха с подругами. Прикрыли деваху подруги, а она, собака, букет держит. К земле букет опущен, чтоб незаметно. Надеется товарищу Сталину букет бросить. Не надейся, змея! Локтями Настя как веслами гребет. Пробилась:

— Отдай, гадина, букет. Застрелю.

Что в цветах может быть? Правильно. В цветах может быть граната. Бросят товарищу Сталину букет, а букет и взорвется вместе с товарищем Сталиным. Что еще в букете может быть? Правильно. Цветы могут содержать капли боевых отравляющих веществ. Как на химической войне. Бросят такой букет товарищу Сталину, вдохнет он аромата, и все.

Знает толпа, что цветов нельзя, но отдельные несознательные норовят. Работа эта вообще-то делается органами НКВД. Но кто за надежность НКВД поручиться может? НКВД подстраховывать надо. Подхлестывать. И вот доказательства небрежной работы: Настя целую охапку букетов набрала. Спрашивается, куда товарищ Ежов смотрит? Чем НКВД занимается?

Протиснулась Настя с букетами к самому ларечку «Пиво-воды». Красивый ларечек. Любо-дорого посмотреть. Только пива нет. Изнутри ларечек фанерными щитами закрыт, чтоб понятно было: нет пива. И вод прохладительных нет. Но Насте пива не надо. И народу пива не надо. Чтоб не спился народ. Ларечек совсем для другой надобности. Стукнула Настя условным стуком, раскрылась дверь. Внутри за занавесками химик сидит в противогазе. Осмотрел букеты, нет ли капель маслянистых. Нет таких капель. А мы пробы химические возьмем. Разбил трубки индикаторные, воздух прокачал: ничего трубки индикаторные не показывают. Значит, нет в цветах отравляющих веществ. Так, может, граната в них запрятана. Разобрали по стебельку каждый букет: гранаты в цветах не спрятаны. Но могут враги в букет гирьку вставить: швырнут такой букет в товарища Сталина, пусть в букете не граната, а всего лишь гирька, но и гирькой при желании так тяпнуть можно... Одним словом, и гирьки в букетах не обнаружилось. Проверили все — и в кузов. За ларечком машина стоит. Вот в нее цветы и кидают. Полная машина. Цветы эти можно теперь отвезти на спецучасток, где враги тысячами захоронены. И вывалить туда. Вроде, вечная вам память, товарищи враги. А товарищу Сталину преподносить надо совсем другие цветы. Те, которые в оранжереях цветочного хозяйства Кремля под особой охраной специально для такого случая выращены. И подносить цветы товарищу Сталину должен не всякий, кому захочется, а особо для такого дела подобранные люди.

2

Раскрыла Настя «Комсомольскую правду», а там на всю страницу — Сталин и она с букетом. «От имени советской молодежи... Знатная парашютистка Анастасия Стрелецкая... Любимому Сталину...»

3

Слухи по Москве: девка-то и впрямь жива-здорова, на всю страницу мордочку пропечатали. Симпатичная такая. Глазастенькая. С цветами. Советская молодежь цветы собрала — и ей, значит. А она от имени и по поручению. От всей советской молодежи. Прямо товарищу Сталину букетище. А болтали, разбилась...

Это все от Троцкого. Уродила же природа такого брехливого.

Ложатся на сталинский стол оперативные сводки о московских слухах за прошедшую неделю. За подписью товарища Маленкова. За подписью товарища Ежова. За подписью Холованова. Еще за чьей-то неразборчивой подписью. Сообщают независимые источники о том, что зарегистрировано новое, не встречавшееся раньше оскорбительное выражение: «Брешешь, как Троцкий».

4

— Тут у меня, Настя, сидят четыре лучших профессионала: карманник, домушник, медвежатник и липач.

— Липач?

— Липач. Это тот, кто липовые ксивы и липовые денежки рисует.

— А я думала, что советская власть всех, кто липовые денежки рисует, сразу к стенке.

— Это правильно. Власть рабоче-крестьянская липачей любит не больше троцкистов. В принципе, троцкист тот же липач, только на политическом фронте. Советская власть липачей мочит безжалостно. Кроме самых лучших. Самые лучшие еще послужат делу контроля и Мировой революции. Без липачей и медвежатников Мировая революция не победит.

— А медвежатники кто такие?

— Это те, которые с медведями работают.

— Дрессировщики.

— Нет. Они с другими медведями работают. Медведь — это сейф. Глянь вон на того расписного. Это Севастьян Иваныч. Медвежатник.

Заглянула Настя в дырочку: сидят на полу четверо, ноги по-турецки крестиком, в карты режутся.

— Это что же, разрешается им в тюрьме в карты играть?

— Понимаешь, Жар-птица, тюрьма у нас особая. С поблажками. Они — наши учителя. Они и тебя карманному делу учить будут и квартирному. Для контроля это нужные ремесла. Тут мы держим самых-самых. Отсюда они никогда не выйдут. Тех, кто учить не хочет, стреляем. Понемногу, нехотя они нам свои знания и навыки передают. А насчет карт... Их отнять невозможно. Пробовал.

Все может Холованов. На любом самолете летать может. С любым парашютом прыгать. Из любого оружия стрелять. А тут вдруг...

— Зайти в камеру и отобрать...

— Заходим, а карт нет. Обыскиваем камеру. Обыскиваем их. Раздеваем догола, все перетряхиваем. Карт нет. Камера пустая, спрятать некуда. Но нет карт.

Выходим. Как только засов в двери лязгнет, еще замок не замкнули, а они снова сидят и играют.

Оглядела Настя камеру еще раз. Пустая монастырская келья. Пол каменный. Стены несокрушимые. На окне решетка — прутья толще, чем руки у Холованова. И все. И четверо на полу. Чувствуют, что на них в дырочку долго и с любопытством смотрят, и сами на дырочку морды свои масленые развернули. Милые такие хари. Хитрющие.

5

— Дракон, я придумала, как контроль улучшить.

— Докладывай.

— Девочек у нас целый монастырь. И мордочки у всех — загляденье. А что если после прохождения курса у нас в монастыре, после трех-четырех лет работы отправлять их в провинции и проталкивать на работу к ответственным товарищам: секретаршами, телефонистками, машинистками, библиотекаршами, медсестрами в самые важные правительственные санатории и лечебницы, проводницами в правительственные поезда и вагоны... Тайн наших девочки не выдадут: они законы монастырские усвоили. Зато возле каждого большого начальника будет по нескольку наших девочек. Да так посылать, чтобы они из разных выпусков были, чтоб друг друга не знали и поставляли бы информацию о больших начальниках независимо друг от друга, да еще и друг о друге. Каково?

— Умница ты, Жар-птица, только неужто ты думаешь, что товарищ Сталин без тебя до этого не додумался и не внедрил такую систему с 1919 года?

117

Севастьян-медвежатник синими картинками расписан. И на щеках, и на шее, и на ушах картинки завлекательные и надписи романтические. И за ушами. И на ладонях. И на кончиках пальцев. И под ногтями.

— Здравствуйте, Севастьян Иваныч.

— Здравствуй, коль не шутишь.

— Холованов сказал, что вы меня ремеслу учить будете.

— А чего тут учить? Берешь медведя...

Огромен подвал. Со всей России сюда когда-то большевики сейфов навезли. Всяких типов. Ключи у Холованова. Холованов сейфы запер. А у Севастьяна-медвежатника — только проволочки в руках. Севастьяну — отпирать.

— Берешь медведя, к примеру, этого. Фирма «A.WEBBLEY & Co, West Bromwich». Британский. Что дальше делаем? Достаем проволочки. — Прищурился Севастьян на свет, изогнул проволочку и — в дырочку ее. И еще одну. И еще. Покрутил проволочками. Сейф — щелк. Повернул Севастьян ручку, сейф и открылся.

— А это германский, крупповский. Что с ним делаем? Открываем его. Зачем ему закрытому стоять? А это наш родной путиловский. Здоров. Ой, здоров. А мы его трык — и готово.

На одни сейфы Севастьян по пять минут тратит, на другие — десять. Маленький зелененький крутил двадцать минут. А потом снова легко у него пошло. Некоторые и за минуту открывает. Идет Севастьян подвалом, только замочки щелкают. Он их все давно знает. И каждый уже по сто раз открывал. Они ему уже, может, и надоели, как старому школьному учителю, который на все задачи давно-давно ответы знает.

118 — А теперь сама попробуй.

Остаток ночи Настя сейф вскрывала. Пальцы исцарапала, все проволочки гнула так и эдак. А Севастьян рядом сидит, посмеивается.

7

С восьми утра у Насти сон. Но как уснешь? Издевается Севастьян. Не хочет учить. Не хочет и все тут: вот надо так и так. А как? И Холованову: кого, мол, учиться ко мне шлете? Неспособность. Ей показываешь, а она ничего не понимает.

А ведь знает каждый — нет плохих учеников и быть не может. Есть только плохие учителя. И если ученик не понимает учителя, значит, не развил учитель свои способности так, чтоб всякий его понимал.

И нет ничего более обидного и унизительного, как восемь часов у путиловского сейфа простоять, тыча проволоками и гвоздиками в отверстие. До слез Насте обидно. Это выражение такое: «до слез». Обидно Насте, но слез она ему не покажет. До слез он ее не доведет. Настю и в подушку плакать не заставишь. Она только зубами скрипит. Бежать восемь часов легко, а стоять восемь часов у сейфа, в бессильной ярости царапая его, — пытка.

А Холованов посмеивается. Однажды показал Холованов Насте свою слабость: не знает, как найти у Севастьяна карты, теперь Холованову хочется, чтобы и Настя свою слабость почувствовала.

8

Россия во тьме.

Но рассвет уже все заметнее. «Главспецремстрой-12» — на запасном пути. Вправо пустота. Влево — пустота. Спецпроводник Сей Сеич спит. Он **119** завершил свой трудовой день. Настя и Холованов не спят. Через час подойдет маневровый паровоз с одной платформой. На платформе обычный груз — ящики с катушками тонкой стальной проволоки. Тонкая проволока, но много ее. Ящики неподъемные. Потому на поездах треста «Главспецремстрой» есть особые подъемные механизмы: одни ящики принять, другие вернуть. Раз в неделю в ночь с пятницы на субботу на разъезд 913-й километр подают вагон стальной проволоки. Малыми ручейками стекаются катушечки из районов, превращаясь в потоки на областных сборных пунктах. Эти невидимые стороннему глазу потоки сливаются в могучую информационную реку, которая наполняет бездонный океан знания.

Разъезд 913-й километр — сборный пункт информации для района Среднего Поволжья и Урала. А на каких-то других полустанках и разъездах сейчас принимают такие же ящики с катушками.

Принимать груз, перегружать — не Настино дело. На то особые люди есть. Работа дежурного спецкурьера — быть рядом с грузом. В случае осложнений немедленно сообщить условным радиосигналом, что груз в опасности. А куда сообщить? Сообщить — куда следует. Каждому, кто попытается захватить груз, надо просто предъявить полномочия и сказать: позвоните по такому-то телефону. Дядя на том конце провода умеет объяснять коротко и доходчиво. В крайнем случае от электровоза к платформе с ящиками протянут под вагонами мощный электрический кабель: только на кнопочку нажать, и размагнитятся все катушки. И станут обыкновенной стальной проволокой. Кроме всего (это на самый крайний случай) у Сей Сеича в купе в особом шкафу — пять автоматов Томсона. Тех самых, с которыми американские гангстеры из Чикаго любят появляться в обществе. Но сейчас грузу ничто не грозит. И груза еще нет. Стоит «Главспецремстрой» во тьме. За окном подковы часового по камушкам хрустят.

А Холованов с Настей ждут внутри.

— Ты все поняла?

— Все.

— В следующий раз я с тобой не поеду. Такую работу ты и сама можешь делать.

— Да, конечно.

— Теперь я тебе расскажу, куда нас сегодня занесла судьба. Тебе такие вещи знать надо. Тут совсем рядом Волга. Впереди мост. Там, на левой стороне, — Куйбышев. А тут, на правой, на север от нашего разъезда, Жигулевские горы. Между Жигулями и Куйбышевом поперек Волги возводится плотина самой мощной в мире Куйбышевской ГЭС. В Жигулевских горах по приказу товарища Сталина, начиная с февраля 1933 года, идет строительство подземного города. Великая освободительная война не за горами. Сейчас в составе Советского Союза одиннадцать республик, лет через пять их будет тридцать—сорок. Это число будет расти. Москва так и останется официальной столицей Советского Союза, но управлять миллионами войск и огромной, все разрастающейся страной с сотнями миллионов населения лучше из никому не известного, недоступного и неприступного центра, который специально создается именно для этой цели...

9

— Садитесь, товарищ Холованов. Докладывайте.

— Новая идея, товарищ Сталин.

— Новая идея?

121

— Именно так, товарищ Сталин. Новая идея.

— Что же это за новая идея?

— Одну из крупных гостиниц в центре Москвы, лучше недалеко от Кремля, надо отдать полностью для обслуживания высшего руководящего состава Советского Союза. Иностранцев в нее не пускать...

— Это уже осуществлено, товарищ Холованов. Гостиница «Москва» служит только для обслуживания высшего руководящего состава Советского Союза, и иностранцев в нее не пускают.

— Запретить чекистам подслушивание телефонных разговоров в этой гостинице.

— Запрещено.

— Гостиницу подчинить комендатуре Кремля. И чтоб ни один чекист не смел...

— Гостиница подчинена комендатуре Кремля, и ни один чекист не смеет.

— Все номера оборудовать подслушивающими устройствами, все услышанное докладывать не в НКВД, а лично вам.

— Лично мне докладывают.

— Усилить освещение гостиницы в ночное время, чтобы москвичи и гости столицы могли гостиницей любоваться и днем, и ночью.

— Она и так хорошо освещена. Люди ночью едут, любуются.

— Еще сильнее осветить. Кроме того, провести модернизацию гостиницы. Поставить новую вентиляционную систему. Плотные тяжелые шторы во всех номерах заменить на легкие, и чтоб не все окно занавешивалось, а только нижняя часть.

— Вот это идея, товарищ Холованов. В вашу голову иногда приходят гениальные идеи.

Опустил Холованов глаза. Любил он, когда Сталин хвалит, но постановил раз и навсегда сам для себя: Сталина не обманывать. Просто потому, что обмануть его нельзя. Потому, что неправда все равно выплывет. Поэтому говорил Холованов Сталину правду. Похвалы получал редко. Но голову ему пока сохранить удалось. Каждый, кто врал Сталину, даже в мелочах, долго не жил. Потому Холованов, в ноги себе глядя:

— Это не моя идея, товарищ Сталин.

— Чья же?

— У нас в контроле работает одна девушка. Вы ее знаете. Парашютистка.

— Стрелецкая.

— Она.

— Где она?

— Сейчас она в вашей приемной. Я ее на всякий случай захватил.

— Зовите.

10

Сидит Настя в приемной. Личный секретарь Сталина товарищ Поскребышев бумаги в аккуратные стопочки складывает. Скользнула одна бумажка — прямо Насте под ноги.

Закрыла Настя глаза рукой: я вашими секретами не интересуюсь.

— Это не секреты, — Поскребышев смеется. — Это товарищ Сталин иногда на совещаниях сидит и на бумаге чертиков рисует, а мне эти бумаги собирать и сжигать.

— Как сжигать? — похолодела Настя. — В музей!

123

— Это же не картины. Просто сидит человек задумавшись и машинально на листочке чертит.

— Все равно в музей! — Посмотрела Настя на листочек, Поскребышеву отдавая, и волна разочарования хлестнула ее: это для музея явно не годится. Весь листочек изрисован волками и чертиками. Рисунки отнюдь не божественные, не сравнить ни с Рафаэлем, ни с Рембрандтом. И тайно призналась Настя сама себе: Сталин рисует плохо. Даже хуже, чем Пабло Пикассо.

Растворилась тут дверь в сталинский кабинет:

— Входите.

11

Вошла.

— Товарищ Стрелецкая, ваши предложения относительно гостиницы интересны. Но почти все, что вы предлагаете, мною уже осуществлено. Знать обо всем этом вы не могли...

— Товарищ Сталин, логика нас ведет по одному пути.

— Но вы по этому пути пошли дальше меня. Расскажите о шторах, вентиляции и освещении.

— Товарищ Сталин, подслушивание — дело хорошее, но гораздо важнее видеть выражения лиц, мимику. Иногда хитрецы догадываются, что их могут подслушивать и знаками указывают собеседнику на необходимость молчать. Важно видеть эти сигналы. Важно знать, что между двумя людьми есть нечто такое, что надо скрывать. Вообще зрительное наблюдение за человеком в ситуации, когда он этого наблюдения не предполагает, дает больше, чем любое подслушивание. Новая

124 вентиляционная система в гостинице «Москва»

будет иметь мощные подводящие и отводящие воздушные трубы. Чтобы приятно дышалось. Вентиляционная система сократит полезный объем здания, но позволит нашим людям свободно перемещаться по вентиляционным шахтам и просматривать номера через вентиляционные решетки. Для того чтобы визуальный контроль можно было осуществлять и ночью, надо все тяжелые занавески с окон снять, заменив их легкими полупрозрачными. Окна в «Москве» широченные, надо только их снаружи хорошо освещать всю ночь, тогда комнаты будут хорошо просматриваться круглые сутки.

— Если линия логических рассуждений привела и меня, и вас на один путь, следовательно, и большой руководитель может до этого же догадаться.

— Кто-то догадается и будет осторожен. Кто-то не догадается. В гостинице «Москва» сотни номеров, за 365 дней в году можно кое-что интересное узнать. И если кто-то из больших руководителей предполагает, что его подслушивают, то предположить, что еще и подсматривают, трудно.

— Хорошо. Товарищ Холованов, надо срочно в Америке заказать лучших специалистов по вентиляционным системам.

— Этим вопросом я уже занимаюсь.

— Надо такие вентиляционные системы создать, чтобы при движении по ним наших людей не было бы грохота.

— Это дело техники, товарищ Сталин.

— И чтоб звук из одного номера по трубам не передавался бы в другой номер.

— Все предусмотрим, товарищ Сталин.

— И так надо сделать, чтобы эти американцы потом не выболтали наш секрет.

— Я об этом позабочусь, товарищ Сталин. **125**

— Но как заставить самых высших руководителей при посещении Москвы останавливаться именно в гостинице «Москва»? Если мы это им предпишем, они насторожатся. А без предписания они могут останавливаться на дачах и в квартирах своих друзей, в других гостиницах. На худой конец, у каждого из них есть свой собственный вагон или даже поезд со спальнями, ванными комнатами, библиотеками, ресторанами и всем необходимым для жизни. Мы оборудуем гостиницу, а они в ней останавливаться не будут. Вот над этим вы и не подумали.

Посмотрела Настя Жар-птица в тигриные глаза вождя народов и тихо возразила:

— Над этим я подумала.

12

Пока товарищ Сталин Холованову выразительный взгляд дарил, Настя успела о другом подумать. О Севастьяне. О его картах. Как обыск в камере идет? Открывают камеру. Обыскивают четверых. Заставляют раздеться. Обыскивают одежду еще раз. Осматривают голых. Заставляют отойти к стене. Обыскивают всю камеру, начиная от двери по часовой стрелке, затем снова обыскивают одежду, потом снова осматривают голых, затем камеру обыскивают от двери против часовой стрелки. А что не обыскивают? Правильно!

Хотела Настя от радости закричать, но вспомнила, что в кабинете Сталина сидит и обсуждают они совсем другой вопрос.

13

— Над этим я подумала, товарищ Сталин. **126** Надо сделать гостинице рекламу.

— Мы — коммунисты, мы рекламой не занимаемся.

— Мы сделаем рекламу не прямую, но косвенную. Лучшая стратегия — стратегия непрямых действий: если мы хотим уничтожить Германию, мы должны наносить удар не по Германии, а по Румынии. Именно так надо действовать и в области рекламы. Глупо объявить, что гостиница «Москва» — лучшая в мире. Это атака в лоб. Она успешной быть не может. Мы пойдем другим путем. Мы сделаем так, чтобы во все самые памятные мгновенья жизни изображение гостиницы «Москва» находилось перед глазами каждого нашего руководителя...

— Не делайте паузу, товарищ Стрелецкая, я заинтригован в достаточной степени.

— Самые важные, самые памятные моменты жизни человека отмечаются выпивкой. Надо выпустить новый хороший сорт водки специально для высшего руководства и поместить изображение гостиницы «Москва» на этикетку водочной бутылки. Случилось нечто важное в жизни руководителя — он пьет водку, а изображение гостиницы «Москва» — перед ним. Этот образ проникает в глубокое подсознание, особенно в моменты опьянения и засыпания: механизм запоминания еще работает, но механизм логического осмысления уже отключился. Потому нужный нам образ отпечатывается в его мозгу помимо логики, вне ее и вопреки ей. Потом руководящий товарищ вспоминает лучшие моменты своей жизни, одновременно возникает образ... Профессор Павлов такие опыты на собаках ставил. Так вот мы методом Павлова контуры гостиницы «Москва» впечатаем в сознание и подсознание ответственных товарищей. Как павловским псам. Чтобы тянуло их в эту гостиницу, как в лучшие моменты своего прошлого.

— Хорошо, но этикетка получится странной. Символами Москвы являются кремлевские башни, собор Василия Блаженного, символом может быть Большой театр, но изобразить на этикетке просто одну гостиницу, одну из многих... Это покажется подозрительным и странным.

— Странным это покажется только поначалу. Через неделю к новой этикетке все привыкнут.

— А как же мы эту новую водку назовем? Гостиница называется «Москва». Находится в самом центре Москвы, но водка «Московская» уже есть.

— Может, назовем «Столичная»?

ГЛАВА 8

1

Зал двухсветный. Стена на север — глухая. Стена на юг — почти глухая: одна в ней только дверь железная. Зато на восток — три окна. И на запад — три. Окна в три человеческих роста. Не простых три роста, а выше среднего. Затейливые рамы железные. По верху — стекла многоцветные.

Приказал товарищ Сталин Настю больше на звуковом контроле не держать: слушать, что люди болтают, любой может. Приказал товарищ Сталин поставить Настю на аналитическую работу. И создать условия.

Если товарищ Сталин приказал, то Холованову осталось только резко встать, вытянуться, щелкнуть каблуками полированных сапог и ответить четко: «Есть создать условия».

Что за условия? Прежде всего — нужна большая светлая комната. Эта пойдет? Пойдет. Не велика ли? Нет, не велика. Что еще? Еще стены и простенки отделать пробковыми плитами. Где взять? Это Холованову забота. Вспомнил Холованов ударение сталинское на слове «обеспечить» и ничего не сказал. Раз приказано, значит, будет обеспечено.

129

Пробковые плиты размером два фута на два, толщиной в два дюйма продает британская фирма «Эркол». Конторы, заводы и склады этой фирмы возле Рединга. Это между Лондоном и Бристолем. Сгонять самолет в Лондон и привезти. Долго ли?

Скрипнул Холованов зубами, но самолет сгонял. Привез. Обклеили стены. Понравилось Насте. Одобрила. Что в этом зале раньше было? Может, иконописная мастерская, и потому окна такие большие. А может, еще что. Зал именно такой, о каком всякий, занятый аналитическим трудом, мечтать должен. Дверь старинную железную современной стальной заменили. И приладили табличку: «Вход воспрещен!»

И уточнение:

«Вход разрешен:

1. Тов. Холованову.

2. Профессору тов. Перзееву.

3. Тов. Стрелецкой».

Перзеев — профессор-психолог. Работает в монастырских подвалах. Ему и Холованову разрешен доступ в большую светлую комнату, которая отныне именуется Залом Жар-птицы. Хозяйкой тут — Настенька. Они посетители, она — постоянный работник.

Первым делом, до того как зал засекретили, приказала Настя печку-буржуйку поставить. Монахи без отопления жили, и она могла бы, но с огоньком, с легким запахом дыма, с треском сосновых смолистых поленьев лучше. И еще приказала Настя, чтоб длинные широкие столы поставили. Принесли из трапезной монастырской длиннющие дубовые столы. Черные. Лет им по двести. Ножки резные. Так установили, чтоб не шатались. Намертво подогнали, вроде столы с полом из одного камня вырублены. Не шелохнутся.

Вот и все условия для работы. Настя — не привередница.

В углу у буржуйки поставила Настя себе кресло дубовое резное. Не кресло — трон. Спинка метра два высотой, вся чертиками и львиными мордами изрезана. Заперлась Настя, растопила печку, села на трон и задумалась: с чего начинать?

2

— Товарищи девушки, сегодня перед вами выступит наш дорогой профессор Перзеев. Мы каждый день работаем рядом с этим незаурядным человеком, забывая, что он один из величайших знатоков психологии вообще и психологии людоедства в частности.

Захлопали девушки. Встал Перзеев, солнце в окне загородил.

— Товарищи девушки, людоедство — это самая интересная наука...

— А марксизм-ленинизм?

— Хм. Это, конечно, так. Хм... Да. Правильно. Я бы сказал так: марксизм-ленинизм — вне конкуренции. Марксизм-ленинизм возвышается над всеми науками и, конечно, является самой интересной наукой, но сразу за марксизмом идет людоедство.

Одобрили девушки Перзеева: такого не вышибешь из седла.

— Итак, кто же такой людоед? Людоед — это самый обыкновенный человек, которому очень хочется кушать. Все мы с вами людоеды, только у всех нас сегодня был вкусный завтрак, и все мы сыты. Но как только... Одним словом, людоедство — самая интересная в мире наука потому, что изучает психологию человека, который превратился в зверя. Особый интерес представляет для науки именно переломный момент, именно грань, которая разделяет существование человеческое и существование скотское. Превращение людей в скотов происходит поразительно быстро. Не забывайте — на нас всего только шесть тысяч лет цивилизации легоньким слоем лежат, а если поскрести, то под этим слоем сто миллионов лет беспросветного зверства. Каждого человека в это зверство опять тянет, но не каждый сознается, что тянет. И не только психика тянет нас в пучину зверства — случаются ситуации, когда надо или сдохнуть, или сожрать ближнего. Даже не так: сожрать ближнего или ближний сожрет тебя. Терять нечего, и сильный пожирает слабого. Став однажды людоедом, человек обычно до конца жизни им остается, хотя и старается это скрыть. Это как убийство: один раз убил, другой, а потом как втянешься! В людоедство втягиваются быстрее, чем в обычное убийство. Людоедство более сильный наркотик, чем убийство без пожирания трупа. В людоедство человек втягивается сразу после первого акта, редко — после второго. Навсегда. Если после первого акта людоедства у человека потом всегда будет достаточно пищи, то и тогда он тайно или явно людоедом остается. Он может практиковать людоедство активно или только мечтать о нем, но это дела не меняет: он людоед. Впрочем, как и все мы. Советская наука, как самая передовая в мире, имеет уникальный опыт изучения причин, условий, процессов и следствий людоедства. Наша наука имела совершенно беспрецедентные возможности всестороннего изучения феномена массового людоедства, особенно в 1919 и 1920 годах, а также в 1932-м и особенно — в 1933-м. О! Наша наука полностью использовала предоставившиеся ей возможности...

132

— И вы, профессор, — не выдержала Настя, — сами видели живых людоедов?

Рассмеялись все. И профессор рассмеялся:

— Только в подвале под колокольней я семьдесят шесть людоедов держу. Для экспериментов.

3

Все в мире начинается с организации.

В каждом деле надо какую-то систему придумать, шкалу ценностей, какие-то координаты изобрести, в которые факты и цифры можно укладывать и сравнивать.

Долго Настя на стену смотрела, а потом поставила лесенку и фотографию клиента главного — Николая Ивановича Ежова кнопочками приколола. Фотография 30 на 24. Пробка для того, чтоб портреты и бумажки легко кнопочками прикалывались.

Николай Иванович Ежов — точка отсчета. Николай Иванович Ежов — ближайший друг товарища Сталина, следовательно, главный враг. Николаю Ивановичу Ежову доверена безопасность страны, правительства и товарища Сталина лично. И если так, то товарищ Ежов — самый опасный человек.

Отошла Настя, голову склонила, на свою работу любуется: стена в четыре человеческих роста и ширины соответствующей. Вся стена теперь мягкая и пахучая: от пробковых панелей запах изумительный. До головокружения. Плиты пробковые пропитывают чем-то возбуждающе-дурящим.

На возбуждающей стене — один портрет на четырех кнопочках: молоденький шеф НКВД, на петлицах звезды, как у маршала. Под фотографией Настя самую кратенькую характеристику приколола:

133

«Родился 1 мая 1895 года. Пролетарского происхождения. Хорошо поет. Ценитель искусств. Образования не имеет. Лечился от педерастии. Не долечился».

4

Стукнул в дверь профессор Перзеев, зашел, похвалил: молодец, Жар-птица, фотографии клиентов перед глазами иметь надо, в глаза клиентам почаще заглядывать. В мир внутренний проникать.

Рядышком Настя фотографию жены приладила — Женечки Хаютиной-Ежовой с характеристикой: «Делу партии предана. Проявляет революционную бдительность. Настойчиво изучает теорию марксизма-ленинизма. Любит икру осетровую. Домработниц бьет. Одевается в Париже. Владеет самой богатой в Москве коллекцией женской одежды. Любимые духи — «Лориган Кота». Любимые камни: сапфиры с чернотой; изумруды цейлонские, светлые, с внутренним сиянием; бриллианты бесцветные или розовые. Хорошо ориентируется в шкале прозрачности бриллиантов. Лето проводит в Ялте, зиму в Барвихе и на курортах Австрии. Сожительствует — см. особую папку 29/815. Сожительствовала с Ежовым, когда мужем был Хаютин». Тут же и про Хаютина кратенько: «Враг. Троцкист. Террорист. Вредитель. Своей женой изобличен в связях с германской, польской и японской разведками. Ликвидирован».

Ниже фотографий Ежова с женой и ее бывшим мужем — портреты ежовских заместителей: товарищей Фриновского, Заковского, Бельского, Жуковского и Чернышева. Ниже портреты начальников главных управлений, центральных управлений, респуб-

134

ликанских наркомов, начальников областных и лагерных управлений. И жены рядышком.

Важно о женах знать больше. Если какая жена мужем командует, то портрет такой жены Настя не на одном уровне с мужем помещает, а чуть выше. Чтоб в глаза бросалось. А если муж в семье главный, то тогда фотографию мужа чуть выше фотографии жены. Но это редко.

С самим Ежовым не ясно. По записям разговоров выходит, что жена им правит, как Бонапарт Европой. Но как напьется Николай Иваныч (а напивается часто), то тут уж он Бонапарт. Потому портреты Ежова и его жены рядышком висят. На одном уровне.

А Настя ниточками портреты соединяет. Все к системе привести надо. Чтоб закономерности обнаруживать. Если люди свои — значит, соединить красной ниточкой два портрета. У каждого начальника — группа, с которой связан порукой, может, и кровью. Свою группу каждый начальник за собой по служебным лестницам тянет. От каждого начальника к нижестоящим — красные ниточки: свои ребята. Вражда — черная нитка между двумя портретами. Тайное недоброжелательство — серая. Тут паутина серая сразу оплела все портреты. Внебрачные половые связи — желтой ниточкой. Клубка не хватило. Педерастические отношения — это голубеньким.

Пришел Холованов: ай да картина. Ай да умница Настя. Жаль, нельзя товарищу Сталину в Кремль отвезти такую картину и продемонстрировать. Ничего. Товарищ Сталин сам тут бывает. Покажем. Одно дело — папки листать, листочки перекладывать, от пыли канцелярской чихать, другое дело — картина на всю стену: сто главных лидеров НКВД и жены их тут же, и любовницы, и любовники. Вся стена вроде мозаикой изукрашена. Не зря самолет в Лондон гоняли. Не зря пробковые плиты фирмы «Эркол» везли. И как легко в случае изменений портретики переколоть и ниточки перетянуть. Был товарищ Прокофьев заместителем Наркома НКВД, перебросили его заместителем Наркома связи, на его место товарища Бермана поставили, потом товарища Бермана назначили Наркомом связи, товарища Рыжова на его место, расстреляли Рыжова, и кресло зам. Наркома НКВД занял товарищ Жуковский. Если так и дальше пойдет, то каждые три-четыре месяца надо портретик менять. Редко кто на этом месте, как товарищ Берман, десять месяцев продержаться может. Если все к системе привести, то нетрудно понять, что товарища Жуковского скоро со стенки снимать придется и на его место вешать портрет товарища Филаретова. Но и ему больше трех месяцев тут не висеть...

И как легко на пробковую стену повесить новый портретик. И ниточками с другими портретами соединить: красненькими, серенькими, черненькими, желтенькими, голубенькими.

На другой стене — карта Союза от потолка до пола. Флажками по карте республиканские и областные управления, лагерные управления, тюрьмы, лагеря, запретные зоны, санатории НКВД, дома отдыха, лагеря отдыха для детей руководящих работников НКВД, исправительно-трудовые лагеря для детей расстрелянных руководящих работников НКВД. Тоже картина впечатляющая.

В простенках между окнами Настя структуры смежных организаций разместила. Система та же: пирамида из портретов начальников и их жен — это официальная картина. А соединишь портреты ни-

точками разноцветными, и вырисовывается картина не-
официальная.

Размещает Настя портреты тех, кто раньше в НКВД
работал, и чудные узоры расцветают: Наркомат лесной
промышленности, присмотришься — филиал НКВД.
Наркомат связи, а все начальники из НКВД. Строительство железных дорог — опять филиал НКВД. Освоение Севера — опять НКВД. Освоение Дальнего
Востока — опять филиал. Множество строек — и все
филиалы. Много филиалов, на стенах места не хватает.
Надо стенды заказать.

5

Москва снова про Робеспьера болтает. Народ московский особый интерес к французской революции проявляет. Параллели напрашиваются: там церкви
разрушали и тут у нас; там террор и тут у нас; там Робеспьер был объявлен Верховным существом, хм, тут
параллель не прослеживается; там вождям Робеспьер
начал головы резать и у нас процессы над вождями,
правда, головы не отрезают, а только простреливают, а
потом Робеспьера... того. Свои же.

6

Еще Настя повесила плакаты со знаками различия
чекистов. Тут нюансы. Во всех главных управлениях
НКВД знаки различия, как в армии, но есть в НКВД
совершенно особая структура — ГУГБ: Главное управление государственной безопасности. Этой структуре —
привилегии и преимущества. Первичное звание — сержант государственной безопасности, **137**

а знаки различия — как у младшего лейтенанта армейского, пограничного или гулаговского. Лейтенант же государственной безопасности носит шпалу, как капитан. Майор государственной безопасности — три шпалы, как полковник. И звания особые в ГУГБ, например: старший майор государственной безопасности. Кто-то не очень языки знал, когда звание такое придумывал. Майор и есть — старший. Старший же майор — это вроде как дважды старший. У старшего майора государственной безопасности в петлицах ромб. Во всех других главных управлениях НКВД и в армии ромб — это комбриг. Не пожалел товарищ Сталин знаков различия Главному управлению государственной безопасности. Жаль, чекисты на сталинскую заботу благодарностью не отвечают, заговоры плетут. В соседней комнате — тринадцать тысяч папок с личными делами чекистов-заговорщиков. Это только те, которых за последние полтора года пришлось ликвидировать. Где гарантия, что оставшиеся новых заговоров не плетут?

7

Сидит Настя одна. Где день, где ночь? Глаза красные. Иногда стукнут в дверь: обед. Хорошие обеды приносят. Но так же и уносят. Нетронутые.

Редко Холованов заглядывает:

— Что, Царевна-несмеяна, вычислила?

— Ничего не вычислила.

— Пошла бы пробежалась...

— Еще набегаемся, Дракон. Помяни мое слово: набегаемся.

— Пошла бы в бане выпарилась... Легче будет.

— Еще напаримся, Дракон. Еще напаримся.

Месяц прошел. Два прошло. Осунулась затворница. Побледнела лицом.

Непонятны разговоры чекистов. Вернее, понятны, но не все. Между собой они людей не именами, а кличками называют. Это у них вроде профессионального шифра. Часто сменяемого. Чекисты целыми пластами меняются. Пока Институт Мировой революции разберется, кого какой кличкой называют, уже новое поколение начальственные кресла заняло и новые клички ввело...

— Ты как в гареме, Настена, чахнешь.

Это ничего. Придет время веселиться. А сейчас надо работать. Надо собирать кусочки информации и сводить в систему. Все взаимосвязано. Только эти связи не всегда понятны. Вот все и надо связать. И это труд. Работает Настя так, что подташнивает слегка от недосыпа, работает так, что круги зеленые в глазах. Работает так, что круги черные под глазами. Возможности человеческого мозга катастрофически недооцениваются. Листает Настя папки, читает, запоминает, сама себе удивляется: это нужно же столько запомнить!

— Нет, — говорит Холованов, — Так дело не пойдет. Не пойдет. Полетишь со мной. Я тебя насильно от умственной работы отрывать буду. Приказ: одевайся в меха, летим в Хабаровск.

Далеко до Хабаровска лететь. Посадка в Куйбышеве, заправка. Посадка в Новосибирске, заправка, ночевка. Потом Иркутск. Только потом **139**

Хабаровск. Маршрут дальше проложен — до Владивостока. В этом смысл особый.

А пока самолет летит. В кабине — Холованов, радист и бортмеханик. А в салоне Настя одна — спецкурьер. Укуталась Настя в полярные меха, пригрелась. Шевелиться не хочется. Двигатели рядом ревут, раскалились. По крыльям иней, а двигатели от жара — в дрожащем мареве и хвосты из них огненные. Сколько энергии тратится на охлаждение двигателей. А ведь дойдут когда-то люди и до того, что часть тепла двигателей будут отводить в кабину и греть ее, и тогда пассажиры будут летать не в унтах, не в полярных куртках, не в волчьем меху, а просто в пальто или даже в плащах.

10

Вторая посадка в Новосибирске.

Военный аэродром в лесу.

Отвел Холованов самолет на дальнюю стоянку. Для таких самолетов особое место за тремя рядами колючей проволоки. Подтянул тягач цистерну заправочную. Навалились инженеры и техники с отвертками на двигатели. Грозный караул принял «Сталинский маршрут» под охрану. Подрулила машина «Эмочка». Это за бортмехаником и радистом. Их место в командирской гостинице. Это не просто члены экипажа, а члены экипажа сталинского самолета: в гостиницу для полковников.

А для Холованова (личный сталинский пилот) и для Насти (спецкурьер ЦК) — другая машина и другая гостиница. Правительственная.

Это в другой стороне. В лесу за колючей проволокой, за зеленым забором. Около того же аэродрома, только в ином мире.

Поднимается страна, строит заводы-гиганты, например самый мощный авиационный завод в мире, а вокруг завода строится город Комсомольск. Строит страна своими силами, живет в землянках и бараках, но американских инженеров надо размещать так, чтобы не было стыдно за Страну Советов. И потому в живописном лесу у будущего Комсомольска за колючей проволокой и зеленым забором строится американский городок. Строится по американским проектам, с использованием американской техники и американских строительных материалов. Маленькие уютные двухэтажные домики. Чтобы приятно было жить и работать: семь-восемь комнат, приемный зал, кухня с залом для завтраков, обеденный зал, вечерний зал, маленький совсем бассейн внутри дома и еще один — возле дома, гараж на две-три машины, подвалы для разных надобностей и небольшой садик вокруг. Вот и все. На семью из двух-трех человек вполне хватает. Улочка небольших красивых домиков, кинотеатр, американский магазин, маленький ресторанчик, поликлиника — вот и весь городочек.

И охрана вокруг.

Еще пример. В Магнитогорске строится сверхмощный металлургический комбинат. Нужна броневая сталь. Неподалеку в уральском лесу за зеленым забором — городок для американских инженеров.

И строит страна Челябинский танковый завод — и опять американский городок.

И по всей стране.

И для руководителей наших советских — американские городки.

По американским проектам. С использованием американской техники. Из американских материалов.

Так будут жить все люди в двадцать третьем веке. Если их много не расплодится. А сейчас пока так можно строить только для тех, кто на самой ответственной работе. Только для тех, кто ведет мир к Мировой революции, к всеобщему счастью и равенству.

Открыл водитель дверь машины, вышла Настя — вся в меху. Пушистая, как полярник. И Холованов вышел — тоже пушистый. Маленький дворец перед ними. Белый дворец в голубой сибирской тайге. Американский проект. Четкие прямые линии. Никаких излишеств. Как выражаются архитекторы, объект ориентирован горизонтально. Белый гранит. Такого и у капиталистов не встретишь. Правильно. Надо строить на века. Так строить, чтобы потомкам не стыдно было за своих предков. Тишина над дворцом.

Только ветер в кронах сосновых шумит, тишины не нарушая, но подчеркивая ее.

12

Провела горничная Настю и Холованова в покои. Насте северное крыло, Холованову — восточное.

Название — гостиница, и потому ждешь широкие коридоры и красные ковры по сверкающим паркетам. Как везде у нас. И ждешь двери вправо и влево.

А тут не так.

Тут планировка свободная. Как во дворце должно быть, как в космическом корабле двадцать четвертого века. Основная идея: не позволить взгляду охватить все сразу. Потому нет четких границ комнатам и залам, потому плавно переходят коридоры в лестницы, а комнаты — в галереи и балконы. Потому каждый поворот открывает что-то совсем новое. Потому двери покоев выходят не в прямой, как улица Горького, коридор, а в залы неуловимой формы с огромными каминами, с широкими подушками-диванами, с поющим в камнях среди тропических орхидей ручейком, скользящим из одного зала в другой, со стеклянной стеной над лесистым утесом, с настоящим сибирским водопадом, который ревет за прозрачным барьером, бросая свою искрящую мощь в головокружительные глубины.

Ах, врезали дворец куда следует. С понятием. Так надо дворец ставить, чтобы под балконами и галереями дикая река с ревом рвалась через утесы к хрустальному озеру, чтобы водяная пыль водопада закрывала ущелье, чтобы клубилась снежным туманом в ненастье, чтобы сверкали в ней радуги от солнечного луча. Такое надо озеро выбирать, в котором вода прозрачна до самых глубин, в котором каждый камушек на дне виден, каждая рыбка в камнях. Такое надо озеро выбирать, в котором на той недоступной стороне прямо из прозрачных вод громоздятся уступы бордовых гранитов, а с каждого карниза в скалах в небо рвутся золотые кедры. Там место надо выбирать, где запах смоляной тайги пропитал землю и небо навсегда.

Сбросила Настя унты, куртку волчьего меха, толстое шерстяное белье и легкое шелковое. Ванна — маленький бассейн, бурлящий изнутри. Тут же рядом с ее спальней и маленькая финская баня. Хорошо после многочасовой тошнотной самолетной вибрации снять тяжелое облачение и забраться в бурлящую ванну. Хорошо потом нырнуть в ледяной бассейн. Хорошо залечь на обжигающие доски финской бани.

Холованов мог бы и дальше гнать самолет без ночевки в Новосибирске. Он вообще сорок восемь часов лететь может. Но придумал ночевку, **143** чтобы Настю от бумаг оторвать. Чтобы проветрить за облаками, чтобы напоить морозным воздухом высоты.

Тихо в лесном дворце. Редко кто тут останавливается. И слуг не видно. Спросили Настю, спросили Холованова: что на ужин? Желаете ли фильмы смотреть? Какие именно? Нужны ли переводчики? Когда разбудить? Когда завтрак подавать? И что на завтрак?

Исчерпаны вопросы, получены ответы, нет больше слуг.

Тихо, как в пустом космическом корабле. Только смолистые чурки в камине потрескивают. Только запах дыма чуть тревожит. Только далекий шум тайги будит неясные воспоминания.

Дракон и Жар-птица одни. На весь дворец. На всю Сибирь. На всю ночь.

ГЛАВА 9

1

В Хабаровске сели на рассвете.

Так Холованов поднимал самолет в Иркутске, чтобы в Хабаровске быть рано. В полетном листе: транзит на Владивосток. Это чтобы паники не поднимать, местных руководителей не тревожить. Машину Холованов вызывает не из комитета партии, но из ближайшей войсковой части. Опять же: зачем шум?

Настя в салоне переодевается. Все полярное заоблачное снять. В таком виде по Хабаровску летом не ходят. Теперь на ней юбка, гимнастерка с алыми петлицами, в петлицах — эмблемы: серп и молот 575-й пробы.

Туго Жар-птица ремнем перепоясалась, проверила пистолет на боку. Проверила крепление цепи на портфеле. Портфель — в левую руку. На левое запястье браслет замкнула стальной. Теперь портфель из рук не вырвать, разве что руку отрубить.

Подошла машина командира соседнего истребительного полка: водитель и двое охранников с винтовками.

Они еще не знают, куда им надо ехать и зачем. Сказал Холованов в телефонную трубку **145** командиру полка соответствующую для такой ситуации фразу — и вот машина под крылом.

И сам командир полка — под крылом: не изволите еще чего потребовать? Нет, Холованов ничего больше не требует. И командира полка к самолету не вызывал. Просто командир по своей инициативе прибыл: все ли так? Не изволите ли еще чего?

Нет. Ничего более Холованов не изволит. Командир может заниматься повышением боеготовности вверенного ему полка.

Села Настя на заднее сиденье:

— В большой дом.

2

Козырнули охранники большого дома. Такая у Насти в руках бумага, что долго ее на входе не задерживают.

По лестнице — вверх, мимо каменного изваяния: Ленин и Сталин на скамеечке.

Расположение лестниц, коридоров, кабинетов Настя по схеме заранее изучила, потому в дверь начальственную идет, не спрашивая направления. Пышная тетя рванулась дверь собою прикрыть. Настя ее мягким движением с пути убрала: нежно ребром ладони под подбородок — и медленно вверх, чуть толкая назад. Такое движение нарушает равновесие противника. Пышная тетя плюхнулась в кресло свое, а Настя мимо нее — к двери. Стукнула и тут же отворила, не дожидаясь разрешения.

Поднимается ответственный товарищ из-за стола — весь возмущением налит: к нему так не входят.

Предупреждая начальственный гнев, Настя
146 скороговоркой представляется:

— Спецкурьер ЦК Стрелецкая.

Подобрел ответственный товарищ. Настя ему конверт из портфеля о пяти печатях:

— Распишитесь.

Расписывается ответственный товарищ. А кончик ручки подрагивает. Вскрывает конверт. От нетерпения рвет бумагу клочьями.

— Конверт мне верните, на нем ваша подпись в получении.

— Да, да, как же.

Ему бы скорее бумагу читать, так нет же, две секунды надо потратить, чтоб конверт ей вернуть, заразе педантичной.

Углубился товарищ в чтение.

Послание короткое совсем.

Прочитал.

Не поверил. Прочитал еще раз. Приободрился.

— Поздравляю вас.

— А разве вы знаете, что тут написано?

— Я — спецкурьер ЦК и знаю, что там написано. Там написано, что товарищ Сталин вас назначил заместителем Наркома НКВД.

— Да.

— Еще раз вас поздравляю. Вылетаем сейчас.

— Как сейчас?

— Так. Садимся и летим. Товарищ Сталин ждет.

— Мне надо сдать все дела.

— Дела сдавать не нужно. Сейчас срочно в Москве дела надо принимать. Потом вернетесь и сдадите. А сейчас замкните сейф, опечатайте своей личной печатью. Ключи и печать имейте с собой.

— Но я хоть домой позвоню, чтобы к обеду не ждали.

— Самолет не ждет. Дадим радиограмму с борта. **147**

— Но у меня нет полярной одежды, я замерзну в самолете.

— Одежда есть. Я привезла с собой унты 47-го размера, шлем 63-го размера и меховую куртку и брюки размера «самый большой, широкий».

Ничего не сказал ответственный товарищ, но во взгляде читалось: «Смотри, падла, долетим до Москвы, стану я замом Наркома НКВД...»

3

Двадцать три часа чистого полетного времени до Москвы.

Еще и посадки для заправки.

Обратный путь без промежуточных ночевок: товарищ Сталин ждет.

Тяжело ответственному товарищу в самолете. Гул, дребезжание, вибрация, изо рта холодный пар валит, инеем по переборкам стелется.

Но курьерша из ЦК, видно, осознала, что надо хвост поприжать, если с товарищем такого ранга разговариваешь. Там, в Хабаровске, роль у нее: спецкурьер ЦК, а в самолете она — обыкновенная бортпроводница. Явно испугалась и весь путь вела себя, как подобает образцовой бортпроводнице на правительственном самолете: не угодно ли омаров?

Подобрел ответственный товарищ к Москве. Заместитель Наркома НКВД — не фунт изюму. Ему ли на девку обижаться? Его ли это высота? Сейчас замом. А там глядишь и... А девку и по-другому наказать можно. Жаль, в Новосибирске ночевать не остались. В обыкновенной одежде в девке недостаток мяса проглядывается, а в меха нарядилась, так вроде и ничего.

И пилот Балабанов или Калабанов, как его там, тоже себя правильно ведет. Понимает, барбос, кого везет, приветствовал ответственного товарища, вытянувшись в струнку.

Сели на Ходынке.

Настя ответственному товарищу — «Люгер» в затылок: «Вы арестованы. Не рыпайтесь и не подпрыгивайте. Правую руку осторожно в карман. Не оглядывайтесь. Доставайте ключи от сейфа и печать. Так. Осторожно бросайте на пол. Руки назад. Товарищ Сталин ждет».

Непонятно Насте, зачем надо было толстому в самолете омаров скармливать, зачем перед ним вежливость разыгрывать. Как только попал в «Сталинский маршрут», застегнуть ему белы рученьки и пусть летит в браслетиках. Начнет буйствовать — морду набить, из самолета выбросить. Так нет же, всю дорогу ему прислуживай.

Спросила Холованова: зачем до самой Москвы комедию ломать?

Помолчал Холованов, потом выложил:

— Так приказал товарищ Сталин.

4

Холодно от пола каменного. Сидит Жар-птица в унтах полярных. Ноги в тепле держать надо. На плечах — куртка британская меховая летная. Колени шкурой медвежьей заворачивает. Чтоб не стыли. Темно. Только лампочка над столом ее. Абажур зеленый. Чтоб не слепило. Может, круги зеленые от него проклятого. Холодно в зале. Одна печка-буржуйка много ли

149

тепла дает? Надо вторую поставить. Тени огромные по стенам, по окнам.

Столько выучила о правительственной связи, что в пору ее начальником управления назначать. И в проблемах качества разобралась, и в проблемах закрытия, и многих других проблемах. Но главная проблема — люди. С людьми не разберешься. Все столы завалены папками, бумагами, схемами. Настя себе задачу ставит разгрузить столы от бумаг. Не получается. Чтобы разобраться с одним интересным человеком, надо из хранилища заказать папки на двадцать или тридцать других людей. Разберешься с одним, а ниточка интересная дальше потянулась. В хранилище есть специальный стол на колесиках. Нагрузят стол папками с личными делами и Насте везут. Только по монастырским коридорам колесики гремят.

Проблема — как перед любым исследователем: горы бумаг и все равно информации не хватает.

И портреты на стены помещаться перестали. Приказала Настя посреди зала стенд установить. На нем — весь руководящий состав Наркомата связи разместила. Товарищ Берман — выше всех. Товарищ Берман — точка отсчета. И характеристика кратенькая: «Родился 10 апреля 1898 года. Из крестьян. На высокие посты в контрразведке выдвинулся сразу после революции. В возрасте 22 лет был руководителем тайной полиции самостоятельного государства — Дальневосточной республики (ДВР). После присоединения ДВР к Советской России руководил контрразведкой Дальнего Востока. С 1930 года — заместитель начальника ГУЛАГа НКВД, с мая 1932 года — начальник ГУЛАГа. С октября 1936 года — заместитель Ежова. С августа 1937 года — Нарком связи СССР. Любитель искусств. Являлся членом комиссии по продаже ценностей в Америку. По-

150

дозревается в краже ордена Андрея Первозванного на платиновой цепи с бриллиантами, общий вес бриллиантов — сорок восемь каратов; и ордена Белого орла с бриллиантами, общий вес бриллиантов — семь каратов. Был членом государственной комиссии по продаже полотен фламандских мастеров из коллекций Эрмитажа. По агентурным сведениям, умышленно занижал цены на полотна, за что получил крупные взятки от покупателей (см. особую папку 27/135), банковские счета — «UBS» в Базеле, «SBS» в Цюрихе (см. особую папку 33/741). Возглавлял строительство канала Москва—Волга. Тайно содержал публичный дом для посетителей высокого ранга и гарем для себя лично (см. особую папку 35/115)».

Заглянет Холованов:

— Чахнешь?

5

Любопытная картиночка в Наркомате связи вырисовывается: все портреты на стенде связаны красными ниточками. Все свои люди. Все. Только одно исключение. Прислали им в прошлом году майора, который окончил Военную электротехническую академию. Зовут майора Терентий Пересыпкин. Вкалывает, судя по записям разговоров, за всех. Те, кто из НКВД, — в вопросах связи не все понимают.

На стенде портрет майора Терентия Пересыпкина — в самом низу. К нему со всех сторон черные ниточки тянутся. Все его ненавидят. От самого Бермана к Пересыпкину — черная ниточка. Давно бы расстреляли Пересыпкина, только тогда связь в стране может разладиться. Потому терпят.

Настя на майора Пересыпкина дело потребовала и все катушки с магнитофонными записями: крутой мужик, по жизни идет — не гнется, имеет наглость при своем мнении оставаться, с самим Берманом в кабинете ругался...

Надо бы товарищу Сталину доложить.

6

Майор Терентий Пересыпкин перестал ходить домой: что толку? Метро, потом троллейбус, потом еще автобус ждать. А его нет. Доберешься до дома, а там уже посыльный на мотоциклетке ждет: вас вызывают. Имел майор неосторожность хорошо в академии учиться и по распределению имел несчастье попасть не в армию, а в Наркомат связи. Протестовал. Доказывал. Но объяснили: в мирное время все системы связи страны подчинены чекистам. Это логично. Кто-то что-то сказал — они все знать должны. Но во время войны все системы связи будут использованы в военных целях. Дело к войне, это каждый видит, и пора понемногу системы связи военизировать. Ты — первая ласточка, потом еще военных присылать будут.

Попал Пересыпкин в наркомат и тоскливо присвистнул: все в наркомате чекисты.

Он к ним всею душой, но они — избранные, а он — черная кость. А он — не их кровей. И говорят они о чем-то своем, весьма далеком, и язык у них свой, и манеры не те, даже звания воинские не те: он, майор, носит знаки различия майора, а у них майоры ходят со знаками различия полковников. И людей они кличками называют. Говорят о ком-то — никогда не поймешь, о ком именно.

152

Одним словом, попал. До войны дожить Терентий Пересыпкин не надеется. По выпуску из академии получил звание майора, и это явно его последнее звание. В таком окружении больше не получишь. Как бы и это не потерять. Да что там звание, голову бы сохранить. Работает днями, работает ночами. Ночами, оставаясь один, решает поутру поддаться, согнуться и всем чекистам по-собачьи улыбаться. Но приходит утро, и не получается у майора Пересыпкина улыбаться так, чтобы им нравилось. Характер не позволяет. Рад бы хвостом вилять, не выходит.

Видят чекисты, что не гнется майор Терентий Пересыпкин. Видят, что расстрелять бы пора. Да все руки не доходят. Судьба пока милует Терентия Пересыпкина. Удивляется он изворотам судьбы, а сам уже к аресту, пыткам и смерти готов. Ждет со дня на день. С часу на час. С минуты на минуту.

Чекисты окружающие тоже удивляются. Каждое утро приветствуют Пересыпкина изумленно: «А вас, Терентий, еще не расстреляли?»

7

Редко Настя к себе в комнату возвращается. Хорошо тут. Стучит дождь по крыше. Тепло, уютно. Печка поет. Печка такая же, как и в зале, только тут комнатушка маленькая, и тепла хватает. Решила Настя себе отдых назначить. Подняла телефон:

— Обед в сорок первую комнату.

— Сейчас два ночи.

— Правда? Я и не заметила. Ну сообразите что-нибудь.

— Сейчас сообразим.

Не спит Институт Мировой революции. В любое время дня и ночи поднесут вам обед. Можете называть его поздним ужином или ранним завтраком. Как понравится. Не спит Институт Мировой революции, стрекочут телеграфные аппараты, разбирают шифровальщицы тексты, по библиотекам и хранилищам документов такие же девочки, как Настя, согнулись над пухлыми папками, подтягивает «Главспецремстрой» вагоны с катушками магнитной проволоки, разгружают бойцы внешней охраны зеленые ящики, заполненные непонятно чем, гудят самолеты на аэродроме, уходят во мрак группы каких-то людей...

А Настя решила отдыхать.

Капают капли дождевые, текут по стеклу наклонному. Как же хорошо будет, когда она однажды проснется, а окно в наклонной крыше снегом завалено.

Но пока нет снега. Пока дождь в черном окне. Стучит дождь, воет буря, гудит в трубе.

Стукнули в дверь: ваш обед.

8

Хорошая жизнь у людей будет после Мировой революции. Только бы дожить. Но неплохая жизнь и до Мировой революции: на подносе тарелка с ломтиками горячего белого хлеба, слегка поджаренного в масле. Так французы едят. В бутылке холодное вино. Не что-нибудь — «Шабли». Белое мясо в листьях салата — это копченый фазан. Еще на блюде — ваза с душистыми яблоками, с виноградом кавказским, с нежными персиками. В дополнение ко всему — горячий серебряный кофейник. Просто и скромно. Налила себе Настя вина. Глотнула малый глоточек и задумалась. Сидит на кровати спиной к стенке, а рюмка так у губ и осталась. Решила Настя себе за много недель устроить один настоящий отдых: решила спать пять часов подряд, а может, даже шесть, потом встать утром и побродить по лесам вокруг монастыря, просто так, а после того снова за работу на много недель.

Только проблема: отключиться от рабочего ритма мозг ее не может. Потому стынет горячий хлеб, приготовленный так, как любят французы. Забыла Настя про копченого фазана. Забыла про вино в рюмке, которую у губ держит. Не до вина.

Может, позвонить кому? Может, еще кто в монастыре после двух ночи уже не работает, но еще не спит?

Посмотрела Настя на трубку долгим непонимающим взглядом и вдруг схватила ее:

— Оператор, это Жар-птица. Холованова в мою комнату срочно.

Бросила трубку. Оделась. Опять трубку схватила:

— Холованова не в мою комнату пришлите, а в мой зал.

— Нет Холованова на месте.

— Как только появится, шлите ко мне.

9

По коридору вниз. Мрак. Ночь. Где-то светятся окошки, а меж домами темнотища. Дождь хлещет, ветер плащ рвет. Ничего, ничего, скоро следственный корпус, а там коридором — к своему залу. Тут хозяйство профессора Перзеева. Можно двором пройти, а можно и людоедским подвалом. Мимо клеток с людоедами. Людей всегда смерть влекла. Раздавят человека на улице — толпа вокруг. Глазеет. Чего **155** глазеть-то? А тут есть на что посмотреть. Настя Жар-птица — такой же человек, как и все. Ее тоже смерть влечет. И если есть возможность смерти в глаза глянуть, кто ж такую возможность упустит. Она и не упускает...

10

Слух в монастыре: Жар-птица вызывает Дракона к себе по ночам. В какую комнату потребует, в такую Дракон и бежит. Где бы Дракон ни находился, что бы ни делал, все бросает — и к ней. В любое время дня и ночи.

11

Пришла Настя в свой зал, смотрит на стены, понимает ошибку.

Подставила лестницу и давай все фотографии со стен срывать.

12

Появился Холованов в девять утра. Вошел: в зале разгром. Сорваны фотографии со стен. Сколько времени, сколько работы на все ушло, и вот дура-девка все одним махом уничтожила.

— Сдурела от переутомления?

— Так нет же.

— Как мы теперь все это восстановим?

— Не надо, Дракон, все это восстанавливать. Надо новую картину складывать. Ошибка вот в чем. Для наглядности я большие фотографии использовала, а нужны маленькие: восемь на двенадцать.

156

— Так не увидишь же ни черта под потолком!

— Увидишь, если захочешь. Лесенку подставишь. Расскажу, в чем ошибка. Я использовала большие фотографии, поэтому на одной большой стенке поместилось руководство НКВД. На других стенах и на стендах — руководство смежных и родственных организаций. Получилось много отдельных структур. Но это неправильно. НКВД, Наркомат лесной промышленности, Наркомат связи, Главзолото, Главное управление капитального строительства Наркомата путей сообщения, строительство шоссейных дорог, Дальстрой и т.д. и т.д. — все это одна структура. Единый организм. Так и надо их всех — на одну стеночку. Фотографии — поменьше, да лепить плотнее. И всех их ниточками соединить, вот тогда единый организм получится. Вот только тогда правильную картину их мощи увидим.

ГЛАВА 10

1

Многое спецкурьер ЦК обязан уметь. Главное — сбор сведений и их обработка. Но бывает аврал, и подается команда: «На выезд!» Звучит тревожно и романтично, вроде как: «Караул! В ружье!»

Было время, на цветах Настя работала, сегодня другие обязанности. Сегодня — вода.

В кремлевском ателье подогнали на Настеньку короткое темно-синее платье с белым воротничком, с белыми кружевными манжетами, с белым же передничком. Осмотрела себя в зеркале — понравилось. Только куда «Люгер» девать? На пояс не повесишь, нарушится гармония. Потому пистолет у Сей Сеича в сумке. Сей Сеич — главный ответственный за воду. Вода у него в особом термосе. Сидит Сей Сеич за кулисами. Термос трехлитровый рядом и сумка. В сумке — Настин «Люгер» и еще что-то. Задача Сей Сеича — следить, чтобы никто к термосу не приблизился и не всыпал бы чего. Всыпать, правда, невозможно — термос на замке цифровом. Воду из термоса через кран можно наливать. Для воды два стакана. Товарищ Сталин будет сидеть в президиуме, а Настя ему на серебряном подносе стакан с водой поднесет. Как только товарищ Сталин отопьет половину, Настя ему второй стакан поднесет, а первый заберет. Вот такая работа. Из-за кулис Настя за стаканом следить будет. И Сей Сеич — тоже. На весь день совещание, и надо со сталинского стакана глаз не сводить. Надо следить, чтобы товарищу Сталину стакан не подменили, чтоб в стакан чего не сыпанули. Из-за кулис и весь зал виден. И в зал Настя будет смотреть. И Сей Сеич. Мало ли что. Если что — у Сей Сеича сумка с собой. В сумке, кроме Настиного «Люгера», еще всякое.

Понятно, не одна Настя в зал смотреть будет. И не один Сей Сеич. Многие в зал будут смотреть. Вот хотя бы Люська Сыроежка. Люська в такое же синее платье наряжена. Тоже в фартучке, тоже с манжетами, воротничком, тоже с серебряным подносом. Люська другим вождям стаканы подносить будет. Люська от зависти сгорает: Насте доверили стаканы товарища Сталина, а ей не доверили.

2

Все у нас умно.

Так устроена сцена, что из-за кулис весь зал просматривается. Смотрит Настя. Рассаживаются ответственные товарищи, переговариваются, гул в зале сдержанный. Расселись. Умолкли. Смотрит Настя в зал через секретное окошечко: знакомые все лица. У нее все эти товарищи на стеночке висят. Кнопочками проколотые: заместители Наркома НКВД, начальники главных управлений, их замы и помы, республиканские наркомы НКВД с замами и помами, начальники областных управлений НКВД, тоже с замами и помами. Полный зал, затихший и напряженный.

И вдруг взорвался зал восторгом. Зашёлся рукоплесканием. Аж под потолком звенит. Как на заводе «Серп и молот». Только громче. Краешком глаза — Настя на сцену. Выходит товарищ Сталин, тоже хлопает. И другие вожди рядом с ним — хлопают. Сели. И зал сел. Успокаивается зал. Затихает. Кивнула Настя Люське, и вышли вдвоём. За спинами вождей. У Насти один стакан на подносе, у Люськи — двенадцать. Но из зала этого не видно. Из-за спины товарища Сталина поставила Настя стакан и тут же Люське помогла другие стаканы расставить. Чтобы обеим так же вместе и уйти. Чтобы не было впечатления в зале, что товарищу Сталину отдельное обслуживание.

Стаканы так перед вождями ставить надо, чтобы не плеснуть, чтоб вождя не облить, чтобы работа эта вообще никак внимание зала не отвлекала. Завершили быстро. А на трибуне уже товарищ Микоян рассказывает, как вражеская агентура скот в колхозах травит, как заговоры плетёт, как гайки в станки подбрасывает, как слухи распускает враждебные, как отравляет колодцы. Рассказывает товарищ Микоян, а товарищ Ежов в сталинское ухо секрет шепчет. И зал весь не на товарища Микояна, а всё больше на губы товарища Ежова.

Зал по движению губ секреты разнюхать бы хотел. Не выйдет. Бдителен товарищ Ежов, ладонью губы прикрывает.

А товарищ Микоян — про то, как наймиты капитала сжигают посевы, как сваи мостов подпиливают, как в тоннели на рельсы многотонные глыбы втаскивают. Слушает зал с почтением и вниманием. Каждый зам начальника областного управления и не такие страсти рассказать может. И потому слушает. Понять старается, куда же всё это клонится.

160 А вот куда:

— Распоясался враг, бояться перестал. Не потому ли перестал, что бдительность некоторых чекистов притупилась?

Вот оно. Поприжало зал.

— Не потому ли враг себя спокойно чувствует, что в безнаказанности уверен? Не потому ли...

А из глубины зала — шаги. Замер зал. Каждый вперед смотреть должен. На товарища Микояна. На товарища Сталина. И на товарища Ежова шепчущего. А назад смотреть не моги. Не положено головой крутить, не положено оглядываться, когда речь столь важная со сцены гремит. Такие ужасы товарищ Микоян докладывает, что даже и не верится.

Трудно в речь товарища Микояна вслушиваться. Товарищи в зале больше звуки шагов слушают. И трудно что-то кроме них слышать. По залу из самого дальнего конца в сторону сцены кто-то не торопясь вышагивает. Понимает каждый: зря по залу никто ходить не станет, когда товарищ Микоян речь произносит, когда товарищ Сталин ее слушает.

Насте через секретное окошечко все видно. Это Холованов по залу идет. Спокойно идет. Не спешит. И двое в сером с ним. Товрищи в зале на Холованова смотреть не смеют. Товарищи в зале в президиум смотрят. И каждый плечиком как бы прикрывается от шагов. Все, кто слева от прохода, чуть левее подались. Все, кто справа от прохода, — вправо. Вроде магнитным полем всех от прохода чуть раздвинуло. А Холованов начальника Омского управления НКВД чуть рукой тронул. Майора государственной безопасности товарища Хватова. Повернулся товарищ Хватов к Холованову тихо и вопрос без слов: меня? Холованов ему также вежливо кивочком без слов: тебя.

Встал товарищ Хватов, из зала пошел. Пригнувшись. Тихонько. Чтоб не скрипнуть. Чтоб говорящему с трибуны товарищу Микояну не мешать. Чтоб тишину не нарушить, чтоб головой своей перспективу на президиум не заслонять. Видом своим товарищ Хватов извиняется за беспокойство.

Пошел из зала. И двое в сером за ним.

А Холованов остался.

Только в тень отошел. За колонну.

3

Смотрит Настя в окошечко. Удивительный концерт. И на сцене удивительный, и в зале удивительный. Нескончаемую речь придумал товарищ Микоян, а по проходу вновь Холованов идет и двое в сером с ним. И вновь силовое поле головы от прохода к стенам отжимает. Товарищ Микоян — о вредительстве в куроводстве, а шаги по ковру приближаются. И снова Холованов кого-то по плечику. И оборот головы: меня? Тебя. Кого ж еще? И пошел товарищ враг по ковру на цыпочках.

На выход.

Товарищ Микоян — о вредительстве на лесоповале. Совсем зал замер. Это не в бровь, это — в глаз. Только сказал, что в лагерях лес не так валят, а уж двое в сером тронули за плечо начальника управления Амурских лесоповальных лагерей: пройдемте. Смотрит Настя в зал, изменения отмечает: чем больше врагов из зала выводят, тем яростнее зал оратору аплодирует. К месту и не к месту. И возгласы: «Великому Сталину — слава!» То один вскочит с места, то другой: «Слава великому Сталину!»

А товарищ Сталин речь слушает. Товарищ

Сталин весь из внимания соткан, из внимания

вылеплен. Вроде не про него кричат. Расползается истерика по залу. А ему дела нет. Он даже не замечает, как его любят, как за него готовы жизни класть на алтарь отечества.

Трудно Насте понять сталинскую тактику. Смотрит Настя в окошечко потаенное — одного в толк взять не может: почему товарищ Сталин Холованова на такое дело пустил? Такая практика противоречит теории людоедства. Если по науке все делать, так не Холованова на это дело ставить, а самих чекистов. Пусть сами друг друга арестовывают, пусть сами друг друга пытают, пусть сами друг друга в затылки стреляют. Чтоб инстинкт людоедства не притуплялся. Чтоб не верил никто никому. Чтобы каждый всех других боялся.

И ненавидел.

С другой стороны, разве чекисты Ежова мало истребляют друг друга? Нет, инстинкт людоедства не притупился. Просто товарищ Сталин разные приемы применяет. Товарищ Сталин бросает противников, как хороший самбист — и левым захватом, и правым. Товарищ Сталин, как хороший самбист, не повторяется. Товарищ Сталин, как хороший самбист, в любой момент непредсказуем. Больше всего человек боится неопределенности. Вот она, неопределенность. По залу в сверкающих сапогах ходит.

Тут Жар-птица поняла, что держать всех этих товарищей под контролем можно только страхом. Каждый день должен товарищ Сталин власть свою чекистам демонстрировать и каждый день ее доказывать.

И еще: надо Сталину сделать Холованова врагом всех чекистов. Чтобы все до последнего чекиста Холованова персонально ненавидели и персонально боялись. Чтобы сговориться с Холовановым не могли. **163**

Так что не отступает товарищ Сталин от теории людоедства.

Ни на шаг.

4

Завершил товарищ Микоян речь. Призвал чекистов учиться пролетарской бдительности у товарища Ежова так, как товарищ Ежов учится у товарища Сталина. Громыхал зал аплодисментом, вроде молния небо расколола, вроде врезалась в дуб шестисотлетний, переломав его пополам.

Зажмурь глаза и услышишь, что еще одно могучее дерево страшным ударом раздробило в кусья древесные. Грохочет зал аплодисментом, вроде молнии рощу дубовую в щепы ломают. Настя в потолок смотрит: если в резонанс попасть, обвалится потолок. Это из курса элементарной физики известно. Надо будет Холованову подсказать, где опасность. А то в следующий раз оборвется потолок со стенами и балконами. Дохлопаемся...

Отгремел зал. И пошли выступающие с трибуны мудрость сталинскую восхвалять. И пошли выступающие призывать к террору беспощадному, к истреблению врагов, как бы искусно они ни маскировались, под какими бы личинами ни прятались. Хлопает зал выступающим. Одобряет. Требует зал: «Смерти! Смерти! Смерти!»

Смерти, товарищи, желаете?

Это можно. Это пожалуйста. Это сколько угодно. Вот вам, если так уж хочется: снова Холованов идет. Не спешит. В задних рядах, которые он прошел, — облегчение. Лица в задних рядах такие, словно несли **164** грузчики каждый по пять мешков цемента, но вот сбросили их и присели под стеночкой: глаза к небу, языки наружу, на губах улыбка глупого счастья.

Чем больше рядов проходит Холованов, тем больше расслабления в задних рядах, тем больше напряжения в передних.

Но прошел Холованов все ряды и по ступенькам — на сцену. Замер президиум. Тут на сцене весело было, тут на сцене вроде и не замечали, что там внизу происходит. Оживились товарищи в президиуме, воротники поправляют, прически. Так новобранцы себя ведут под взглядом свирепого старшины. Только товарищ Сталин невозмутим. Только товарищ Сталин выступление слушает, головой покачивая, то ли одобряя говорящего, то ли не соглашаясь с ним.

Оглядел Холованов президиум. У товарища Ежова глаза бегают, рукам товарищ Ежов места найти не может: карманы свои на груди ощупывает, воротник проверяет, застегнут ли. Только сейчас в сталинское ухо щебетал... а тут челюсть дрогнула и отвалилась. И товарищ Микоян неспокоен. Товарищ Микоян — в галстуке. Так вот — за галстук себя, за ворот рубахи: вроде все застегнуто, вроде галстук завязан, но чуть давит...

Не стал Холованов Ежова брать. И на Микояна сегодня приказа не было. Пошел Холованов к трибуне — и выступающего за плечо: пройдемте...

5

После совещания высшего руководящего состава НКВД — банкет. В Большом Кремлевском дворце.

Слух по кремлевским коридорам: товарищ Сталин приказал придумать какую-то новую водку. Водка совершенно особая, только для руководителей. Говорят, называется водка «Москва-столица» или «Москва — столица СССР». Или просто: «Столица СССР». Говорят, несравненного вкуса.

Не терпится руководящему составу попробовать. После такого совещания каждому руководителю напиться хочется. Все равно, будет водка называться «Столица СССР» или просто «Столица». Радостно каждому, что пронесло сегодня. Может, и завтра пронесет. И приятно каждому, что товарищ Сталин заботу проявляет. Врагов убирает властной рукой, той же рукой верных ему людей жалует. Дурно ли: приказал для руководящего состава специальную водку придумать.

А после официального банкета — неофициальный. Тот готовится в гостинице «Москва». Чем удобно? Тем, что, напившись, идти никуда не надо. Надо только на правом сапоге предварительно мелом номер комнаты написать. А уж там до комнаты дотащат. Спецлакеев на то держат, чтоб руководителей по номерам растаскивали. Знают руководители, прослушивает Сталин гостиницу «Москва» от фундаментов и подвалов до самых крыш. Напьешься — наболтаешь лишнего.

Но как после такого совещания не напиться?

И как не напиться, если именно там, на неофициальном банкете, и дадут этой самой водки попробовать.

И еще слух. Неподтвержденный. Говорят знающие люди, что водка эта будет выпускаться с разными этикетками. Если в Кремле банкет, значит, подавать будут с этикетками, на которых башни кремлевские, если в ресторане Речного вокзала в Химках, значит, с этикетками, на которых Речной вокзал. Но эти этикетки пока не отпечатали. А вот сегодня — продолжение банкета в гостинице «Москва», так подадут эту самую водку с этикетками, на которых эта самая гостиница «Москва».

166

Трудно верится. Построили чекисты Беломор-канал и канал Москва—Волга, и стала Москва портом трех морей: Балтийского, Белого и Каспийского. Когда построят чекисты канал Волга—Дон, станет Москва портом пяти морей. Азовское и Черное прибавятся. Потому можно бы поместить на этикетку силуэт московского Речного вокзала. Как символ Москвы — центра чекистских каналов. Но помещать на этикетку силуэт гостиницы «Москва»? Не верится. Не может быть такого. Какую только чепуху праздный мозг не выдумает.

6

Сняла Настя передничек, затянулась портупеей, проверила пистолет на боку. Жаль, модернизация «Москвы» только начинается. Жаль. После такого совещания перепьются чекисты. Самое время не только их послушать, но и посмотреть за ними. Накинула Настя кожаную куртку — и за Холовановым. В темный коридор. В мрачную комнату, к стенке, которая открывается сама. Спустились на станцию «Кремлевскую». А там ждут. «Главспецремстрой-12» в готовности. Только лишний вагон добавлен. Догадывается Настя — это вагон-зак. Всех, кого арестовали сегодня, Холованов с собой везет. Профессору Перзееву на допрос. Хитер Перзеев, сам никого не бьет, сил не тратит, а только сочувствует: «Не хотите говорить? Придется вас отдать нехорошим людям...»

7

Стучит «Главспецремстрой»: до-мой, до-мой, до-мой. Вагон сегодня полон. Девочки возвращаются с обеспечения совещания высшего руководящего состава НКВД. Если бы жили в Москве, если бы имели папу и маму, если бы имели соседей и друзей, то каждую можно было выследить, изучить, подстеречь, подкупить, запугать. Но нельзя девочек выследить, нельзя подстеречь, нельзя подкупить, нельзя запугать. Нельзя потому, что самому товарищу Ежову не дано ничего знать о сталинских девчонках.

Подошло совещание к обеду, тут они и появляются стайкой, обслуживают делегатов бойко, весело и исчезают все разом. Как под землю. Каждый раз разные появляются. Вроде у Сталина их полк целый. Может, особо проверенных Сталин из какого текстильного комбината привозит? Или студентки из какого-нибудь института?

Завершили работу — и под землю. Не уследишь, куда. Может, в метро спускаются? Может, у них свой выход есть на «Площадь Революции» или на «Площадь Свердлова»? Или их машинами закрытыми из Кремля вывозят? Ставил людей товарищ Ежов к станциям метро, наблюдали за всеми воротами кремлевскими до больших совещаний и после. Непонятно, откуда берутся, куда пропадают. А в Московский метрополитен имени товарища Кагановича после закрытия не сунешься. Московский метрополитен подчиняется непонятно кому. Даже товарищу Ежову непонятно. И врагов в Московском метрополитене товарищу Ежову выискивать не дозволено. И охраняется метрополитен особым отделением милиции, который кому-то подчиняется, но не сообразишь, кому именно. Ясно только, что хозяин метро — дядя властный и свирепый. Так что совать нос в дела Московского метрополитена не рекомендуется. Купите билетик и езжайте куда надо. И не оглядывайтесь. Перед закрытием — не задерживайтесь.

Получается, что некому ремонтные поезда в ночном метро разглядывать. И потому несется «Главспецремстрой» никем не замеченный. Вырывается из подземелья и прет в темноту.

Со свистом.

8

Все двери в коридор открыты. В коридоре смех. Сей Сеич девчонок угощает. Девчонки истории рассказывают смешные. Когда триста мужиков в одном зале пьют, обязательно какие-нибудь занимательные казусы случаются, есть что вспомнить, и по коридору: ха-ха-ха. И еще история, и снова: ха-ха-ха.

Только одна дверь в коридор не открыта. Только в одном купе не смеются. В том купе Холованов с Настей.

Смеются девочки, а сами нет-нет да и метнут взгляд на дверь холовановскую: это ж надо, такого мужика приворожила.

9

— Давай тебя, Дракон, развеселю. Хочешь, расскажу, куда Севастьян-медвежатник и его друзья карты прячут?

— Ты и это вычислила?

— Тут все понятно. Надо просто вспомнить, что вы во время обыска не проверяете.

— Мы проверяем все.

— Вы проверяете все, кроме... собственных штанов. Вы же с профессионалами дело имеете. Среди них один карманник. Вы входите в камеру и **169** начинаете обыск. Он в это время прячет колоду в твой карман. Когда обыск закончен, он колоду из твоего кармана ворует. В камере он не один. Их четверо. Тоже профессионалы, хотя и не карманники, но подыграть ему могут. Карманник обычно с партнерами работает. Они ему партнерами могут быть, действия его обеспечивая.

— Вот что, Жар-птица, если ты права, если я карты найду при обыске... в своем кармане, то карты я им верну, пусть играют, но обязательно скажу, что это ты додумалась...

10

— Мистер Хампфри, у меня деловой разговор.
— Слушаю вас, мистер Холованов.
— Оставайтесь еще на год.
— Нет, мистер Холованов, мне домой пора. В Америку.
— Я вам вдвое больше платить буду.
— Нет, мистер Холованов. Пора мне.
— Ладно. Хорошо. Но есть проблема...
— Какая?
— Дело в том, мистер Хампфри, что вы работали на очень деликатной работе...
— Я понимаю, мистер Холованов.
— Вы слишком много знаете... Вы приедете в Америку и начнете рассказывать всем, что товарищ Сталин прослушивает телефонные разговоры своих ближайших соратников...
— Мистер Холованов, я никогда никому ничего не расскажу...
— Вот это деловой разговор, мистер Хампфри. Вот это деловой разговор.

— Да если я и начну рассказывать, мне никто не поверит: по документам я не в Советской России работал, а в Швейцарии. И письма домой мои написаны якобы из Швейцарии. И отправляли вы их, как я знаю, из Швейцарии...

— Все так, но нет у нас уверенности, что вы сдержите слово...

— Я дам вам расписку, мистер Холованов...

— Расписку? Это хорошо. Это вы верно придумали. Только что я буду делать с вашей распиской?

— Как что? Если я опубликую что-нибудь о системе подслушивания, вы подадите на меня в суд...

— Я не люблю суд. В суде можно выиграть, но можно и проиграть... Поэтому расписки мне недостаточно.

— Какие же еще вам нужны гарантии?

— Ваша жизнь, господин Хампфри, лучшая гарантия того, что вы никому ничего не скажете.

— Вы хотите меня убить?

— Ни в коем случае. Людей убивают только преступники. Я не хочу вас убивать, я хочу вас ликвидировать.

— Я протестую и требую, чтобы вы немедленно вызвали сюда моего адвоката.

— Адвокат — предрассудок буржуазного суда. Мы руководствуемся интересами своей страны и Мировой революции, нам не нужен адвокат, который будет доказывать, что мы не правы. Мы знаем без адвоката, что правы.

— И вы убиваете всех иностранных инженеров, которые работают на вашу страну?

— В том и дело, что не всех. Всех, кто строит танковые, артиллерийские, авиационные, автомобильные заводы, мы отправляем домой, щедро наградив. Но вы делали очень деликатную работу.

171

— И много таких, как я?

— Считанные единицы. Вы — не правило. Вы — исключение.

— Кто следующий?

— Три инженера, которые монтируют вентиляционные системы в гостинице «Москва».

— Но в Америке хватятся.

— Пусть хватаются. Каждый, кто не должен вернуться, нами заранее оформляется не в Советский Союз, но в Швейцарию, Бразилию, Австралию, Германию. Это мы используем в своих интересах: американские инженеры уезжают во многие страны... и пропадают. А в Советском Союзе они не пропадают. Вот они поработали и возвращаются домой при больших деньгах.

— Мои деньги вы передадите моей семье?

— Нет, мы их конфискуем. Сей Сеич, примите портфель, пересчитайте и составьте акт о приеме денег, которые заработал мистер Хампфри.

— На мое место едет новый инженер из Америки?

— Да.

11

Севастьян-медвежатник смеется да головой покачивает: хитра девка, эх, хитра. А сам проволочки свои и крючочки раскладывает.

— В общем так, доченька, раз ты такая хитрая, тайну свою тебе расскажу. Был у меня в жизни момент: застегнули мне белы рученьки, заточили меня в узилище. И вышак ломится. Потом сюда привезли. Учи, говорят, делу своему, иначе... А я решил: учить буду, а главного не расскажу. Тут в монастыре я уже восемнадцать лет протрубил, многих ваших ремеслу обучил, а главную тайну тебе первой расскажу. Жалко умереть и тайну ремесла с собой унести. А ты мне понравилась. Тебе расскажу, а ты ее храни. Расскажи другому, но только тому, у кого душа добрая. Расскажи один раз в жизни и только тому, кто хранить ее будет. Расскажи только тому, кто ее тоже откроет лишь однажды, и только тому, кого настоящим человеком считает. Значит, так. Как крючочками в дырочке вертеть, я тебе покажу. Тут ума большого не надо. Главное не в том. Главное в другом. Медведя полюбить сначала надо. Понимаешь? Всей душой полюбить. И ничего от него не требовать. И ничего от него не желать. Медвежатник — это как строитель, как поэт, как художник, как писатель. Плох тот художник, который пишет картину и уж заранее деньги вычисляет, какие за нее получит. И картина у него плохой получится. И денег ему за нее не дадут. Художник творцом должен быть. Богом у своей картины. Любить должен свое творение еще в замысле. Или строитель: есть хорошие строители, которые любят дом еще до того, как начали строить его. Любят каждый камень, в стену вложенный. Любят каждый гвоздик, в стену вбитый. Тот, кто любит дело свое, — того успех найдет, и дом тот веками стоять будет. Ты меня поняла, дурочка?

— Поняла.

— И в нашем деле на любви все стоит, с любви начинается и ею же завершается. Ты ж его полюби. Ты ж его железякой холодной не считай, сейфа бронированного. Ты ж вообрази, что нежное он существо, уязвимое. Пока деньгами сейф набит, так всякий его любит, всякий к нему мостится. А как пуст, так никому не нужен. Так обидно же ему, сейфу. Как человеку обидно: при деньгах и славе — все тебя любят, а как денежки ушли и слава померкла, так и отвернулись все. Не обидно ли? Так вот ты сейф полюби не за деньги, а просто так. За силу полюби, за вес, за бока его непробиваемые. И с лаской к нему. Но чтоб помысла в тебе не было такого: вот открою тебя и обчищу. Не откроется он душе корыстной. Отдай ему любовь свою, взамен ничего не требуй. Отдай. Может, он сам и откроется. Все в мире на любви стоит. Любовь — золотой ключик, который все сейфы открывает. Люби дело свое, и оно тебя полюбит. Люби людей, и они тебя любить будут. Не прикидывайся, что любишь. Люби! Трижды тебе говорю.

Сверкнул луч за спиной медвежатника расписного, и показалось Насте, что голова его — в золотом сиянии.

— Севастьян Иваныч, а вы — святой?

12

Завтра — исполнение.

Завтра ее первое массовое исполнение.

В списке 417 исполняемых. На четыреста исполняемых нет нужды рыть две ямы. Одной хватит. Яма уже вырыта. Рыли ее урки перекованные. У каждого в деле штамп: «Встал на путь». Работали перекованные с явным пониманием смысла своей работы. Зачем еще зэки в лесу под конвоем яму роют? Рыли и поглядывали на конвой: не для себя ли роем? И решили меж собой: не для себя. Нас двенадцать, а яма человек на пятьсот. Рыли и радовались: правильно, что на путь исправления встали. Правильно, что перековались. Тех, кто упорствовал, в ямку зароют.

Настя на откосе стояла, когда перекованные рыли.

Интересно любое дело видеть в развитии. Интересно видеть город в тайге от первого колыш-

174

ка, вбитого на полянке, до широких проспектов, до прекрасных дворцов, до гектаров стеклянных крыш главного сборочного цеха, до первых пикирующих бомбардировщиков, выруливающих из цеха на первый испытательный взлет. Интересно видеть величественное здание от первого взмаха карандаша на чистом белом листе до монтажа нержавеющих звезд в облаках. Интересно видеть место расстрела от первой лопаты, уверенно врезавшейся в землю, до последней елочки, посаженной на месте захоронения. Встал Холованов, расставил широко ноги, огляделся и сказал: «Тут им лежать».

Оцепили люди с винтовками полянку, а люди с лопатами вгрызлись в землю. И вот яма готова. Стоять ей открытой до утра. А Насте надо хорошо выспаться. Спать ей сегодня в доме отдыха особой группы контроля. Это далеко от монастыря. Это триста километров на юг. Это на берегу Волги. Тут у холовановских ребят постоянная база.

Девчонки из монастыря тут редко бывают. В основном на расстрельную практику сюда приезжают. Сегодня очередь Жар-птицы. Надо спать. И не спится. Непонятно, как можно исполнить четыреста человек и чтоб они не взбунтовались. Начни одним руки вязать, другие взбесятся. Им терять нечего.

Долго она думала, ничего не придумала. Головоломка. А если отводить за километр, стрелять и возвращаться за другими? Сколько тогда конвою километров намотать? Надо бы расстрельные леса выбирать в заповедниках, в дубравах, вековые дубы несут на себе миллионы листьев, а каждый лист — звукопоглощающий экран... Надо в дубравах... Но как ямы копать? У дубов вон какие корни. Нет, надо все же в **175** сосновых лесах... Сосны на песке растут... Расстрелял, песком засыпал, разровнял, елочек-сосеночек сверху натыкал... Вырастет потом лес... Кронами шуметь будет... Незаметно расстрельный лес превратился в лес сказочный... С озером лесным, с кувшинками и лилиями, с осокой в черной воде, с ручьем игривым, со скалой над ручьем, с волшебным замком на скале... Она шла сказочным лесом, по цветам, каких не бывает, раздвигая ветви деревьев, к сверкающему над озером замку...

ГЛАВА 11

1

Громыхает будильник, как якорная цепь по броневой палубе крейсера.

Первая мысль: расстрелять будильник и бросить в расстрельную яму.

Вторая мысль: кнопочку нажать.

Нажала и долго сидела на краю, завернувшись в одеяло. Потом посмотрела на будильник и испугалась — 3 часа 23 минуты. По коридору — в туалетную комнату. Женский умывальник пустой. Одна. Умылась, причесалась. Сапоги с вечера вычистила и воротничок на гимнастерке с вечера свежий пришила. Потому долго ей собираться не пришлось.

В столовой тетя Маша-повариха водку разливает. Если исполнителей в три поднимают, так тетю Машу когда? Хорошая повариха тетя Маша. Дело свое крепко знает. И добрая. Повар вообще должен быть добрым. Повар должен душу свою в блюда вкладывать. Да и вообще все добрыми должны быть.

Постаралась тетя Маша: сосиски в котле дымят, булки жаром пышут — только из пекарни, картошки нажарила три сковородки, огурчиков нарезала **177** хрустящих, капусты с луком. Сама водочку разливает. Бери всего сколько хочешь, а водочки — по сто граммов.

— Вот твоя порция, девонька.

— Да не пью я, тетя Маша.

— Так ведь положено, доченька, в такой день для спокойствия души.

— Спокойная она у меня.

— И не страшно?

Не поняла Настя:

— А чего бояться? Вроде не меня сегодня расстреливать будут.

А со всех столов хохот да шутки: вот, мол, какая нам смена идет, даром что непьющая.

Зарделась Настя, глаза опустила.

2

Разместились в машине, хохот, смех. Лица все знакомы: те самые парни, которые на заводе «Серп и молот» из себя пролетариев корчили, в тридцать глоток сознательность демонстрировали. Начальником у них товарищ Ширманов. Строгий товарищ, а глаза наглые. Холованов у товарища Сталина — вроде начальника личной тайной полиции, а Ширманов у Холованова — вроде командира ударной бригады: если надо, чтобы на кого-то случайно кирпич упал, так это только Ширманову свистнуть — мигом организует. Профессионал высшего класса. И вся команда у него того же подбора.

Вообще говоря, ни Холованов, ни Ширманов, ни вся его команда, ни девчонки из монастыря к исполнениям привлекаться не должны, особенно к массовым. Исполняет приговоры НКВД. Но бывают

178

ситуации, когда надо ликвидировать тех, кто в лапы НКВД ни в коем случае попасть не должен. Их Холованов по личному сталинскому списку в монастыре держит. Иногда монастырь надо разгружать. Именно та ситуация сегодня. Набралось. Пора приговоры в исполнение приводить. Оно и для холовановских ребят хорошо, чтобы инстинкты не тупились. И девочкам монастырским практика: Мировая революция впереди, дело большое, дело кровавое. Рука пролетариата не дрогнет, это ясно. Но чтобы иметь постоянную уверенность, что рука не дрогнет, девочек время от времени на массовые исполнения привлекают. Сегодня Насте выпало.

В первый раз...

3

Расстелили на земле плащ-палатки, а на них — папки серые. В каждой папке — судьба человеческая. Судьбы стопочками. Каждая стопка по пятьдесят папок. И еще четыре — отдельной малой стопочкой.

— Начальник конвоя, всех проверил?

— Всех, товарищ Холованов.

— Тогда выкликай первую партию.

Весел начальник конвоя:

— Антонов, Артищев, Архипов...

Выкликнул пятьдесят фамилий первых по алфавиту, построили группу колонной по пять. Три конвойных впереди, три сзади, по двое с собаками по сторонам: шаг вправо, шаг влево — побег, конвой стреляет без предупреждения.

И вперед.

Пошла первая партия к лесу. Остальные сидят. Очереди ждут. Вокруг них тоже конвой. Тоже с собаками.

4

Пока выкликают, пока группу формируют да строят, исполнителям делать нечего. Исполнители в сторонке. Не их это дело.

А когда первая группа в лесу скрылась, тут уж кончай перекур. Побросали цигарки, сапогами затоптали: от одного окурка великие лесные пожары случаются, — и вперед. Группу догонять. Колонна всегда медленно идет. Колонну всегда догонять легко.

Догнали.

5

Скрипнули ворота: заходи. За воротами поляна лесная. Вся вокруг забором зеленым обнесена в два роста. Доски внахлест. Поляна вытоптана не то тысячами ног, не то гуртами скота. Вроде гонят скот лесною дорожкой — загоняют в загон, подержат немного и дальше гонят. Ничего на той поляне нет. Только шкафы стальные у забора. Самые обыкновенные шкафы. Серые. В рост человеческий. Точно как на любом заводе. И на каждом заводе такие шкафы в раздевалках. Тут десять шкафов в загоне. Неужели переодеваться перед расстрелом? В каждом шкафу по пять отделений. В дверках на уровне пояса — дырочки. Так на заводах и делается — дырочки для вентиляции. Дверки шкафов открыты. Одна от ветра — бзинь — заскрипела. Внутри шкафов — ни полочек, ни крючочков. А в остальном все точно как на «Серпе и молоте».

Конвоиры — в сторону, колонна — в загон.

Заперли ворота.

180 — Внимание, заключенные, делайте что хотите, но на счете пять в загон пускаю собак.

Рвутся собаки с поводков. Но не надо их спускать. Одна людям в загоне защита от собак — в шкафы прятаться.

Собак-то всего четыре, а людей в загоне — пятьдесят. Только никому с собакой драться не хочется, если рядом шкаф стальной. Рванул этап по шкафам. Это всегда так: места на всех хватит, но в одну дверку сразу пять, а то и семь лезут, друг другу морды царапают и челюсти вышибают, в другую — ни одного. Мордобой, толкотня. Кто сильней — в дверку первым. Разобрались. Захлопнулись все дверки. Десять шкафов, по пять отделений в каждом. В каждом отделении по одному. Пятьдесят.

— Главное в нашем деле — что? В затылки стрелять? Нет, девочка. Совсем нет. Главное — разделить их всех. Разделить толпу на индивидуумов. Если они взбесятся, как их остановить? Так вот, чтоб не взбесились, надо так сделать, чтобы каждый только о себе думал. Умная голова эти шкафы придумала. На машину-трехтонку ровно пять помещается. В любое место шкафы подвез и устраивай расстрельный пункт. Огородил полянку, поставил шкафы и стреляй себе на здоровье. И считать хорошо. Десять шкафов — пятьдесят мест. У нас сегодня 417 клиентов. Значит, восемь полных загонов с хвостиком. Главное повязать, а как повязали — дело сделано: стрелять в затылок и дурак умеет.

До чего же ум человеческий доходит. Все оказалось так просто. Ручки в шкафах с пониманием придуманы. Как захлопнулся в шкафчик, так там и сиди. Дверь открывается только снаружи.

— Внимание, заключенные! Бушлаты снять!

Неудобно в шкафу бушлат снимать. Больно отсеки узкие. На этот случай дырочки вентиляционные придуманы. Штыки у нас длинные и тон- **181** кие, в любую дырочку проходят. Так теми штыками нерадивых в пузо: шевелись, падла!

— Внимание, заключенные! Обувь снять!

Это труднее. Не согнуться в шкафу. Только если колено к подбородку тянуть, шнурки развязывать. Опять нерадивым штыками попадает. Оно вроде и не убийственно, а все одно противно. Штыком по ребрам.

— Внимание, заключенные! Всем повернуться лицом к стене, руки назад.

Пошли охранники вдоль шкафов: кому, падло, сказано: мордой к стене развернуться! И штыком туда в дырочку, штыком. Руки назад приказано!

Дядя Вася, вязальщик, закряхтел — теперь его время. Стоит арестант в шкафу, спиной к двери, руки назад. Открывается дверь, что он может сделать против двух штыков и двух собак? А собаки от нетерпения повизгивают. Но собак больше к работе не допускают. Дядя Вася-вязальщик и так справляется. У него на поясе проволоки стальной пучок. Проволока заранее кусками нарублена: обернул вокруг кистей да кусачками и затянул. И выходи из шкафа. Нечего там больше делать.

— Первого забирай!

6

И пошел расстрел в две цепочки. В два потока.

Стоит Холованов над ямой, постреливает. Некто в сером рядом — вторым номером. Один стреляет, другой пистолеты перезаряжает. Потом ролями меняются.

Рядом второй поток. Там товарищ Ширманов с подручным.

А ребята знай вязаных подтаскивают. Из шкафа исполняемого выдергивают, руки связанные вздернут вверх за спиной, так чтоб голова ниже пупа угнулась, и бегом его к яме. У ямы руки еще выше к небу вздернут, чтоб на колени пал, а Ширманов ловко эдак в тот самый момент — бац в затылок.

Чем хорошо из пистолета исполнять? Тем, что у пистолета пуля тупоконечная. У винтовочного патрона (он же и к пулемету) пуля остроконечная. Она на дальние расстояния предназначена летать. Та прошивает насквозь. А пистолетная тупоголовая — толкающая: идущего на тебя — остановит, стоящего на коленях — опрокинет. Пистолетная пуля тем хороша, что не только убивает на краю стоящего, но и толкает его в яму.

— Товарищ Ширманов, дайте пострелять немножко.

— Ну пострелял.

Встал на место веселый гармонист Ваня Камаринский и пошел стрелять. Только успевают подтаскивать! Ваню сменил Семка Белоконь. На другой цепочке тоже замена — дядя Вася-вязатель прибежал: всем пострелять хочется.

7

Всем работы на расстреле хватает. Конвой вторую партию подогнал, по шкафам разогнал: бушлаты снять, сапоги снять, мордами к стене!

Воры перекованные бушлаты вяжут в связки по десять, а обувь — гроздьями. Тут порядок должен быть: сначала сапоги и ботинки в пары связать, потом пары по размерам разобрать, потом в связки связать — и в машину. И бушлаты в машину грузят. Всякие бушлаты. Рваные в основном. Но попадаются и ничего. Перекованные, не будь дураками, свои бушлаты скинут, вроде от жары, и в общую кучу их. А из общей кучи хвать другой, который получше. И ботинок куча. **183**

И там попадаются не очень рваные. Так перекованные их себе. А свои — в кучу.

Конвой на это не реагирует. Не один ли конвою черт. Главное, чтоб потом бушлатов и ботинок по количеству правильно было. И если перекованные подменили свое на чужое, так это делу не вредит. Работа у перекованных нервная, пусть пользуются.

8

Дело вроде простое. Бац, бац. И еще — бац, бац. Но требует времени. Пригнали третью партию. Разогнали по шкафам. Раздели, повязали. Постреляли. Еще одну пригнали. По шкафам разогнать — минутное дело. И раздеть не проблема. Не проблема и стрелять. Вязать проволокой — вот в чем загвоздка. Бросил Ширманов всех исполнителей на вязание. Чтоб не по одному вязать, а сразу человек по пять-шесть. Помогло. Быстрее дело пошло.

И перекованным веселее. Только сменили бушлаты, а тут новая партия раздевается. Глядишь, бушлатик и лучший окажется. И ботиночки попадаются. Из четырехсот человек у кого-то да и окажутся новые ботинки. И бушлат можно выбрать — залюбуешься. Так что после пятой партии перекованные все в новеньких бушлатах, все новыми ботинками поскрипывают. Двенадцать их человек. Правда, работу их легкой не назовешь. Яма — чья работа? Их работа. Но яму не только выкопать надо. В яме работать надо. Трупы по яме растаскивать. Трупы укладывать надо. По краям порядочком, посредине — навалом. Настреляют человек двадцать, стоп стрельбе, перекованные — в яму, укладка.

Исполнители качественно работают, но такова уж человеческая порода: голова прострелена, а он еще жив. Тогда заявка наверх: тут один шеве-

184

лится, добейте. Или сами перекованные добивают ломом. Исполнители тоже помогают: как настреляют человек двадцать, так перед тем, как перекованных на укладку пустить, в кучу стреляют.

Для верности.

9

В два часа тетя Маша обед подвезла: что, работнички, проголодались?

Холованов к народу обращается: сейчас обедать будем или дело закончим? Строгий он командир, но работа идет напряженная, и в такие моменты люди сближаются. Люди понимают друг друга с полуслова, субординация сейчас только мешает. Потому Холованов в таких ситуациях демократичен: что, мужики, скажете?

А что скажешь? Оно и так хорошо, и так. Неплохо бы дело завершить, а потом отобедать. Сделал дело — гуляй смело. С другой стороны — дела вроде и немного, всего две партии осталось с хвостиком, но ведь ямы закапывать, акт о проделанной работе составлять, да то да се. В общем, давай обедать.

Полянка у самой ямы восхитительная. Разбросали одеяла на траве. Вроде скатерти. Тетя Маша раскладывает хлеба душистого краюхи, помидоры горками, огурцы, в котелки борщ разливает. А водки — ни грамма. Водка только до и после. Строгая:

— А ну, все руки мыть!

10

Говорят знающие люди, что сновидения мимолетны. Нам иногда кажется, что сновидение **185** тянулось много часов, а оно проскочило в секунды. Просто интенсивность работы мозга во сне совсем другая. Во сне наш мозг живет отдельной от нас жизнью, он может дремать, но может вдруг взрываться чудовищным извержением мысли. Во сне наш мозг может помимо нашей воли слагать бессмертные сочетания слов и звуков, превращая их в стихи и мелодии, во сне наша мысль может блуждать в миллионах тупиков бесконечных лабиринтов, а может стремительно рваться вперед и вверх к открытиям, опровергая и опрокидывая истины, которые опровергнуть нельзя. Во сне наш мозг в тысячи раз смелее. Он способен найти решения неразрешимым задачам. Он способен увидеть будущее. И не зря мы иногда попадаем в ситуацию, которую раньше видели в сновидениях.

Говорят, что и в момент смерти наш мозг работает совсем не так, как в жизни. Когда приток крови к мозгу прекращается, мозг как бы взрывается в своем последнем сверхмощном импульсе. И совсем не зря те, кто чудом избежал смерти, но уже был в ее когтях, рассказывают, что в самый последний момент видели всю свою жизнь в миллионах подробностей. Совсем не зря в момент катастрофы время как бы растягивается. Мы видим несущийся на нас локомотив так, как будто видим кадры замедленного фильма. Но время не растягивается, просто в оставшиеся мгновенья мы способны увидеть и осознать гораздо больше, чем в обстановке нормальной.

Смотрит Настя в лица расстреливаемых, замирая от восторга и ужаса. В момент, когда пуля пробивает человечью голову, лицо убиваемого выражает столько эмоций, словно в доли секунды человек смог услышать сразу весь «Реквием» Моцарта или прочитать «Шинель» Гоголя.

186

Каждому свое. Один в момент смерти переполнен яростью, другой — неутоленной жаждой мести, третий вдруг понимает сладость смирения и умирает в блаженстве, прощая врагов. Разные в людях чувства, но ясно Насте, что чувства убиваемых не мимолетны. Время для них течет совсем не так, как для тех, кто пока остается жить. За доли секунды, за самые последние доли убиваемые успевают прожить, понять и прочувствовать больше, чем успели за долгие годы, а может быть, больше, чем за всю жизнь.

11

Заполнилась яма с одного края почти до самого верха. Там сразу и присыпали землей.

Отстрелялись. Хорошо отстрелялись. Яма только не засыпана с другой стороны. Ну это дело не трудное. Копать тяжело, завалить — не проблема.

Ширманов акт составляет, дядя Вася — ведомость расхода боеприпасов.

Перекованные собирают последние бушлаты и ботинки. У самых шкафов.

Подписал Холованов акт. Поманил пальцем собаководов. Те знаки начальственные без подсказок понимают — с собаками к шкафам.

— Эй, ребята, — Холованов перекованным, — мы сегодня четыреста четыре человечка утешили, а в плане вас четыреста семнадцать. Вас тоже ведь в план включили.

Про то, что надо прятаться в шкафах, он не говорил. Сами понимать должны. Если собак спустили, так прячьтесь. А их спустили. Собакам тоже практика нужна. Быстро перекованные по шкафам **187** попрятались. Собаки только троих изорвать успели, да и то не сильно. Оттащили собак.

— Покрасовались в новых бушлатах? Ботинки новые не жмут? Снимайте, ребята. Мордами — кру-у-гом! Руки назад! В делах ваших написано, что встали на путь исправления, а на мой взгляд, горбатого могила исправит.

Вой в кабинках железных, рев. Это ничего. Войте, визжите — на спецучастке свобода. Хоть мяукайте, если нравится.

— Тетя Маша, у нас еще двенадцать. Пострелять не хочется?

— Да ну вас, охальники, смертоубийством заниматься. Кончайте скорее и подходите водку пить.

12

Чем расстрел хорош?

Тем расстрел хорош, что романтикой веет. Как на Гражданской войне. Запах костра, запах дыма порохового, шинель порохом пропахла. И чувство выполненного долга душу греет. Хорошо.

Ликвидировали четыреста шестнадцать, а в списке четыреста семнадцать. Еще один. Этот особый. Это американский инженер, специалист по подслушиванию. Этого Холованов лично стреляет.

Вот и зсе. И вечер.

Хорошо вечером на Волге. Лещ в плавнях плещет. Из-за реки песня плывет. Пароход колесами шлепает. Бакены загорелись. Красные и белые огонечки.

Все в команде исполнителей любят массовые расстрелы. Потому как массовый на свежем воздухе. Когда десять, двадцать, тридцать клиентов в

188

кремлевском подвале исполняют, то романтики никакой. Отработал день и едешь усталым домой в трамвае среди таких же уставших за день людей.

А если больше сотни, так это на природе. Лес. Река. Вечер у костра. После исполнения — по сто граммов. Это воспринимается как медикамент. Как кисленькая витаминка после укола. Ста граммов не хватает. Душа больше просит. Потому вечерами после расстрелов каждый свое достает.

Все — на общий стол. В такие вечера ранги не признаются. Все — свои. Все — друзья. Все — певцы.

Что больше всего сплачивает людей? Совместная работа. Чем труднее работа, чем ответственнее она, тем крепче дружба между теми, кто ее выполняет.

Пылает костер, жаром пышет, искры хороводом в небо, тушенка в банках, колбаса копченая — не разрежешь. Дядя Вася-вязатель палочкой картошки печеные из огня катает.

А водка горькая.

ГЛАВА 12

1

— Дракон, мне непонятно.

— Объясняю. Допустим, Жар-птица, тебе надо разогнать миллионную толпу. Это просто. Надо выдернуть из толпы любого, первого, кто попался под руку, и молотить его ногами. Молотить на виду толпы так, чтобы рядом стоящим все подробности были видны. Молотить до тех пор, пока брыкаться не перестанет. Затем выдернуть из толпы еще одного. И молотить. Когда мы пойдем за третьим, толпа побежит. Монолитная смелость толпы складывается из маленьких страхов составляющих толпу единиц. Задача: раздробить толпу на единицы. Раздробить единство на мельчайшие составляющие. Разделяй и властвуй. Примерно такая же работа и у товарища Сталина. Только он контролирует не уличную толпу, а толпу кабинетную, толпу хамов и проходимцев, дорвавшихся до власти. Если товарищ Сталин не будет их стрелять, они сожрут все общество и пропьют все его богатства. Чтобы управлять управителями, товарищ Сталин вырывает любого и молотит ногами на виду у остальных.

— Это мне ясно: дорвавшихся до власти надо стрелять, я это давно поняла. Но я не понимаю другого. Если стрелять мало, то власть не удержишь... А если стрелять много, власть потеряешь... Мне непонятно, как найти оптимальный уровень террора?

— Думаю, что этот уровень может быть найден только в повседневной практике. Верю, товарищ Сталин интуитивно чувствует тот уровень террора, который надо достичь, и тот рубеж, который при этом нельзя переступить.

— Не кажется ли тебе, Дракон, что сейчас, летом 1938 года, чистка достигла высшей точки, и ее пора сворачивать?

— Товарищу Сталину виднее.

— Не кажется ли тебе, что товарищ Сталин критическую точку уже проскочил и в случае, если НКВД попытается взять власть, товарищу Сталину просто не на кого будет опереться?

— Ты переутомилась.

— Можешь говорить, что тебе нравится, но однажды я сидела в монастыре и смотрела на телефон.

— Это ужасно интересно.

— Я смотрела на телефон, и мне пришла в голову мысль, что самый простой способ совершить государственный переворот — это отключить телефоны товарища Сталина. Без связи нет управления, без управления нет власти. Отключить кого-то от систем связи — значит отключить от власти.

— Совсем нелегко отключить системы связи.

— Сейчас нелегко. Сейчас — одна столица и все линии связи сходятся к Москве, но скоро будет запасная подземная столица в Жигулях... Один вождь на две столицы. Скажи, Дракон, предусмотрел ли товарищ Сталин какой-то предохранительный механизм, чтобы не позволить заговорщикам воспользоваться одной из столиц в его отсутствие?

— На эти вопросы я не отвечаю.

— Тогда этот вопрос я задам товарищу Сталину.

— Эй, девочка, ты рискуешь... Товарищ Сталин занимает пост Генерального секретаря уже шестнадцать лет. За эти годы ему никто вопросов не задавал.

2

В Москве — липкая духота.

Нечем в Москве дышать. Москва ждет грозы. Москва жаждет очищения.

Необычная обжигающая жара разлилась над Москвой, проникла во все закоулочки, выжгла чахлые деревца. Истоптал траву народ московский. Пыль в лицо.

А в кабинет Народного комиссара внутренних дел Генерального комиссара государственной безопасности Николая Ивановича Ежова жара доступа не имеет. Старый прием: с раннего утра, еще до восхода солнца, надо плотными тяжелыми шторами закрыть все окна. И не только в кабинете, но и во всех коридорах. Жара сквозь толщу стен не проникает — она проникает сквозь окна. Жара раскаляет все внутри. Но стоит окна плотно завесить... Вот почему во всех жарких странах окна ставнями решетчатыми закрывают — не пустить прямые лучи солнца внутрь. Вот и весь секрет. Так и в поездах. Довелось Николаю Ивановичу исколесить Россию. Тот же рецепт: если в жаркое время во всем вагоне с самого утра закрыть шторы и так вагон весь день держать в полумраке, то он не раскалится внутри. И сохранится прохлада.

Говорят, в Америке придумали машину в окно. Внутрь той машины набивают лед, работает вентилятор и гонит горячий воздух через лед, воздух охлаждается, и холодная струя попадает в комнату. Лед в машине тает, и вода через трубочку сбрасывается в канализацию. Как только весь лед растаял, нужно новую порцию зарядить, и снова включай вентиляторы. Надо бы такую машину заказать в Америке. А сейчас пока шторы спасают. Они закрыты. Только в уголках, где шторы неплотно к стенам прилегают, чуть брезжит свет.

Прошел Николай Иванович Ежов вдоль стола. Пять минут от одного края до другого. И пять минут — назад.

Прошел туда мимо пятиметрового портрета. Прошел назад мимо того же портрета. На портрете — человек в сапогах, в солдатской распахнутой шинели, в зеленом картузе.

3

— Товарищ Сталин. Она намерена задать вопрос.

— Товарищ Холованов, я занимаю пост Генерального секретаря уже шестнадцать лет, и за эти годы мне никто вопросов не задавал.

— Она это знает, товарищ Сталин.

— И тем не менее?..

— И тем не менее...

— Зовите.

4

Народный комиссар связи СССР, комиссар государственной безопасности первого ранга Матвей Берман энергично козырнул сержантам

193

государственной безопасности. А сержанты, распахнув перед ним створки дверей, вскинули винтовки в положение «на караул». Глубокий смысл в том приветствии: в наших руках оружие, но вам, дорогой и любимый комиссар государственной безопасности первого ранга, мы не препятствуем, мы не загораживаем ваш путь, винтовки наши устремлены в небо, как шлагбаумы, поднятые при вашем приближении.

Улыбнулся товарищ Берман сержантам государственной безопасности. И сержанты улыбнулись. На лице одного сержанта: «Когда вы были начальником ГУЛАГа, я вас охранял во время поездки в Райчихинские лагеря. Вы помните меня, товарищ Берман?» На лице другого: «Когда торжественно открывали канал Москва—Волга, я был переодет перекованным вором и от имени перекованных подносил вам цветы. Вы помните меня, товарищ Берман?»

Улыбается товарищ Берман: «Я все помню!»

Приятно сержантам. Ушел товарищ Берман из Народного комиссариата внутренних дел в Народный комиссариат связи, но даже внешне остался верен огромному зданию, гранитным подъездам и мраморным лестницам. Ушел товарищ Берман в Наркомат связи, а ходит в форме чекиста, носит в петлицах по четыре ромба комиссара государственной безопасности первого ранга. И этот дом не забывает.

Приятно сержантам: ушел товарищ Берман на повышение, а вроде и не ушел. Никуда он не ушел. Просто Наркомат связи под его руководством еще крепче пристегнулся к НКВД и стал неотделимой частью огромного мощного механизма.

Частый гость товарищ Берман. Да и не гость он совсем. Тут его дом родной, и никуда он не уходил. Наш он.

194

Есть о чем Народному комиссару связи товарищу Берману поговорить с Народным комиссаром внутренних дел товарищем Ежовым. Это ясно. И все же чувствуют сержанты у двери, что как-то торжественно необычен этот визит.

Скоро. Совсем скоро что-то случится.

Великое и радостное.

5

— Товарищ Сталин, ситуация, когда в одном государстве создается вторая столица, мне кажется опасной.

— Товарищ Стрелецкая, вы хотите сказать: один вождь на две столицы?

— Именно это я хочу сказать, товарищ Сталин.

— И вы хотите мне задать вопрос, предусмотрел ли я предохранительную систему, которая не позволила бы заговорщикам воспользоваться узлами и системами связи тайной столицы во время моего отсутствия?

— Именно этот вопрос я и хотела задать.

— Товарищ Стрелецкая, я предусмотрел такой предохранитель. Он называется «Контроль-блок».

— Спасибо, товарищ Сталин, я не знала только названия этой штуки, все остальное я знаю.

— Что вы знаете?

— «Контроль-блок» заказан в Америке, на фирме «RVB», это в Балтиморе, штат Мэриленд. Он весит 15—25 килограммов, основной материал — золото и сталь. По сложности он равен или превосходит лучшие шифровальные машины мира.

Долго Сталин в окно смотрел.

Потом как-то осторожно подошел к Насте и сел рядом. Руки на стол, на зеленую скатерть. **195**

Взгляд немигающий — прямо ей в глаза. Страшно Насте, но взгляд она выдержала.

— Товарищ Стрелецкая, то, что вы сейчас сказали, знал только я. И еще — Холованов. Я вам никаких подробностей про «Контроль-блок» не рассказывал. Уверен, что и Холованов вам этого не рассказывал.

— Холованов мне этого не рассказывал. Я потребовала встречи с вами, товарищ Сталин, именно потому, что Холованов эту проблему обсуждать отказался.

— В этом случае откуда, товарищ Стрелецкая, вы знаете подробности?

— Я их вычислила, товарищ Сталин.

— Я бы, товарищ Стрелецкая, хотел получить более подробный ответ.

— Товарищ Сталин, простите меня, но я мысленно поставила себя на ваше место.

— Вот как?

— На случай большой освободительной войны необходимо иметь командный пункт. Подземный город в Жигулях у Куйбышева — самый удачный выбор. Но имея основную и запасную столицы, вам необходимо иметь какой-то предохранительный механизм. Если он будет простым и маленьким, то его легко будет подделать или чем-то заменить. Если он будет большим и сложным, то его невозможно будет в критической обстановке постоянно иметь с собой. Оптимальное решение: нечто сложное, как шифровальная машина, но вполне носимое, нечто в пределах обыкновенного портфеля или чемоданчика...

— А откуда вы узнали, что «Контроль-блок» выполнен в основном из золота и стали?

— Золото — лучший материал для нужд электротехники. Этим материалом вы располагаете в достаточных количествах. Но выполненный с

196

ювелирной точностью из мягкого золота уникальный прибор должен иметь очень прочный каркас. Я предположила, что это будет сталь. Что-то вроде двух стальных пластин, между которыми золотая начинка.

— А фирма «RVB» в Балтиморе?

— Я предположила, что такая штука спроектирована заключенными инженерами у нас в монастыре или иностранными инженерами — тоже у нас в монастыре. Но производственная база монастыря не позволяет изготовить «Контроль-блок». Ни одному отечественному заводу поручить такое дело нельзя. О столь необычном заказе сразу станет известно в НКВД. Я предположила, что «Контроль-блок» должен быть тайно заказан за рубежом так, чтобы изготовитель не знал назначения этого агрегата. Лучше заказать такую вещь очень надежной, но небольшой фирме. Я собрала сведения о всех, кто в мире мог бы выполнить такой заказ. Таких фирм во всем мире оказалось мало — только семь. Одна в Японии, четыре в Западной Европе, две — в Соединенных Штатах. Логично предположить, что заказ размещать будет лично Холованов. Осталось вычислить его маршруты. Кому-то со стороны уследить за Холовановым весьма трудно, но я работала с ним рядом и считала, что контроль должен распространяться и на него. За последний год он ни разу не был ни в Японии, ни в Западной Европе, но трижды — в Америке. Из двух американских фирм одна находится на Западном побережье, в Сиэтле. Холованов ни разу на Западном побережье не бывал. Другая фирма, а именно «RVB», находится на Восточном побережье, в Балтиморе. Точных сведений о том, где он был и что он делал, у меня нет, но... сопоставила факты...

Поднял Сталин телефон:

— Холованова ко мне.

Народный комиссар внутренних дел, Генеральный комиссар государственной безопасности Николай Иванович Ежов думает о своем. Надо вернуться к делам. Но трудно к делам возвращаться. Сел за стол, раскрыл красную папку. Такие ясные цифры перед ним. Так просто делать выводы. Армию он под ярмо загнал. Чем выше положение командира, тем больше вероятности попасть под топор. И партию он истребляет ударным темпом.

По приказу Сталина-Гуталина.

Статистика увлекательна. Великая чистка направлена против всех. Но чем выше положение человека, тем больше возможностей загреметь под трамвай пролетарской справедливости. Обыкновенный советский человек за последние два года имел возможность попасть под карающий меч НКВД с вероятностью 5%. Мелкий беспартийный начальник — 7%. Член партии — 44%, член Центрального Комитета партии — 78%. Если эту зависимость поднять на самый верх... на человека в распахнутой солдатской шинели, в сапогах и зеленом картузе... то, по статистике, выходит, что он станет жертвой НКВД с вероятностью в 100%. Так говорит статистика. Надо просто уметь ею пользоваться. Да и как иначе? Руками НКВД Генеральный секретарь партии товарищ Гуталин уничтожает свою партию. Уничтожит партию и останется Генеральный секретарь без партии. На кого же ему опереться? Только на НКВД. Но позволит ли НКВД на себя опираться? И на Народный комиссариат связи товарищу Гуталину лучше не опираться. Опереться на армию? В армии все Ежова боятся. На

правительство, на чиновников, на государственные структуры? Всех Ежов в ежовых рукавицах держит. Товарищ Гуталин перебрал. Товарищ Гуталин — голый король.

7

— Товарищ Стрелецкая, не могли бы вы все, что мне рассказали, повторить товарищу Холованову?

— Конечно, могла. Но я хочу рассказать нечто совсем другое.

Не любит товарищ Сталин тех, кто действует вопреки его указаниям. Но улыбнулся Сталин. И не понять: улыбнулся добродушно или угрожающе. Загадочной улыбкой улыбнулся:

— Ну так расскажите нам нечто совсем другое.

— Товарищ Сталин, многое из того, что мы подслушиваем, мы не можем расшифровать просто потому, что чекисты в разговорах между собой называют людей не настоящими именами, а им одним известными кличками.

— Какими кличками?

— Ну, например, они часто говорят про некоего Гуталина.

— Гуталина я знаю. Это они про меня.

Смутилась Настя:

— А еще про Клуксика говорят, про Сигизмунда, про Карлу, Люфика, Ганика, про Песта, Дурика, всех не перечислишь. Состав чекистов постоянно обновляется, те, которые попадают на ликвидацию к нам в монастырь, на допросах выдают клички. Но оставшиеся на свободе быстро изобретают новые клички, и вновь мы слушаем и не понимаем.

— Что вы предлагаете?

— Предлагаю подвергнуть сведения о чекистских встречах статистической обработке.

— Вот как?

— Именно так, товарищ Сталин. Мы часто не понимаем, о ком они говорят, или понимаем превратно, но никто не мешает нам анализировать продолжительность встреч. Официальных и неофициальных. Если непонятны разговоры, то надо анализировать не их смысл, а статистические параметры. Все руководители НКВД из республик и областей время от времени появляются в Москве по служебным делам. Информации об их прибытии в Москву и убытии у нас достаточно. Известны гостиницы, в которых они останавливаются, рестораны, которые они посещают, достаточно сведений об их визитах на дачи и в квартиры к московским друзьям. Тут целая информационная река. Есть записи застольных бесед... Я решила составить графики посещений высшими чекистами из провинции персональных квартир и дач товарища Ежова.

Ничего не сказал товарищ Сталин, только свой стул к столу придвинул. К графикам поближе.

— Например, товарищ Лаврушин из Горького за десять месяцев был в Москве восемнадцать раз. В шестнадцати случаях бывал в квартирах и на дачах товарища Ежова. Общее время, проведенное в официальных учреждениях НКВД, — 21 час 10 минут. В личных домах и дачах Ежова — 69 часов 13 минут! В квартирах и дачах других высших сотрудников НКВД — 12 часов 43 минуты.

— Скажите, как интересно. И записи есть?

— Есть. Но в записях ничего особенного. Они понимают, что на дачах и в квартирах мы можем их подслушать. Но статистика интереснее разговоров. Вот товарищ Литвин из Ленинграда посещал квартиры и дачи Ежова. Тут все собрано. Вот товарищ Наседкин из Белоруссии.

— А кто больше всего в гостях у Ежова засиживался?

— Успенский из Киева.

— Интересно, — сказал товарищ Сталин. Прошелся по комнате и повторил: — Интересно.

8

Не идет работа. Отодвинул Генеральный комиссар государственной безопасности в сторону отчеты и графики. Посмотрел на себя в зеркало. Красивая форма на нем. Звезды на петлицах, как у маршала. Только Маршалы Советского Союза на парадной форме носят еще и на шее бриллиантовую «Маршальскую звезду», а Генеральному комиссару государственной безопасности такая не положена. Но почему бы не иметь два звания: Генеральный комиссар государственной безопасности, Маршал Советского Союза Н.И.Ежов? Пора в роль входить. Поднял телефон:

— По какому кодексу сейчас Красная Армия живет?

— Товарищ Генеральный комиссар государственной безопасности, Красная Армия, как и весь советский народ, живет по Уголовному кодексу 1929 года — УК-29.

— Что, они и воюют по Уголовному кодексу?

Замерла трубка на две минуты.

— Товарищ Генеральный комиссар государственной безопасности, у нас в камерах сидят военные. Разрешите проконсультироваться и доложить?

— Хорошо, — великодушно разрешил Генеральный комиссар.

201

Телефон позвонил через четыре минуты:

— Товарищ Генеральный комиссар государственной безопасности, Красная Армия живет по Полевому уставу 1936 года — ПУ-36.

— Немедленно мне один экземпляр.

9

— Товарищ Сталин, мы все время прослушиваем и анализируем пустые разговоры, но никто не додумался заняться статистикой. На графиках я наглядно изобразила всю динамику посещений квартир и дач Ежова и особо выделила двадцать ведущих посетителей.

— Оставьте все тут, я с этим разберусь.

— Это не все, товарищ Сталин. Я решила посмотреть на ситуацию и с другой стороны. Интересно знать, кто чаще всего бывает в доме Ежова, но я решила выявить и тех лидеров региональных органов НКВД, которые никогда в доме Ежова не бывали.

Посмотрел товарищ Сталин на Холованова и ничего не сказал. Но Холованову говорить ничего не надо. Холованов по взгляду читает. Тут двух значений быть не может. Сказал сталинский взгляд: «Ого. А эта девочка далеко пойдет».

А Холованов Сталину взглядом: «Стараемся. Не абы кого в контроль подбираем».

Настя этих взглядов не видит. Она графики разворачивает.

10

Так бывает: никто мысль не высказывает, но она в воздухе носится. Такая хорошая мысль, что всем она сама в голову приходит. И каждый улыбается, думая о своем. И каждый улыбку на губах ближнего видит. И понимает, что ближний той же мыслью возбужден, той же мысли улыбается.

А мысль проста: партия совершает самоубийство. Партия позволила себя истребить. По низам прошел пожар слегка, но верхушки выжгло почти полностью. И армия на коленях, и партия своей же кровью захлебывается. А кто остался? Остались чекисты. Единственная сила. Товарищ Сталин — уважаемый товарищ, но он Генеральный секретарь партии. А партии нет. Нет за ним силы. А НКВД...

И улыбается сержант государственной безопасности чему-то своему. Сокровенному. И другой сержант. Такой же часовой у той же огромной многотонной двери улыбается.

11

— Получилась, товарищ Сталин, непонятная картина. Товарищ Ежов — большой хлебосол. Любит компанию. Любит пьянки-гулянки. За неполных два года в его доме побывали все начальники республиканских и областных управлений НКВД. Всех, кого Ежов в НКВД не любил, он расстрелял. Все, кто остался, — его друзья, его ставленники, его собутыльники. Во многих областях и республиках за неполных два года Ежов сменил по два-три начальника НКВД. Старых расстреливает, ставит новых, приглашает к себе, угощает, поит, кормит, потом смещает, расстреливает, ставит новых, приглашает к себе, угощает... Есть только одно исключение...

Вдавил Сталин пальцы в стол так, что ногти побелели.

— Единственное исключение: ни в одной из квартир Ежова, ни на одной из дач Ежова ни разу не был начальник Куйбышевского...

— Бочаров.

— Так точно, товарищ Сталин: начальник Куйбышевского управления НКВД старший майор государственной безопасности Бочаров. Скажу больше. Анализ показывает, что Ежов и Бочаров ни разу не оказались вместе в одном ресторане, в одном театре, в одном санатории, в одном поезде. За полтора года Ежов расстрелял тринадцать тысяч двести сорок кадровых чекистов. Если Ежов не любит Бочарова, то зачем не расстрелял? Если Ежов не любит Бочарова, то зачем назначил на такой ответственный пост?

Снова переглянулись Сталин с Холовановым.

— И как вы, товарищ Стрелецкая, можете это объяснить?

— Товарищ Сталин, это необъяснимая загадка...

— Вы боитесь называть вещи своими именами? — Взгляд Сталина вдруг стал жесток.

— Боюсь. Боюсь, потому что у меня в руках только один факт. Из одного факта я не хочу делать выводов... Может быть, все это случайные совпадения.

— В НКВД случайных совпадений не бывает.

— Если так, то вывод прост: между Ежовым и Бочаровым — тайна, известная только им. Они решили показать, что между ними существуют только официальные отношения, и переиграли. Все осталось бы незамеченным, но статистика показывает, что таких чисто официальных отношений между Ежовым и его подчиненными не бывает.

— Вы можете свою мысль выразить короче?

— Заговор.

ГЛАВА 13

1

Начальник Куйбышевского управления НКВД старший майор государственной безопасности Бочаров один в подземном коридоре. В коридоре власти. Над ним — сто тридцать метров монолитной скалы. Тут, в подковообразной излучине Волги, в Жигулях, будет столица Европы. Только вопрос: кто в этой столице будет править? Сталин-Гуталин сам для себя могилу роет. Гуталин скоро истребит свою партию и останется один. Кандидатов в правители после Сталина-Гуталина трое: Ежов, Фриновский, Берман. Триумвират. И он — Бочаров. Трое в Москве возьмут власть и общее руководство, но системы связи в недостроенном подземном городе контролирует Бочаров.

Они там в Москве теоретики, а он со всего ГУЛАГа собрал экспертов по правительственной связи. И подсказали эксперты: не может один вождь две столицы без присмотра оставить. Стягивает Сталин линии связи к Жигулям, значит, должен заказать какой-то предохранительный механизм, которым эти системы отпираются и запираются.

Показал Бочаров экспертам тоннели жигулевские, набитые аппаратурой связи, посмотрели эксперты и указали: вот то самое место в броневой плите. Сюда Сталин будет вставлять электротехнический прибор, который по сложности не уступает лучшим шифровальным машинам, а по форме будет напоминать большую книгу. Вот щель в броневой плите — вставил в нее этот самый агрегат, и все системы связи страны под его контролем. Вытащил — и никто, кроме него, подземным городом в Жигулях для управления страной воспользоваться не сможет.

Осталось только Бочарову сообразить, кому и где Гуталин эту самую штуку заказал... Конечно, не у нас в стране такая штука заказана. Есть у Гуталина доверенные люди: Поскребышев — секретарь, Власик — начальник охраны. Но их Гуталин из страны не выпускал и никогда не выпустит. Заказать в другой стране такую штуку может только один человек — Холованов.

Осталось за Холовановым последить. Нелегко это. Холованов то нырнет, то вынырнет. То возле Гуталина крутится, то пропадает бесследно. Но есть у Холованова слабость. На девок слаб товарищ Холованов. Зело слаб. Девки знают, когда и где он появляется.

Много золотых самородков отдал старший майор государственной безопасности Бочаров за распутывание амурных историй Холованова. Много старший майор государственной безопасности отдал бриллиантов. И не зря. Донесли девки: как, где, когда. Из малых кусочков сложил Бочаров мозаику. Все в нашей жизни в упорство упирается. Все нам доступно. Если упорство проявить. Проявил старший майор государственной безопасности Бочаров упорство, которого сам в себе не предполагал. Днями, ночами аресты, допросы, партийные конференции, еще начальников ублажать надо, и снова допросы, расстрелы и партийные собрания, а Бочаров каждую минуточку урезает для главного дела: из кусочков, из обломков, из осколочков картину поездок Холованова складывает.

Не все Бочарову выяснить удалось, но многое.

2

Раскалило солнце граниты Ивановской площади так, что подковы на сапогах охранников плавятся. С трофейных бонапартовых пушек того гляди капли бронзовые капать будут. Разморило охрану. Взопрели часовые. Штыки мягкими кажутся.

Нет от жары спасения. Просочилась липкая жара и в сталинский кабинет.

— Если я правильно понял, товарищ Стрелецкая, во всем руководстве НКВД есть только один человек, с которым Ежов официально встречается, а неофициально — нет.

— Именно так, товарищ Сталин. Это Бочаров.

— А что, если теперь проверить связи Бочарова и выяснить, не избегает ли Бочаров неофициальных контактов с кем-либо еще из высшего руководства НКВД, помимо Ежова?

— Товарищ Сталин, я это проверила.

— Вот как?

— Начальник Куйбышевского управления НКВД старший майор государственной безопасности Бочаров, кроме Ежова, в неофициальной обстановке никогда не встречался с заместителем Наркома НКВД Фриновским и Наркомом связи Берманом. Он их просто избегает, как и они его.

— Занятно.

3

Не спит подземный город в Жигулях. Вагонетки скрежещут на поворотах. Скрипит электровоз тормозами. Где-то сваи вбивают, и по километрам подземных тоннелей грохот отдается. Где-то вгрызается в скалы Метрострой, где-то откалывают зэки тысячи тонн рыжих дробленых камней, где-то ревут вентиляторы, вытягивая непроглядную пыль из забоев. А в тоннеле К-66 уже тихо, уже светло, уже воздух чист и свеж. Уже идет монтаж. Уже установлены бесконечным рядом серые шкафы, уже провешены связки разноцветных проводов многокилометровой протяженности, каждый толщиной со сноп, который бронзовая колхозница на Всесоюзной сельскохозяйственной выставке торжественно и решительно вознесла над своей металлической головой.

Тоннель К-66 — пять километров. Все пять аппаратурой забиты гудящей, поющей, стрекочущей.

Сотни инженеров-зэков, словно жрецы подземного храма, совершают таинство единения миллионов фрагментов в единую Систему.

Когда работа будет завершена, останется только в щель броневой плиты вставить «Контроль-блок»...

Скорее бы монтаж оборудования в Жигулях завершался. Скорее бы.

Брызжет электросварка, тянут монтажники кабели.

Обещали монтажники к празднику. К седьмому ноября.

4

— Товарищ Холованов, если наша Жар-птица смогла просто вычислить факт существования «Контроль-блока», его назначение, примерный вид и вес и даже фирму-изготовителя, то вполне возможно, что и товарищи в НКВД это смогли вычислить. Им это сделать легче. Это под их руководством рубят тоннели в жигулевских скалах, это под их контролем к Жигулям тянут линии связи, это они следят за монтажом оборудования и аппаратуры. Им совсем легко додуматься, что я не все отдал в их руки, а предусмотрел предохранительный механизм. Если они об этом подумают, то и до всего остального додуматься можно. Я как Геракл чищу авгиевы конюшни в полной уверенности, что никто мне не помешает. На Жигули я пока не обращал много внимания — подземный город только строится, и ключ от его узлов и систем связи у меня. Но выясняется, что строительство первой очереди будет завершено досрочно, а ключ к его узлам и системам связи может оказаться в руках НКВД. Что вы предлагаете делать, товарищ Холованов?

— Немедленно арестовать Ежова, Фриновского, Бермана, Бочарова.

— Нет, товарищ Холованов. Этого мы делать не можем. Не можем просто потому, что у них больше сил. Все важнейшие объекты в стране, начиная с Кремля, под охраной НКВД, то есть под контролем Ежова. Наркомат связи под контролем Бермана. Пограничные войска под контролем Фриновского. Подземный город в Жигулях строится руками заключенных, то есть под контролем НКВД. Если товарищи из НКВД украли и «Контроль-блок», то выходить в открытую драку против них — это то же, что выходить одному против Чингисхана со всей его ордой.

— Что же делать, товарищ Сталин?

— Есть другие пути. Товарищ Стрелецкая, кто в системе НКВД главный враг Ежова? **209**

— Товарищ Сталин, главный враг Ежова — это старый чекист, правда, сейчас он формально чекистом не является. В последние семь лет с 1 ноября 1931 года он на руководящей партийной работе...

— Берия!

— Так точно, первый секретарь ЦК компартии Грузии Лаврентий Павлович Берия.

Поднял Сталин телефон:

— Дайте Ежова. Товарищ Ежов, в составе Советского Союза одиннадцать республик. В девяти республиках мы с вами руководителей разоблачили и расстреляли. Осталось двое: товарищ Хрущев на Украине, это очень хороший товарищ, и Берия в Грузии. Мы тут с товарищами посоветовались, но решения окончательного принять не можем: расстрелять Берия или нет? Что вы думаете по этому поводу?

— Расстрелять, — не разбазаривая драгоценных мгновений на размышления, ответила трубка.

— А почему, товарищ Ежов? У вас есть на товарища Берия материал?

— У меня на всех есть материал.

— И на меня?

— Хм. Нет, конечно, товарищ Сталин. На вас нет. Я неправильно выразился. У меня есть на всех, кроме вас.

— Это хорошо, товарищ Ежов. Срочно курьером перешлите мне копии материалов на этого мерзавца Берия и ваши соображения об аресте. До свидания, товарищ Ежов.

5

— Товарищ Холованов, нужно, не используя телефонов и других технических средств связи, срочно и тайно вызвать товарища Берия из Тбилиси в Москву.

— «Сталинский маршрут» слишком заметен. «Глав-спецремстрой», если нарушит графики движения, может дойти до Тбилиси и вернуться за сутки с небольшим.

— Не пойдет. Товарищ Берия — хороший товарищ, но я не намерен показывать ему свою систему ремонтных поездов. Это моя тайна, товарищ Холованов, и прошу ее хранить.

Вытянулся Холованов. Понимает, что уже столько ошибок нагородил, что пора затылок под пистолет подставлять. Но товарищу Сталину нет сейчас времени Холованова расстреливать, и возможности нет. Дорог каждый человек.

— Сделаем так, товарищ Холованов. Вы пошлите кого-нибудь из спецкурьеров в Тбилиси, пусть он сообщит товарищу Берия лично, что надо срочно и незаметно прибыть в Москву.

— Жар-птица.

— Нет, товарищ Холованов. Опять нет. Для Жар-птицы у меня более важное задание.

— У нас в монастыре достаточно спецкурьеров, товарищ Сталин.

— Вот и пошлите одного. Незаметно. Переоденьте. Пусть кем-нибудь прикинется. А сами вы, товарищ Холованов, забирайте свою команду и отправляйтесь в Америку. В какой бы стадии готовности ни находился «Контроль-блок», его следует забрать и доставить мне. Если «Контроль-блок» похищен...

— Этого не может быть.

— Все может быть, товарищ Холованов. Если «Контроль-блок» похищен, сообщите мне телеграммой. Текст: «Нет. Дракон». Все. Идите.   **211**

— Товарищ Стрелецкая, когда я был в ссылке в Туруханском крае, то был у меня хороший девиз: не хлюздить. Вы знаете, товарищ Стрелецкая, что означает это слово?

— Знаю, товарищ Сталин.

Остановился Сталин. Долго молча стоял, стараясь понять то, что услышал.

— Вы и это знаете, товарищ Стрелецкая. Это хорошо. — Он прошел до конца кабинета. Остановился. Постоял. Вернулся на прежнее место, остановился, раскурил трубку:

— Мы на краю. Столкнуть нас совсем легко. Системы и узлы связи в их руках, охрана важнейших объектов в их руках, «Контроль-блок» может быть в их руках. В НКВД — заговор. И все их боятся. Нам известна только вершина заговора. Мы не знаем их сил и планов. Но сила у них есть. Выступить открыто против Ежова я сейчас не могу, пока у меня нет уверенности в том, что «Контроль-блок» в моих руках или по крайней мере он нейтрализован. Мы не знаем, когда они готовятся выступить, но будем надеяться, что до окончания строительства первой очереди командного пункта в Жигулях выступить не решатся. Первая очередь должна вступить к празднику, к 7 ноября. Если это так, то у нас еще есть время. Если их не арестовывать и не стрелять, они захватят власть, а если их арестовывать и стрелять, то они для самозащиты вынуждены будут захватить власть. Мы будем, товарищ Стрелецкая, продолжать их арестовывать и стрелять. У них нет выхода, и у нас нет выхода. Я вас посылаю на рискованное дело. Может, на смерть.

Вы поедете к Бочарову. В какой роли вы бы хотели туда поехать?

— В обычной роли спецкурьера ЦК. Мне нужна будет официальная бумага со множеством деталей для того, чтобы не сразу была понятна цель визита. Мне только попасть на спецучасток Куйбышевского НКВД и иметь основания там находиться несколько дней.

— Бумагу я вам подготовлю. Я не ставлю вам никакой задачи. Действуйте по обстановке. И не будем хлюздить, товарищ Стрелецкая. Идите и знайте, мы устоим. Мы им шею свернем. Помните, я вас всегда выручу. Что бы ни случилось. Вы теперь мой человек. Навсегда. Я своих не оставляю в беде. Я своих спасаю. Всегда.

Он повернулся лицом к окну и тихо повторил:

— Всегда.

7

Ликует Америка.

Русские через полюс долетели до Америки. Один сверхмощный двигатель, длинный хищный фюзеляж, невероятного размаха крылья и трое парней несгибаемого характера.

Ликует Америка. Дождь листовок засыпает улицы. Открытый длинный «бьюик», обвитый гирляндами цветов, торжественно плывет сквозь восторг толпы.

Это совсем не просто — перелететь через полюс. Самолет создан только для одного рекордного перелета. Никакая конструкция не выдержит снова такие невероятные нагрузки. Потому краснокрылого красавца разберут на части и пароходом вернут в Советскую Россию. Потому огромный советский грузовой корабль «Максим Горький» ждет в порту Балтимора.

Встречать длиннокрылый советский самолет прибыла советская техническая делегация, **213** в составе которой знаменитый полярный летчик Холо-ванов с группой профессионалов высшего класса.

8

Растворил дверь сталинский секретарь товарищ По-скребышев и доложил:

— Товарищ Сталин, Первый секретарь ЦК комму-нистической партии Грузии товарищ Берия Лаврентий Павлович по вашему приказанию прибыл.

— Зовите. Заходи, Лаврентий, садись, дорогой. Как дела в Грузии?

— Здравствуйте, товарищ Сталин. В Грузии рево-люционный порядок.

— Вот и я так думал, что революционный порядок в Грузии. У нас в Грузии всегда порядок. Разве я ошиба-юсь? А вот товарищ Ежов говорит, что у тебя Грузия в полном беспорядке. Говорит, что сам ты преступник. Говорит, что ты разложился в морально-бытовом от-ношении. Говорит, что у тебя гарем в Тбилиси, и еще один — в Сухуми, и еще один маленький — в Батуми.

— Ну тот совсем маленький, товарищ Сталин.

— Говорит товарищ Ежов, что ты деньги воруешь.

— Кто же их не ворует, товарищ Сталин?

— Говорит, что людей ты убиваешь по своей прихо-ти. Говорит, малолетних совращаешь. Говорит, что в Кутаиси ты за школьницами охотишься вечерами. Го-ворит, хочешь стать маршалом и повесить себе на шею бриллиантовую звезду. Смотри, сколько доносов на тебя прислал. Тут — про твою половую распущенность и по-ловые извращения. Тут — про воровство. Тут — про твои незаконные дворцы. Тут — все твое про-шлое описано. Я эти гадости даже и читать не

214

хочу. Забери, дорогой, себе. А вот, Лаврентий, предложение товарища Ежова. Это именно то, что он хочет с тобой сделать. Лично мне прислал. Печать НКВД и его подпись. Пишет, что расстрелять тебя мало. Как тебе это нравится?

9

— Значит, так, Сыроежка. Вот фотография. Это мистер Стентон. Он владелец фирмы «Фараон и сыновья», которая вербует американских инженеров для Советского Союза. Кроме того, через мистера Стентона мы заказали в Балтиморе на фирме «RVB» одну очень важную штуку. Есть подозрение, что эту штуку у него, мягко говоря, увели. С мистером Стентоном нам надо поговорить, но так, чтобы никто не дознался, что мы с ним виделись. К концу рабочего дня я всех девочек, которых с собой привез, ставлю к выходам его фирмы. Нам надо его не упустить в толпе. Кроме того, я выставлю посты у его дома. Надо мистера перехватить. Как только перехватят и поведут, я тебя на машине выброшу на его пути. Твоя задача — охмурить, сбить с панталыку и увести с пути истинного. Мы за тобой будем смотреть. Как только отведешь в сторону, мы его и прихватим. Потолковать надо. Ясно?

— Ясно. Только я по-американски говорить не умею.

— А тебе по-американски не надо говорить. Главное, чтобы ты по-русски не заговорила. Ты ему мимикой информацию передавай. И жестами. Телом, так сказать.

— Ясно. А если он будет говорить?

— А ты слушай и улыбайся.

— Ясно. **215**

— Все. До вечера свободна. К вечеру оденешься завлекательно и мордочку подрисуешь. У тебя это получается. Иди. Ширманова ко мне.

10

— Товарищ Ежов, здравствуйте. Это я говорю, товарищ Сталин.

— Здравствуйте, товарищ Сталин.

— Товарищ Ежов, мы тут с товарищами посоветовались и решили, что товарища Берия мало расстрелять.

— Мало, товарищ Сталин.

— Не будем его расстреливать. Его надо перевоспитать и исправить. Надеюсь, на Лубянке умеют перевоспитывать.

— Перевоспитаем, товарищ Сталин! Мы его на верный путь поставим.

— Он тут у меня. Я сейчас выделю охрану и отправлю его прямо к вам на Лубянку.

— Лубянка давно по этому мерзавцу плачет.

— Вы меня не поняли, товарищ Ежов. Мы решили товарища Берия послать к вам на Лубянку не в камеры, а в кабинеты. Товарищ Берия назначен вашим заместителем. Вы будете его начальником и постарайтесь своего нового подчиненного исправить и перевоспитать.

11

Идет Люська Сыроежка под ручку с мистером Стентоном. Мистер Стентон Сыроежке в ухо непристойности шепчет. Смеется Люська.

Отлип от стены некто в сером и мистеру рот зажал. И Ширманов рядом. В подъезд дернули. В Вашингтоне подъезды на ключик закрываются. Но профессионален Ширманов. У него в кармане, если порыться, ключи от всякого подъезда найдутся.

Дернули мистера Стентона так, что вроде бы и не было никогда такого мистера на вашингтонских улицах.

Холованов фонариком в очи:

— Здравствуйте, мистер Стентон. Как дела с известным вам изделием?

— Великолепно, мистер Холованов.

— Завершили?

— Полный порядок. Завершили.

— И когда?

— Так неделю же назад.

Отлегло у Холованова. Улыбнулся:

— А вроде к концу года обещали.

— Именно так. Обещал. Но и вы обещали за скорость платить дополнительно. Поэтому мы постарались и завершили досрочно.

— И где изделие в данный момент?

— Как где? Как это где?

— А ты не вскипай! Где, спрашиваю, изделие?

— Так вам же отдали.

— Когда отдали?

— Так вчера же. Девчонка от вас была. Худенькая такая. Симпатичная.

— И трость у нее была?

— Трости не было, женщины с тростью не ходят. Но в сумочке у нее набалдашник от трости был.

— Такой как надо?

— Точно такой.

— А документы ты проверил?

217

— Как без документов, мистер Холованов! Все документы в полнейшем. И расписочка у меня в сейфе. На вашем бланке.

12

Впереди — Волга. Впереди — мост железнодорожный: одним концом упирается в берег, другим — в горизонт. Тринадцать пролетов. Раньше назывался мост Александровским. Теперь — просто мост. Мало кто помнит его прежнее имя. Мало кто помнит, что начали строить Александровский мост в 1876 году, а через четыре года пошли по нему поезда. Тогда это был крупнейший мост Европы, символ русского капитализма, неудержимо прущего заре навстречу. Мост и сейчас смотрится. Страшен мостище. Страшна серая Волга. Вокруг — степь. Уже холодно. Ветер в проводах свистит. Разъезд. Рельсы в три колеи. На откосе надпись белыми камушками: «Слава Сталину!» На запасном пути — «Главспецремстрой-12». Все. Ничего больше.

Пронесся мимо красный экспресс «Куйбышев—Москва», смотрят люди из окон на ремонтный поезд, ничего интересного увидеть не могут.

Потому как все интересное не снаружи, а внутри. Внутри вагона не то почтового, не то багажного. Там, внутри, Сей Сеич проверяет готовность Жар-птицы к выполнению ответственного правительственного задания.

— Отсюда ты пойдешь сама. Тут до Куйбышева рукой подать. Главное, чтобы они не поняли, откуда ты появилась. Связи никакой мы с тобой, Жар-птица, поддерживать не можем. Все телефоны в руках НКВД, весь телеграф — в тех же руках. Иди. Если что-то узнаешь или сделаешь, возвращайся сюда. Мы

218

тут на разъезде регулярно по субботам с полночи до полдня.

— Сей Сеич, 913-й километр прямо у Жигулей, вы думаете, что НКВД не догадывается, что у нас тут постоянное место остановок и долгих стоянок?

— Будем надеяться, что они об этом не знают.

13

Жарко в сентябре в славном городе Вашингтоне. Гонит горячий ветер первые опавшие листья по М-стрит.

Закурил Холованов, затянулся, сплюнул и долго матерился, душу изливая.

— Увели. Увели «Контроль-блок». Как же они, гады, меня выследили? Хорошо, хоть Жар-птица вовремя спохватилась. Ладно, этот вариант я ожидал. Боялся его, но именно он и выпал. Знаешь, Ширманов, даже как-то и легче. Наверное, так себя приговоренные к смерти чувствуют. Объявили приговор, и все сразу безразлично. Сгорели мы с тобой, Ширманов. Вся власть, весь контроль теперь в руках Ежова Николая Ивановича. Меня он не простит и тебя тоже. На одном пыточном станке висеть будем.

— Люблю компанию.

— Не будем плакать. Вернемся к делу. Решение для данной ситуации у меня еще в Москве было заготовлено. Наша тактика: не показать Ежову, что мы спохватились. Поэтому убить Стентона мы не можем: это будет сигнал Ежову, что мы заподозрили неладное и включились в борьбу. Но нельзя нам мистера Стентона оставить живым. Его ведь спросят в любой момент: а не интересовался ли Холованов изделием? А что он ответить может? Он и ответит, что Холованов интересовался. В этой ситуации Ежову надо будет **219** немедленно выступать, и сил у него явно больше. Что же нам делать, если нельзя Стентона ни убить, ни живым оставить? Пропасть мистер Стентон тоже не может: это тот же сигнал Ежову.

— Тут ничего не придумаешь.

— Нет, Ширманов, придумать можно. Жалко, что Вашингтон в отличие от европейских столиц сразу после окончания рабочего дня пустеет. Но ничего. В общем, так: мистер Стентон должен сам умереть. Умереть сегодня. Естественной смертью. На глазах десятков свидетелей.

— Товарищ Холованов, уже вечер. Умереть естественной смертью сегодня в Вашингтоне на глазах десятков свидетелей — это только на вокзале. Невозможно, товарищ Холованов.

— Ширманов!

— Я.

— Займись.

ГЛАВА 14

1

Старший майор государственной безопасности Бочаров развернул бумагу. Серьезная бумага: «Пролетарии всех стран, соединяйтесь! Центральный Комитет ВКП(б)».

Бочаров глазом цыганским сразу в самый низ: уж не сам ли Гуталин подписал? Нет. Не сам. Маленков. Тоже, признаться, не слабо. А что в бумаге? Вот что: «Совершенно секретно. Особой важности. Старшему майору государственной безопасности Бочарову лично. После ознакомления документ вернуть подателю для немедленного уничтожения».

— А удостоверение личности у вас есть?

— Есть. — Подает Настя шелковый платочек с печатью ЦК и несмываемой подписью товарища Сталина.

Только обрадовался Бочаров, что сталинской подписи нет, а вот и она. Ладно. Что там в бумаге дальше?

«В Куйбышевское управление НКВД направляется спецкурьер ЦК ВКП(б) Анастасия Стрелецкая, в последующих документах — Жар-птица. Цель: пройти тренировку по особой, ей известной программе. Основные направления: совершенствование испанского языка, парашютная подготовка, ориентирование на местности и способы выживания, длительные пешие переходы, стрельба, самбо. На время пребывания в Куйбышевском НКВД обеспечить Жар-птицу всем необходимым для жизни и успешного освоения программы. По ее требованию обеспечивать самолетом и парашютами для совершения учебных прыжков на любой из районов по ее выбору в пределах государственных границ СССР. Процесс подготовки не контролировать и не вмешиваться в него. По первому требованию обеспечить Жар-птице связь с Москвой по закрытым правительственным каналам. На вас возлагается личная ответственность за безопасность Жар-птицы и сохранение тайны ее пребывания в Куйбышевском НКВД. Вместе с ней разработать правдоподобную легенду и неукоснительно придерживаться ее. Кроме вас, никто не должен знать истинных целей командировки. Особо подчеркиваю, что Жар-птица находится только в подчинении Центрального Комитета. Вопросов Жар-птице не задавать. На вопросы могу ответить только я. Маленков. Москва. Кремль. 1 сентября 1938».

Прочитал старший майор государственной безопасности такую бумагу и на Настю уставился: что за птицу прислали? И зачем? Мордочка знакома из газет. Самому Сталину цветы вручала. Абы кого на такое дело не ставят. С другой стороны, мордочка — глупенькая. Пронюхал Гуталин что-то? Или? Если бы пронюхал, не стал бы такую глупенькую посылать. На морде написано: дурочка. Только с гонором. В бумаге, конечно, какой-то тайный смысл, но так написана, чтоб не понять, что именно ее интересует. А ведь может она быть самой обыкновенной контролершей. Прислали, чтоб вынюхала что-то. И не похоже. На контроль прислали бы кого посолиднее...

Улыбнулся старший майор государственной безопасности:

— Милости просим, Жар-птица, в Куйбышевское управление НКВД.

2

От центра города, от областного управления, до спецучастка — три часа дороги. Выскочили из города и лесом вдоль ветки железнодорожной. Пока в зеленые ворота не уперлись. Вправо заборы несокрушимые, проволокой оплетенные, влево — заборы несокрушимые, той же проволокой оплетенные. Перед забором — ров. Чтоб машиной забор не проломить. Во рву колючие кусты колючей же проволокой окручены. Перед воротами — грозные надписи. Рядом — еще ворота. Те для поездов.

Раскрылись створки ворот, «эмку» пропуская, и закрылись. Механизация. Как у товарища Сталина на секретной подземной станции метро. Снова — лесом. Снова ветка железнодорожная рядом. Распекло солнышко сентябрьское сосновый лес, смолой пахнет.

Вот и Волга из-за бугра блеснула. Простор необозримый. Дали лесные. На той стороне — откосы Жигулей. На Волге белый пароход зовет кого-то гудками.

Повернула машина, на холме — величавый храм. Брошен давно, колокольня снарядами еще в Гражданскую пробита, весь кустами колючими зарос. Но величие не ушло. Ах, умели раньше строить. И места для храмов выбирать умели.

— Правее — дом отдыха НКВД и дачи руководящего состава. У Волги лодочная станция. Левее — детский городок. Раньше тут колония для беспризорных была. Теперь лагерь для испанских детей. **223**

А там — наша станция железнодорожная, учебный центр войск НКВД, стрельбище и участок, где врагов стреляем. Вот и все наши достопримечательности.

Слушает Настя рассказ старшего майора государственной безопасности, а сама все это знает. В монастыре целая папка документов на Куйбышевский спецучасток собрана. Все в той папке: и точная площадь участка, и длина периметра, и система охраны. Хорошо устроились. И Волга рядом. Посторонним не пробраться на спецучасток и не убежать с него. Одни ворота железнодорожные, другие рядом автомобильные и еще калиточка с выходом на пляж и лодочную станцию. И двадцать семь километров несокрушимых заборов под постоянным наблюдением и охраной.

Старший майор государственной безопасности не рассказывает, но Настя знает: во рвах под колючей проволокой — противопехотные мины. Между заборами — псы-волкодавы.

3

Вечером у дома отдыха НКВД весело. Большой красивый парень гармошку терзает. Смех. Танцы.

— Это наш новый товарищ Настя. Прислана из Центра.

4

С утра одевается Настя в темное и уходит в лес. Леса на спецучастке много. Оттяпали чекисты кусочек на волжском берегу, не постеснялись. Все тут у них. Это так принято: большой дом НКВД всегда в центре города. Чтобы все его видели. И боялись. А за городом — дом отдыха, склады, учебный центр,

224

расстрельный участок. Случись что в городе: бедствия стихийные, волнения, бунт, — НКВД контроля не теряет. Не из центра города ситуацию контролировать будет, а из какого-то живописного леса.

Спецучасток — это как бы тайная запасная столица области. Товарищ Сталин в соответствии с той же логикой и для всего Советского Союза тайную столицу строит. Заодно — и для всей Европы, и всей Азии. Вон там, в Жигулях. На той стороне Волги. Хитер товарищ Сталин. Рядом развернул грандиозное строительство Куйбышевской ГЭС — крупнейшей в мире. С одной стороны, столице Европы много энергии потребуется. С другой — строительство ГЭС служит, кроме всего, маскировкой строительства подземного города. Все знают, что великая стройка тут — Куйбышевская ГЭС. Лагерей кругом столько, что в Куйбышеве ночи белые, как в Ленинграде. Столько тут зон запретных, столько электричества в тех зонах жгут, что по ночам рассеянным светом вся область озарена. Хоть газету читай. Так вот: гонят зэков эшелонами в Куйбышев, и все понимают — на строительство ГЭС. Разгружают машины и механизмы — для строительства ГЭС. Тысячи тонн стали и цемента потоками идут: все понятно — на строительство ГЭС. Все знают про ГЭС. Мало кто — про подземный город. Смотришь на откосы Жигулей, ничего подозрительного не увидишь. Спрятано все. Так и возле спецучастка НКВД ходить можно из года в год: в лесу забор зеленый да проволока, да собачки брешут. Что за забором? Да мало ли что! У нас вообще все секретно.

5

Смотрят чекисты на Жар-птицу. Понимают. Вещмешок иностранный. Ботинки на подошвах толстых. «Люгер» на боку. Внимание ей. Почтение. Запретил Бочаров говорить о ней, запретил вопросы задавать. Так оно и без вопросов ясно — диверсантша. В лагере испанских детей не по-нашему лопочет. В языке совершенствуется. Ясно без вопросов — прислали готовиться генерала Франко исполнить. Дело нужное.

Исходила Настя спецучасток. Ничего интересного. Ничего подозрительного: лес, станция железнодорожная в лесу, массовые захоронения, стрельбище, брошенный храм, дом отдыха, дети испанские, склады. Сегодня наткнулась на дорожку расстрельную. Между станцией и могилами вытоптана дорожка. На этой дорожке — загон. Настя его пустым видела, заборы в два роста, доски внахлест, но ворота настежь. В загоне десять шкафов. По пять отделений в каждом. Шкафы в загоне — подковой. Но явно загон не простаивает. К нему не заросла народная тропа. Вытоптана трава — вроде стада слонов тут каждую ночь на водопой идут.

6

Бегает Настя лесами. Туда, сюда. Не следят ли? Нет. Не следят. В лесу она рывок делает, а потом затаится и смотрит. Нет, не следят. Убежать она отсюда не может. И по лесам ничего интересного ей не найти. Спокоен старший майор государственной безопасности Бочаров. Волнения не проявляет. Уверен в себе. Посмеивается.

7

Каждый день на спецучастке стрельба. То ли на стрельбище тренируются, то ли людей стреляют. Наверное, и то и другое. Рабсила в тоннелях жигулевских быстро изнашивается. Так ее эшелонами — сюда. На спецучасток. Видела Настя, как эшелоны вползают через ворота спецучастка. И — к станции.

Загоняют эшелоны поздно вечером. Стоят они на станции до рассвета. А с рассветом оцепляют станцию, загон и могильники конвоем...

8

Растянул меха гармонист, и грянула песня:

Как нас обнимала гроза...

И подхватили:

Тогда нам с тобою сквозь дым улыбались
Ее голубые глаза.

Обыкновенные люди. Романтики. Скромные герои. Делают важное дело. Стреляют врагов. Чем больше настреляют, тем быстрее наступит светлое будущее. Их незаметный героический труд — это борьба за счастье всего человечества. За мир на земле.

Хороший вечер. Тут на спецучастке летом, как в санатории, семьи руководящего состава НКВД живут. Тут и руководство областное отдыхает: секретари обкома, прокурор, товарищи из облисполкома. С семьями. Каждый вечер на поляне возле реки все общество собирается. Уху вечерами варят, раков. Пиво холодное прямо из бочки. Так пиво и называется — «Жигулевское».

Жены чекистов Настю сразу в свой круг приняли. Запросто.

Запретил Бочаров про Настю сплетничать. И не сплетничают. Тут женщины особые. Понимают: болтни лишнего...

Так что не болтают. Но знают: прислал товарищ Сталин девчонку готовиться к убийству самого Франко. Или Троцкого. Нет, конечно, не Троцкого. Учит она, говорят, испанский язык — это против Франко. Троцкий ведь в Мексике живет. Если бы мексиканский язык учила, то тогда понятно...

И женам партийных руководителей — глазами: вон та, глазастенькая. Это которая? Да вон же. Это та самая? Да как же на такое дело такую тощую? Генерал Франко вон какой жирный. Справится ли? Тщщ...

Согрелась Жар-птица у стога сена, слушает разговоры вокруг, улыбается своему чему-то. Качнулись синие жигулевские утесы за Волгой, задрожало мягко черное небо, и полетела Жар-птица в прекрасную страну, в страну будущего, где люди будут честными и добрыми, даже честнее и добрее, чем сейчас...

9

И решила Настя, что нет тут никакого заговора. Нет и все. Просто ищет она заговоры и хочет найти, а тот, кто ищет, тот всегда находит. Это из наших песен известно. Нет заговора на спецучастке Куйбышевского управления НКВД. Не могут такие добрые, такие честные люди устраивать заговор против власти рабочих и крестьян, против товарища Сталина, который власть народа защищает от примазавшихся проходимцев.

Подсел Бочаров.

— Ну как тренировки?

— Хорошо.

— Не помочь ли чем?

— Нет, спасибо.

— А знаешь, Жар-птица, тебя сегодня видели возле загона.

— Знаю.

— Ты, конечно, не догадываешься, зачем в загоне шкафы стоят. А у нас поверье: если кто из непосвященных эти шкафы увидит, то жить ему недолго. Человек может увидеть такие шкафы только раз в жизни и тут же должен умереть.

— А как же вы и ваши люди?

— Ко мне и моим людям это не относится. Мы — посвященные. Нам тайна шкафов доверена. Мы работаем с этими шкафами. Это, так сказать, наше средство производства. Потому это поверье нас как бы не касается. А вот тот, кому эта тайна не доверена, умирает быстро после того, как такой шкаф увидит.

Нехорошее лицо у Бочарова. И глаза нехорошие. Говорят, что существуют в природе черные бриллианты, так вот глаза у него именно такие: черные, холодные, сверкающие. Такими глазами хоть стекло режь. Сатана сатаной. От одного взгляда опрокинуться можно. Представила Настя, что попала клиентом к Бочарову в пыточную камеру на следствие. Передернуло ее.

И тон Бочарова нехороший. Сказал одно, а слышится в словах угроза откровенная: «Пришла ты к нам на спецучасток с важной бумагой. Но не выйдешь отсюда. И бумаги не помогут. Так что бегай по лесам, прикидывайся диверсантшей, вынюхивай, ничего не вынюхаешь».

Улыбнулась Настя Бочарову улыбкой очаровательной:

— Товарищ старший майор государственной безопасности, я — посвященная. Я — такой же исполнитель, как и вы. Знаю, для чего шкафы **229** предназначены. Сама с ними работала. Правда, не на вязании, а на исполнениях. Техника у нас везде стандартная: знаете, ложбинка там, где шея с черепом сходятся...

Хотела Настя добавить: «Тут у вас чекисты людей стреляют, а мы у себя — чекистов». Но не стала Настя такого добавлять. Просто подарила Бочарову еще одну улыбку лучезарную.

Отошел старший майор государственной безопасности. Сам себя ругает. Думал пугануть девочку так, чтобы отбить охоту тайны НКВД вынюхивать. А она не испугалась.

Любого встречного взглядом, жестом, действием давить надо. Всегда. Так старший майор государственной безопасности и делает. Давит. Попробовал и против сталинской контролерши — не выгорело. И решил для себя: один — ноль. В ее пользу. И не такая она наивная дурочка, как может показаться.

Отошел Бочаров, а Настя решила: тут заговор.

10

Осень листопадная. Осень шелестящая. Идет Настя лесом. Идет, над собой смеется. Пропустили ее на спецучасток по бумаге, а дальше что? Возле Бочарова можно год ходить, ничего не узнаешь. А можно и десять лет. В доме отдыха НКВД — запасной командный пункт областного управления. Там узел связи и сейфы. Но узел связи под охраной, и двери там железные, и окна в решетках, и работают там связисты круглые сутки. Да и не так глуп Бочаров, чтобы в рабочем своем сейфе держать что-то недозволенное. И не так глуп Бочаров, чтобы в рабочих помещениях что-то лишнее сказать.

Интересно, где сейчас Дракон? Вернулся ли из Америки? И что там у него за результаты?

А результаты у него не могут быть веселыми. Если бы он забрал «Контроль-блок» в Америке и благополучно вернулся, то Настю товарищ Сталин немедленно бы отозвал со спецучастка. Делать ей тут нечего. Поднял бы товарищ Сталин правительственный телефончик и сказал бы: ну-ка верните мою птицу, завершилась ее практика. И Бочаров ее отпустил бы. Если нет заговора, посмеет ли какой-то Бочаров ослушаться Сталина и не выполнить его приказ?

Но заговор есть. И потому не отзывают Жар-птицу со спецучастка Куйбышевского управления НКВД. А что она может?

Ничего не может. Бегает по лесам. Понимает Бочаров, что она прислана что-то разнюхать, только не выгорит Настеньке.

Обдумала Настя варианты и решила в панику не ударяться и не хлюздить. Если заговор есть, если «Контроль-блок» украден, то быть ему или в Москве, или тут где-то рядом. Даже тут вернее: «Контроль-блок» в основном для Жигулей предназначен.

Если есть заговор, то должна быть подготовка. Должны быть интенсивные контакты между участниками. А где?

Непонятно, если Бочарову надо поговорить со своими людьми о чем-то недозволенном, где он это делает?

Короткий разговор — это в лесу. Леса на спецучастке в достатке. Ну а если разговор с пьянкой на всю ночь, тогда где?

А ведь заговор просто так в лесу не рождается и не зреет в лесу. Заговор, если психологии Перзеева верить, начинается с доверия участников друг к другу. Заговор начинается в обстановке домашней, доверительной. Где это? Не в кабинете же служебном. Не **231** на квартире. Потому как квартиры чекистов прослушиваются, и они это знают. Где тогда? Где-то в подмосковном лесу, в уютном домике. Или в лесу у Жигулей. Тоже в уютном домике. Если тут у Жигулей судьба страны и мира решается, то тут и должны заговорщики собираться. И не однажды.

Где?

Все леса Настя обходила. Нет в лесах на спецучастке уютного домика. Нет его. Есть своя железнодорожная станция, есть загон, есть захоронения под молоденькими елочками, есть захоронения под пятилетними елочками, есть и под десятилетними, есть дом отдыха, есть лагерь испанских детей...

Стоп. Почему не в лагере? Если бы Настя была начальником Куйбышевского управления НКВД, почему бы не устроить для друзей пир с увеселениями в детском лагере? Кухня там есть. Кровати есть. В случае чего и отоспаться есть где.

Устроила бы Настя пир в лагере испанских детей?

Нет. Не устроила бы. Там домики легонькие. Там подслушают. А еще перепьются друзья, орать будут. Музыка будет греметь. А рядом охрана, рядом обслуживающий персонал. Слухи нехорошие поползут. Да и жены командирские рядом.

Лучше бы всего — в здании со стенами несокрушимыми. И чуть в стороне от дома отдыха. Чуть от охраны и персонала в стороне.

Но нет такого здания на спецучастке.

Как нет? Есть!

11

На самом видном месте. На самом высоком. На холме над Волгой. Прямо посредине спецучастка. Собор. Его за десятки километров с волжских пароходов видно. Его из леса видно. Над деревьями возвышается. Почему бы не в нем? Почему бы не устроить тайное блудилище на самом видном месте, там, где искать никто не будет?

Орешником, малинником ползет Настя к храму. Лицо и руки колючками исцарапала.

Вот он. Красавец.

Никого вокруг. И рядом с собором лет десять никого не было. Меж плитами гранитными — стебли травы буйствуют. Все дорожки вокруг заросли. Быстро природа свое берет, если человека рядом нет. На железные створки двери стальная полоса наложена. И заварено намертво. Давно заварено. Стальная полоса, как и обе створки двери, многолетней ржавчиной разъедена. Между ступеней давно пробились лозы диких роз и всю дверь оплели. К стенам не подступись: все заросло. Давно. Окна еще в Гражданскую перебиты. А рамы узорчатые и решетки остались. Это для колючих кустов вроде решеток садовых — все заплетено. Окна изнутри кирпичом заложены. Ставили собор на века. А потом коммунисты изнутри заложили окна кирпичом — тоже на века. И дверь единственную заварили. А уж потом природа-мать все от основания до крыши розами дикими заплела. Как в сказке братьев Гримм. Лет десять, а то и пятнадцать никто тут не ходил. Трава не мята. Кусты не ломаны.

Только не обманешь Настю. Она уже уверена, что внутри что-то есть. Да не что-то, а главное. То, зачем ее сюда товарищ Сталин прислал.

Не обманут Жар-птицу кусты неломаные, трава немятая. Не обманет ржавчина на двери. Все на первый взгляд запустением пахнет. Но не так все ясно, как с первого взгляда кажется. Почему в храме клуб не устроили? Или спортивный зал? Если не ну- **233** жен, так почему не взорвали? Иногда у брошенных зданий окна кирпичом закладывают, чтобы не лазил кто ни попадя. Все так. Но тут можно было сил, цемента и кирпича не тратить: окна все равно решетками закрыты. Зачем же еще и кирпичом? И если окна кирпичом закладывать, так можно было методом тяп-ляп, вкривь и вкось. А тут окна заложены добротно. Зачем?

Внутри что-то есть. Но остались без ответов два вопроса. Как Бочаров туда внутрь попадает? Как Насте туда попасть?

С Бочаровым просто. Кто-то до него прорыл в храм подземный ход. А двери и окна замуровал. Подземный ход — не проблема. Если тут людей стреляют много лет, то дармовой рабочей силы хватало. И не только мускульно-землекопательной, но и умственно-инженерной. Рыть можно было кое-где и открытым способом. Тут все время землю роют. Никто не удивится. Потом участников строительства — в загончик. Чтоб лишнего не говорили.

Если двери заварены давно и окна давно заложены, то и подземный ход давно прорыт. Предшественниками. Может, со всего Союза сюда чекисты на свои тайные сборища съезжаются. И если один конец подземного хода в храме, то второй лучше вывести в следственный корпус. Чекисты вроде на следствие уходят. С соратниками. Уходят за пять рядов колючей проволоки. За железные двери. На всю ночь. Никто не заподозрит. Даже жены. А из следственного корпуса в храм по подземному ходу — телефонный кабель проложить. В случае чего — тут я. Можно и на московский правительственный телефон удлинитель присобачить. В любое время дня и ночи можно Москве ответить бодро: да, тут я, глаз не смыкаю.

В этом вопросе — полная ясность. Может, в деталях не все так, но в главном нет сомнения: подземный ход.

А как Насте в храм замурованный пробраться?

12

Проползла вокруг и прикинула.

С северной стороны растительности под стеной меньше. Что-то вроде лужайки. Со всех сторон лужайка сиренью закрыта. Метрах в трех от земли подоконник шириной с вагонную полку, а вверх окно уходит. Надо разбежаться, метра два бежать по вертикальной стене и за решетку ухватиться. Потом — по решетке — как по лестнице вверх и вверх. Там, где окно кончается, узоров кирпичных кружево целое. По этим узорам добраться до угла. Вдоль всех крыш — карниз нависает. Как карниз обойти? Легко обойти. С крыши вокруг карниза водосточная труба изгибается. Труба проржавела. Но кронштейны, на которых она держалась, на местах. Они еще лет двести торчать будут, пока не проржавеют. Так вот по кронштейнам — вокруг карниза. И на крышу. Скаты крыши ярусами идут. Там, где у нижнего яруса вершина, там подножие среднего, а где средний завершается, там начинается верхний. Только не соскользнуть. Только не провалиться сквозь крышу — балки и стропила прогнить могли. Только бы с земли кто голову вверх не задрал.

Вот по этим крышам и подняться к самой колокольне. Колокольня в небеса вознесена. Но есть за что зацепиться. Узор по колокольне кирпичный и узкие высокие окна. Стекла тоже выбиты, но рамы и решетки остались. Снова по решеткам, как по лестницам. А уж у самого верха пробоина от небольшого артиллерийского снаряда. Это явно красные с той стороны Волги из

235

Жигулей били. Если некуда стрельнуть, так в колокольню. Проломал снаряд стену, но не взорвался.

Пробоина небольшая. Человеку не пролезть, разве что кошке. Но Настя у нас жирностью не отличается. Кроме того, у краев пробоины кирпичи могут быть расшатаны. Вынуть десяток кирпичей — может, и удастся втиснуться.

Тоже проблема: один кирпич из стены вырвешь и куда его? Вниз кидать, чтобы по крыше железной громыхнул?

13

Собралась Настя как на обычную тренировку. Черная облегающая одежда, маска, английские колониальные ботинки, почти пустой вещмешок, две парашютные стропы, фонарь, нож, пистолет, отмычки, фляга воды, десантный паек. На задворках подобрала железяку вроде ломика, кирпичи расшатывать. В мешок его. Что еще? Еще перчатки. И сюрпризы собачкам.

Выходит из главного корпуса.

Навстречу Бочаров. Добр и ласков. Знает Настя, что должен он несколько дней в центральном здании НКВД в Куйбышеве проводить, а несколько дней — на спецучастке. Но безвыездно Бочаров на спецучастке сидит. Говорит: расстрелов много, да то, да се. Вроде без него стрелять некому.

Подобрел Бочаров. Может, противника достойного почувствовал. Улыбнулся Насте. Вопросов инструкция кремлевская задавать не велит, потому Бочаров задает самый общий:

— Ну как?

— Ничего. — Настя улыбается. — Иду разведкой заниматься.

ГЛАВА 15

1

Грянули бубны мелодию удалую, взвыли скрипки:

Ах, огурчики мои,
Помидор-чи-ки,
Сталин Кирова убил
В коридор-чи-ке.

Молодая женщина в длинном платье пошла кругом легко и свободно. Понимает Настя — это профессиональная танцовщица. И голова у нее не кружится. Не иначе — из парашютисток. А тело кружится как юла. На одном месте. Кажется, что женщина ног не переставляет. И не уводит ее в сторону. И длинная юбка раскрывается парашютом. Даже не парашютом, а цветком-одуванчиком. Парашют куполом, а тут разлетелась юбка в кружении в одну плоскость, обнажив худые стройные ноги в черных чулках. Кружится женщина, не уставая, улыбаясь загадочной улыбкой. Не она музыке следует, а музыка для нее звучит. Под нее подстраивается. Какой оркестр у Бочарова! Какой оркестр! Человек десять всего. Скрипки, бубны, балалайки да гитары. Заслушалась Настя, очаровалась.

А оркестр вдруг плавно перешел на другую мелодию, и грянул такой канкан, какой бывает только на разложившемся Западе. «Словарь иностранных слов» определяет его так: «французский эстрадный танец с нескромными телодвижениями». И пошли шесть девок ноги в небо подкидывать. Вот где таланты!

Наполняется зал гостями. Струйки дыма папиросного к потолку поплыли. Шум, гам, веселье. Официанты водку разливают. Обещали из Москвы прислать в Куйбышевское управление НКВД ящик какой-то новейшей водки на пробу. Да все не шлют. Потому гости все больше «Охотничьей» обходятся.

Гости в зал из-под земли выходят. Как Настя и предполагала. А она с балкона веселье наблюдает. Если с колокольни вниз спуститься, то в зал не попадешь. Потому как давным-давно валились сверху кирпичи, глыбы каменные по винтовой лестнице до самого низа. Дверь железная на лестницу была закрыта, так ее и завалило изнутри обломками. Много лет прошло, а дверь так и не пытались открыть. Не нужна. Так что Настя еще днем по внешней стене на колокольню вскарабкалась, сквозь узкое окно протиснулась и по разбитой винтовой лестнице до балкона спустилась. А дальше нельзя. Дальше завалено. Днем церковь была пустой и темной: окна заложены, только несколько лучей через пробоину в крыше внутрь попадают.

Привыкли глаза к темноте, осмотрелась Настя. После того как дверь на лестницу завалило, тут на балконе никого не было. Все в пыли. Везде, где Настя ступила, — следы. Никто ее тут на темном балконе не достанет, никто не увидит.

238

Тут она и затаилась. К вечеру пришли слуги в зал, свечек зажгли во множестве, фонари цветные включили. Ближе к ночи наполнился зал людьми, и пошло веселье.

Настя на веселье сверху смотрит. Только бы не чихнуть от пыли. И сердечко стучит: много часов по церковным стенкам она как муравей карабкалась, неужели никто не заметил? Одному стоило заметить и...

2

Думала Настя, что церкви под спортзалы хороши и под зернохранилища. Оказывается, и для подпольных увеселительных заведений тоже годятся.

Главное — стены непробиваемой толщины. Глушат они звуки, и не летят те звуки далеко. И высота храма роль играет — воздух чист и свеж. Дым табачный — под потолок, а потолок вон аж где.

И простор для танцев. И для игорных столов. И уединиться есть куда с хохочущими девками. Веселье как в конотопском парке, только морды пока не бьют.

А посреди зала — большая игра. Звенят червонцы. Николаевские. Александровские. Ленинские. А деньги шелестят. Пачками. Наши родные синенькие с пролетарием и красноармейцем. И не наши — зелененькие с достопримечательностями Вашингтона и мудрыми президентами. Идет игра, и девки пляшут, и скрипки плачут, и дым коромыслом.

3

Заполняется зал. Ай, кто это? Это — первый секретарь обкома партии. И председатель облисполкома. Сказали женам, что вместе с Бочаровым в следственном бараке распутывают паутину контрреволюции, и вот они. За столами. И прокурор областной. Пришел проверить, как законы соблюдаются.

И товарищ Саркисов появился. Этот в Москве живет. Должность его Настя помнит — начальник Строительного управления НКВД. Он тут в длительной командировке, строительством подземного города руководит.

И зам. Наркома связи товарищ Прокофьев. Этот тоже в длительной. Под его контролем в подземном городе километры тоннелей аппаратурой связи заполняют.

Думала Настя, что чем круче террор, тем меньше подпольных увеселительных заведений. А оно наоборот. Пир во время чумы. Радуются люди. Жить спешат. И наслаждаться. Девки канкан в пятый раз исполняют. Ай, хорошо.

Настя на балконе за колонной. Все видно. Все слышно. Акустика в храме такая, что звуки снизу вверх летят, усиливаясь и не искажаясь. Все крамольные разговоры так слышны, словно Настя рядом с Бочаровым за столом сидит, карты тасует. Только не хочет Настя слушать разговоров крамольных. Настя в музыке вся. Растревожила музыка душу. Ах, монашечка, какая жизнь мимо тебя плывет. Какая игра. Чекистский притон, а похоже на разгульный праздник офицеров Кавалергардского полка. Вот бы Насте спуститься. Она бы им показала канкан. Вот бы Насте спуститься и сказать Бочарову: возьми меня с собой в заговор, люблю приключения и риск люблю. Я тебе все сталинские тайны расскажу, только дай мне поплясать.

В другом свете Настя Бочарова увидела. А ведь красавец. Черный цыган, кудри смоляные, глазом косит злым и диким. Жаден на власть. Если они власть возьмут, то Бочаров задавит и Ежова, и Фриновского, и Бермана. Жаль, что жизнь так устроена: или Сталин Бочарову глотку перегрызет, или Бочаров Сталину. А ведь при другом раскладе мог бы Бочаров быть верной опорой сталинской власти. Жаль такого. Жеребец, почище Холованова. Девки так и вьются перед ним. И перед гостями его. Тоже мужчины в красе. Все молоденькие, все сталинские выдвиженцы.

Трудно от музыки отвлекаться. Но отвлекается Настя, ловит разговор.

Все про карты и про девок.

— Двадцать один — число счастливое.

А вот это двояко понять можно. В прямом смысле: картежнику двадцать один — число счастливое. С одной стороны. А с другой: через месяц, 7 ноября 1938 года, — двадцать первая годовщина Октября. Все так складывается, что именно на праздники они и возьмут власть. А до того не могут: в Жигулях не завершен монтаж.

— Хорошо у тебя, Саша Бочаров.

— Хорошо будет 7 ноября. Вот тогда повеселимся. Под симфонический оркестр канкан плясать будем.

4

Сидит Настя в укрытии, и вдруг озаряет ее догадка. Все просто: если Бочаров может устраивать тут, в церкви, оргии, если тут, в церкви, он может говорить о чем хочет, проигрывать и выигрывать миллионы, значит, он считает это место своим укрытием, своим безопасным и защищенным местом. Следователь-

241

но... Следовательно, и самые важные вещи и документы он может хранить именно тут.

Церковные тайники... Как много Настя слышала о церковных тайниках... Под многотонными каменными плитами пола... В толще стен... В каменной щели глубокого подвала... В подземном ходу, который идет к родовым склепам... К могилам... Или... Или документы лежат на самом видном месте, где на них никто не обращает внимания.

5

Прощальный вальс.

«Амурские волны».

Отгремела музыка в четыре ночи. Точнее — в четыре одиннадцать. Потушили свечи. Выключили фонари.

Только сейчас Настя сообразила, что не спала уже две ночи.

Одна Настя в церкви. Со свода овального — лик на нее. И огромные страшные глаза. Прямо в душу смотрят.

Знает Настя секрет, как рисовать икону или плакат, чтобы глаза всегда на зрителя смотрели. Куда бы зритель ни отошел, страшные глаза за ним следить будут. Делается это совсем просто: надо лицо рисовать симметричное и глаза симметричные, чтобы поворота головы не было ни вправо, ни влево. А в глазах зрачки надо рисовать прямо посредине. Вот и все. В какую точку ни отойди, глаза с портрета за тобой следить будут. В былые времена от этого и с ума люди сходили.

Настя пока не сходит. Знает, религия — опиум для народа. Знает, но вверх на лицо с огромными глазами не смотрит. Все одно страшно.

Обвязала Настя колонну каменную парашютной стропой и, как тутовый шелкопряд по паутинке, с балкона в зал спустилась.

Осмотрелась. Огромная церковь... Где самое видное место? Тут алтарь был. Нет тут ничего. А если рядом? Рядом комната небольшая. Вся щебнем завалена. Ударил когда-то снаряд, стену не проломил, но внутри обрушилось многое. Никто тут не расчищал. Так все и лежит. Под кучами щебня угол огромного ржавого сейфа.

В этом сейфе явно церковные ценности хранили.

Посветила Настя фонариком. Ржавый сейф. На боку лежит. С самой революции. Заперт.

Почему же заперт? Да потому, что заперли его владельцы, ключи забрали и сбежали. Может такое быть? Такое может быть. Но только товарищи коммунисты, обнаружив опрокинутый и запертый сейф, его обязательно взломали бы. И лежал бы он тут с проломанными боками.

Если и можно представить, что за многие годы коммунисты опрокинутый сейф не пытались взломать, то уж Бочаров бы его стороной не обошел. Следовательно, если сейф не взломан, значит, сюда Бочаровым положен. Если сейф заперт, значит, Бочаровым заперт.

Найти старинный сейф Путиловского завода с одним комплектом ключей и бросить его картинно под груды щебня Бочаров вполне мог. Лучшего тайника не придумать. В церковь эту доступ имеют только Бочаров и его друзья, но только с его разрешения. Постороннему в церковь не забраться. А если и заберется, вряд ли внимание обратит на ржавый сейф, который на виду у всех опрокинутый лежит.

А если и обратит внимание, так не откроет.

Сейф и вправду чудовищный. Не видала Настя раньше таких.

Осмотрела внимательно.

Весь ржавый, а скважина замочная совсем не ржавая. Скважина чистая. Скважина маслом ружейным смазана. Даже запах чувствуется.

У Насти память с детства: бродили с отцом по лесу, нашли полянку у железнодорожной ветки, решили дальше не идти, решили грибов не собирать, решили просто сидеть на солнышке, бабочек ловить. К вечеру домой пошли. Настя отцу и говорит:

— Ты знаешь, тут рядом секретный военный завод.

Согласился отец:

— Правда, тут рядом секретный военный завод. Только тебе-то откуда знать?

— Все просто, — Настя отвечает. — День провели у ветки железнодорожной — и ни одного поезда.

— И что?

— А то, что рельсы до блеска накатаны. Ветку железнодорожную используют, но только ночами...

— Так, может, не военный завод, а гражданский?

— Чего же они днем поезда не гоняют, а ждут ночи?

— А может, часть воинская?

— Воинской части незачем из года в год каждую ночь что-то возить. Мы же тут в прошлом году были, тогда тоже рельсы блестели.

— Хорошо, — отец не сдается, — может, и вправду завод, но почему ты думаешь, что рядом?

— Потому что линия не магистральная. На магистральной линии движение было бы. А это ветка тупиковая. Далеко ли ветка может тянуться?

Тогда-то ей отец и сказал в первый раз: быть тебе, Анастасия, шпионкой. Великой.

Тут та же ситуация: сейф вроде брошен, только кто-то его регулярно открывает и закрывает. Краешки скважины блестящие, как те рельсы, накатанные до блеска. Частенько ключ в этом отверстии бывает. И массивные стальные петли, на которых дверь сейфа сидит, смазаны. В пазах чуть-чуть пыль налипла. Туда налипла, где подтеки масла. Все ясно: в сейфе Бочаров что-то важное держит. И это никак с его официальной деятельностью не связано. Официальные секреты в официальных кабинетах, в официальных сейфах хранятся.

Сидит Настя у сейфа и великой шпионкой себя никак не чувствует. Все ясно, только как сейф открыть?

8

Проволочками Настя в дырочке крутит, гвоздиками, шпильками. Не поддается.

Поздно в октябре рассветает. Темно в церкви, потому как окна замурованы. Только полосочка света по полу. Это лучик через пролом в крыше забрался. Это полдень.

Поняла Настя, что долго с сейфом уже работает, но не открыть его. Не открыть. И знает Настя, знает не логикой, а чувством женским, что именно это и есть тот самый сейф, что именно в нем содержится то, что ей надо, что Холованову надо, что надо товарищу Сталину...

Но как-то Насте даже и жалко сейф вскрывать. Вроде как чью-то душу наизнанку выворачивать. Медведь. Страшный и неприступный. А тоже ведь жалко. Обняла Настя огромный железный ржавый сейф:

— Медведюшка ты мой! Люблю тебя. Люблю тебя железного. Люблю тебя несуразного. Жизнь моя в тебе, проклятый. И черт с тобой, и с твоим содержимым. Храни для себя. Храни, жадина железная. **245**

Я тебя просто так люблю. И до самой смерти любить буду. И если выживу, приеду сюда и заберу навсегда к себе. Вычищу тебя и покрашу. И любить буду. И сейчас люблю. Люблю, как Сталина. Люблю, как...

Хотела Настя сказать, но не сказала, кого любит. Просто вспомнила большого человека. Человека в красной шелковой рубахе. Вышел он тогда перед народом огромный, как сейф Путиловского завода. Мощный, как сейф Путиловского завода. Неприступный, как сейф Путиловского завода.

Отвернулась Настя от сейфа. Спиной к нему прижалась. Сидит и самой себя жалко. Почему счастья в жизни нет? Если вспомнить все плохое, что с нею случилось, то хоть плачь. Вот она и плачет. Второй в жизни раз. Много в душе накопилось. Жизнь несуразная. Сидит Настя, слезы по щекам грязной рукой мажет. Никому не нужна, никем не любима. Былинка-пустоцвет. Не Жар-птица, а лисенок тощий.

Болтают про нее в монастыре... Зря болтают... Ничего нет между ними и никогда не было...

...Не вошел тогда большой человек на помост, но взлетел. А она стояла в стороне и все ждала, когда позовет: «Настюха, ну-ка покажись народу». Он тогда был таким красивым. Так его все любили. А она — больше всех. Больше, чем все они вместе.

...Он позвал ее к народу. А она не к народу, она к нему летела.

Цех литейный с ума сходил, ее увидев. А все потому, что она в тот момент вся изнутри светилась. Даже искорки с нее сыпались. Она любовью светилась. Любовью искрилась.

Обняла Настя сейф неприступный, как любовь свою неразделенную.

— Медведюшка мой. Люблю тебя. И ничего от тебя не жду. Ни на что не надеюсь. Дурак ты железный.

И кулаком его.

Так иногда тоже любовь выражается. Кулаком. Чтобы любимому существу больно было. И еще есть выражение любви. Высшее. Уйти от существа любимого. Навсегда. Бросить. Порвать. Чтобы всю жизнь потом вспоминать. С горечью и болью.

Уходить, решила уходить.

Времени у нее до вечера много. Но она уходит, чтобы себе больно было.

И ему.

Потянула отмычку на себя. Не выходит.

Влево-вправо. А внутри сейфа — щелк.

ГЛАВА 16

1

Щелкнуло внутри сейфа.

Не поверила Жар-птица.

Ей и не хотелось, чтобы он открылся. Она знала, что не откроется. Уже и не старалась открыть. Поняла, что невозможно. Смирилась...

А он...

А он щелкнул.

Теперь только ручку повернуть.

Схватила за ручку и тут же бросила, вроде тронула железяку раскаленную. Сообразила: на боку сейф, поверни ручку, дверь сама и отвалится, как полка откидная. А в двери если не тонна, так полтонны. Прихлопнет ее дверь, как муху. И будет грохоту на всю округу. Как же его открыть без грохота? Тот, кто этот сейф открывает, как-то же исхитряется.

Рядом шпалы сухие навалены в кучах щебня. Щебень понятно откуда: давным-давно снаряд об стену грохнул, обломки внутрь церкви летели. А кто сюда в церковь шпалы притащил? Зачем? Неспроста они тут.

Подложила Настя две шпалы под дверь сейфа. Повернула ручку. С глухим стоном отвалилась дверь, но немного: уперлась в шпалы.

Теперь шпалы понемногу оттаскивать. Так же понемногу дверь раскрывается...

2

Так граф Монте-Кристо открывал свой сундук. Сверкнуло в глаза.

Забит сейф. Забит монетами, орденами, слитками.

Неравнодушна Жар-птица к орденам старинным. Что это? Это офицерский Георгий. Второй степени. А это? Это тоже офицерский Георгий, только не с Георгием, разящим змея, а с ореликом. Орден с ореликом — для иноверцев. Георгий с ореликом — редкость. Цены ему нет. А это Владимир с мечами, с мечами по центру. А этот Владимир с мечами, но мечи на верхнем луче. И еще Владимир, этот без мечей — просто золотой крест под красной эмалью. А вот Станислав с короной. Еще Станислав, но без короны, с мечами. А этот Станислав без короны и без мечей. И еще один. У большинства орденов Станислава уореликов крылышки вверх, но попадаются и с ореликами, у которых крылышки вниз. Тут еще и Аннушки есть. Анна на шею. С мечами. Анна на шею без мечей. Анна первой степени на ленте, Анна — на грудь, Анна четвертой степени — она на оружии носилась. Господи, это сколько же пленных офицеров надо было извести, чтобы такую коллекцию собрать? Офицерский полк. Не меньше. А вот Александр Невский в бриллиантах. Умели раньше ордена делать. Красив орден Ленина, но офицерский Георгий краше. И строже. А тут и солдатские кресты. Серебро и золото. Сколько золота!

Совсем Настя забыла, где она и зачем.

А сейф неисчерпаем. Монеты грудами. Ни дать ни взять — пещера сокровищ, в которую попал Али-Баба. И бусы, и серьги, и кулоны. Это тоже — расстрельных подвалов добыча. Слитки, самородки. Тут вспомнила Настя Жар-птица, что если она —

Али-Баба в волшебной пещере, то где-то рядом должны быть и сорок разбойников. Ладно. Забудем о сапфирах и рубинах. Надо о главном думать.

Есть ли тут главное?

Есть. Главное.

Лежит сейф на боку, и потому полки в нем не полками служат, а разделительными стеночками. Вот оно, то самое, что она искала, — стальной портфель с острыми углами.

Еще не раскрыв его, Настя знает, что это то, что ей надо. То, что надо Сталину. То, что надо Бочарову. Это «Контроль-блок». Это ключ ко всем системам связи Советского Союза. Тяжеленный портфелище. На боку под ручкой — простая совсем застежка. Даже обидно, что несерьезная застежечка. Для того только и прилажена, чтобы створки не раскрывались. Даже разочарованием от этой застежечки дохнуло.

Положила Жар-птица стальной портфель на пол, расстегнула застежку и подняла крышку.

3

Внутри бархат черный. Точно как в футляре для бриллиантового ожерелья. Вместо бриллиантового ожерелья — две никелированные стальные пластины со множеством дырочек. Между пластин невероятное переплетение золотых проволочек и всяких деталек: смесь электротехники и ювелирного искусства. Стальные пластины явно предназначены для того, чтобы ни при каких ситуациях внутренность электротехническая не была бы повреждена. Даже на вид, несмотря на всю ювелирную тонкость внутреннего устройства, штука кажется несокрушимой и непробиваемой.

Как Холованов ухитрился дело такое прошляпить? Как Бочаров сумел Холованова выследить и эту штуку украсть?

Не время сейчас эти головоломки решать. «Контроль-блок» — в портфель стальной, портфель — в мешок.

Что тут еще у Бочарова? Еще бриллианты горстями, изумруды, алмазы необработанные, белый металл в слитках. Серебро или платина? Платина. Все это неинтересно. Что еще? Еще папки. Папки запечатаны в большие конверты грубой серой бумаги. На конвертах печати. На одном конверте надпись: «Гуталин» и смешной портрет товарища Сталина. На двенадцати других конвертах надписи: «Дракон» и портреты Холованова. Карандашом. Неплохо кто-то рисует. Жар-птица уважает всех, кто рукой своей владеет. Человек должен уметь рисовать. И писать стихи.

4

«Гуталина» — в мешок. А что с другими конвертами делать? Прочитать. Запомнить. Уничтожить.

Сидит Жар-птица, читает.

Развернулась вдруг перед Настей тайная жизнь Холованова, широко известного под кличкой Дракон. Читает Настя, удивляется. Так вот ты каков!

5

Стало совсем темно. Включила фонарь. При фонаре читает. А документов на Дракона множество. И стенограммы подслушанных его разговоров. И справочки какие-то. На Сталина всего одна папка. Потому как за Сталиным особенно не понаблюдаешь. Сталин все время за кремлевскими стенами. Сталин все время в своих дачах-крепостях. Потому на Сталина всего одна папочка. Может быть, что-то еще с дореволюционных времен. Папка с надписью «Гуталин» ее не интересует. Опечатана печатью Куйбышевского управления НКВД и пусть так под печатью и остается. Товарища Сталина контролировать не надо. Товарищ Сталин вне подозрений. А вот Дракон должен быть под контролем.

Срывает Настя печати с пакетов, разворачивает папки и читает жадно. Дракон по свету летает. Там самолет заправляли. Тут самолет ремонтировали. Там он в гостях был, тут — на концерте. И соревнований у него вереница. И девки вокруг него, и девки. Гирляндами. Гроздьями. И фотографии в папочках. Холованов на отдыхе... Холованов в кругу... Холованов в Ялте. Холованов в Сухуми. Холованов в «Метрополе». Вот и себя Настя нашла. Вот она отбирает букет у здоровенной девали, а на лице написано: «Отдай, гадина, букет. Застрелю». Тут же в кадре Холованов. Или вот Настя в передничке белом с серебряным подносом, из-за кулис... А вот Настя пушистая, как полярник. И Холованов рядом. Вот Настя в белом гранитном дворце, в своих покоях. Раздевается. Срам какой. Качество фотографий бесподобное. Все видно. А Холованов в другом крыле дворца. Вот и его фотография. Он тоже раздевается. Тоже парится в бане финской. Тоже в бассейне плавает. Так у него и свой бассейн был, и своя баня.

Если бы он в ту ночь пришел к Насте, то она бы его прогнала.

Но он не пришел.

Голоса.

Прокололо ее, пронизало. Где это она? Огляделась. Она в церкви. Отчего с фонарем сидит? Оттого, что день кончился и сумерки спустились. Увлеклась. День ушел. Пришла ночь. А ночью тут в церкви опять пляски до утра.

Открывают дверь. Идут.

А Настя рычагом дверь сейфа закрыть решила. Чтоб в глаза дверка открытая не бросалась. Не получается. Привалила шпалой, чтоб нутро его растерзанное бриллиантами не сверкало. И ладно. И сойдет. И между колонн — тенью. Тенью. К стропе. А они уже тут. А они уже зажигают свечи.

По стропе — вверх она. Вверх. А зал все светлей. Внизу от свечек растаял мрак, а на хорах, под куполом — тьма. И туда, во тьму, Настя по стропе, как паучок расторопный по паутинке, взбирается. Скользнула на балкон, стропу вздернула. Затаилась. Не увидели ли ее? Не услышали ли?

Нет. Люди в полумраке своим заняты. Столы накрывают.

Тогда по лестнице — на вершину колокольни, через пролом — на кирпичные узоры, осторожно по ним вниз на крышу, а там уже совсем просто. Жалко, что груза на ней больше, чем на верблюде из фильма «Джульбарс».

Что с папками делать? Все тринадцать далеко не унесешь. У нее на спине в мешке еще и «Контроль-блок». Шестнадцать килограммов, а давит на плечи, как плита минометная.

«Контроль-блок» она с собой понесет, а от папок надо освобождаться. Одну, ту, которая на Сталина, — спрятать. Остальные сжечь. Куда прятать? Где жечь? Пролеском Жар-птица неслышно бежит, как лиса, курочку укравшая.

Куда же папку на Сталина спрятать? В могилу зарыть? Как потом найти? И если она спрячет, а Бочаров найдет? Надо так прятать, чтоб не нашли. И сама себе под ноги — нафталину, нафталину. И табаку. Чтоб собачки потом чихали.

Из зарослей сиреневых видит Жар-птица, нутром чувствует: тихая паника на спецучастке НКВД. Еще никто не стреляет, еще никто в горн не трубит, никто в колокола не бьет. Но тревога. Дело понятное: холуи из тайного блудилища каждую ночь в щебне видели огромный ржавый опрокинутый сейф. Привыкли к нему. Психология людская: если лежит на виду, если ржавый и опрокинутый, значит, пустой. Запер его кто-то когда-то, так он запертый и лежит. А сегодня вошли холуи в церковь переходом подземным, принялись за дело свое привычное, вдруг ослепил их сейф открытый бриллиантами. Что-то взять из открытого сейфа не посмели. Знают силу гнева бочаровского. Знают руку хозяйскую. Побежали к Бочарову, сообщили, на колени пали: не виноваты...

Ночь на спецучасток НКВД ложится, паника нарастает.

8

Выбралась на лужайку к загону. Шкафы вдоль стеночек подковой. А ворота в загон не заперты. Потому как нет сейчас тут никого. Потому как загон на территории спецучастка. Незачем его охранять, как незачем охранять пустой барак, как незачем запирать пустой карцер. Осмотрелась Настя и — в загон. Кто здесь искать додумается?

Вытоптан расстрельный загон, как бывают вытоптаны загоны для скота на мясокомбинате. Собачкам тут трудно будет искать. Тут запахи тысяч людей смешаны.

Какой шкаф выбрать? Крайний справа. Грунт— песок. Руками Настя песок гребет из-под железного шкафа. Роет, как лисонька под курятник.

Вырыла. Конверт опечатанный с делом на Сталина — в ямку под шкаф железный. И зарыла.

И табаком вокруг. Табаком. Кто догадается? А ей потом найти легко. Даже если шкафы уберут, место, где они стояли, еще год будет проглядываться.

9

Что с другими двенадцатью делать? Костер разжечь? Много тут ям. Разжечь в яме костер. Со стороны не увидят. И времени много не потребуется. Потом уходить.

Но как из зоны выйти? Не выйдешь. В обычной обстановке не выйдешь. А сейчас караулы везде усилены, сейчас все на ноги подняты... Войти сюда было легко, имея документ Центрального Комитета, а выйти как? Не зря товарищ Сталин говорил, что на смерть посылает. Бочарову труда не составит ее тут по чахлым пролескам изловить, впихнуть в самолет и сбросить с парашютом, предварительно узлов на стропах навязав. И доложить в Москву: жаль, но погибла. А можно и не докладывать в Москву. Для Бочарова сейчас ситуация: пан или пропал. Не в Москву докладывать, а связь под контроль брать... И власть.

Прижала Настя «Контроль-блок» к груди как существо любимое: не отдам.

Мысль ее точным хронометром стучит: у-хо-ди, у-хо-ди, у-хо-ди.

Как уйдешь? Как входят в зону, так и выходить надо. Завтра исполнение на спецучастке НКВД. Значит, сегодня эшелон телячьих вагонов в зону загнали...

Огромен спецучасток. Все у них тут. Даже станция. Вся прожекторным светом залита. Паровоз шипит, семь товарных вагонов. От прожекторов свет слепящий, почти синий. Патрули с собаками вокруг.

Только все внимание — на вагоны. Сюда, на станцию, паника пока не докатилась.

Вышла Настя на рельсы и спокойно к паровозу идет. Глупо, но что еще придумаешь. Внимание охраны на вагоны, а не на паровоз; на кусты, что вокруг вагонов, а не на открытое полотно железнодорожное.

А ей всего две минуты до паровоза дойти.

Дошла спокойно. Поднялась по лесенке в кабину. Мешок тяжеленный — на пол. Пистолетным затвором клацнула:

— Именем товарища Сталина...

А их трое.

Один с лопатой. Второй с ключом разводным. Третий без лопаты и без ключа. Но лапы как клешни. Возьмет клешнями и выбросит из паровоза. И тесно в кабине. Настя с пистолетом, а они как бы вокруг нее. Хорошо именем товарища Сталина прикрыться. Только мало ли таких по России шастает, чужим именем прикрывается.

— Именем товарища Сталина... — А дыхание срывается.

И они слышат, что срывается. Волнуется девочка. Волнение — признак неуверенности.

— ...Приказываю! Не орать. Не шуметь. Пары поднимать. Сейчас едем. Куда едем? Вперед едем. Папки из этой сумки жечь. Только трепыхнитесь, перестреляю к чертовой матери.

Делать нечего. Нехотя, лениво эдак, зачерпнул кочегар уголька и в топку бросил.

— Больше, гад, бери. Копай глубже, кидай дальше! Дальше кидай. А то башку запломбирую.

Другой в топку папку бросил с надписью «Дракон». И еще одну.

— Быстрее.

Еще бросил папку. И угля в топку влетело. И еще. И еще пара папок.

А третий, главный самый, с лапами-клешнями улыбается. Недоброй улыбкой.

— А пистолет у тебя настоящий? — И лапы-клешни к пистолету потянул. И нельзя Насте пока стрелять. Нельзя. Пока паровоз стоит. Пока... Но что делать? Нажала легонько на спуск, пистолет и грохнул. Прожгло плечо главному. Не в грудь Жар-птица ему, чтоб не до смерти.

Пуля «Люгера» имеет хорошее останавливающее действие. И отбрасывающее. Бросило главного в сторону, осел он и вывалился из будки.

— Вперед!

Бросил второй дядя ключ, ухватил за рычаги, потянул какие следует, дал пару в цилиндры. Провернуло колеса. Дернуло поезд. Лязгнули буфера, и покатился лязг от первого вагона к последнему. Выдохнул паровоз со свистом тонну пара и снова вроде **257** вдохнул и выдохнул с шумом. Снова дернуло состав, и снова покатился лязг к концу поезда. Медленно-медленно тронулся поезд.

В будку паровозную морда красная заглядывает. Сам на земле. Только морду видно да штык. На уровне Настиных ног морда. Но ухватился за поручни и все выше взбирается:

— Куды? Куды! Тудыть твою!

Можно было бы ухватиться руками за поручни и ногой вышибить красную морду из кадра. Но понимает Жар-птица в секундные доли, что ухватиться руками за поручни — потеря времени. Ухватиться руками за поручни означает — пистолет опустить, потом колено к подбородку вознести и рубить ногой вниз. На все это время надо. Нет у нее времени. И в будке она не одна.

Все это она не умом понимает, а внутренним чувством. И потому у нее наоборот: вначале решение исполняет, потом его принимает, а уж после обосновывает. Как только краснорожий со штыком полез в будку, за поручни хватаясь, Настя, не глядя на него, не целясь, от контроля за кочегаром и машинистом не отвлекаясь, подняла «Люгер» и нажала на спуск. Грохнул выстрел, гильзу из патронника вышвырнуло, звякнула гильза по будке железной и затерялась в кусках угля, в мусоре на полу. А после поняла, что единственно правильное решение — стрелять. Стрелять без разговоров и прямо в морды. Между глаз.

Не целясь.

12

Помощник машиниста с кочегаром мигом **258** сообразили, что тут не шутят: пошла лопата мелькать, летит уголек в топку так, вроде сам товарищ Стаханов вкалывает. Выдохи паровозные чаще и чаще. Ух-ух, и снова ух-ух. Потом ух-ух-ух. Скорости все больше. Папок в сумке все меньше. Вот и последняя с углем в топку влетела.

На паровозе порядок революционный. Прет паровоз. Знает Настя: впереди заперт путь паровозу воротами железными. И караул у ворот с пулеметом, с собаками. Только это ее пока мало заботит. За паровозным тендером — вагон. Не простой, а с тормозной площадкой. Вот главная забота. Потому как на тормозной площадке охрана. Это она тоже не разумом понимает, а чувством внутренним. Так быть должно.

Так и есть. И с тормозной площадки еще одна морда красная через тендер угольный выглянула: куда это мы вне расписания катим и что это за стрельба?

Глянула морда и скрылась. Только штык торчит. Ждет Настя на угольной куче. Выглянула морда. А она — бабах. Скрылась морда. А винтовка со штыком грохнулась и вылетела в черную ночь.

Но ведь не один же он там. Двое должно быть. Швырнула Жар-птица туда кусок угля. Вскочила сама на груду угля и туда в площадку тормозную два раза: бабах, бабах.

А над нею лопата свистит.

Отскочила Настя с того места, на котором стояла, скользнула и падает. И в падении «Люгер» наводит и стреляет. В страшного дядьку с лопатой. Взревел кочегар. Со всех сторон — стрельба. Навалился на нее кочегар. У самого кровь горлом.

Вырвалась Жар-птица из-под убитого кочегара. Она ему в лицо одну пулю всадила, а в спине у него десяток пробоин.

Тут и врубился паровоз в ворота.

Если бы успела Настя встать, то при ударе понесла бы ее инерция вперед и бросила на рычаги, трубки, манометры, на топку распахнутую.

Но не успела Настя встать, и потому в момент удара подбросило ее на угле, потеряла она сознание на мгновение, не слышала потому ни грохота, ни скрежета.

Ждало тело ее падения в бездну, но удержался состав на рельсах. Открыла Жар-птица глаза: вроде как в новом мире. Всю обстановку заново оценить надо. Она ее сразу всю ухватила, не успев даже словами выразить. Стучит паровоз по рельсам, значит, проломал ворота, сам при этом с рельсов не сошел. Скрежещет что-то. Это обломки ворот и обрывки колючей проволоки по земле волочатся. Жива она. Тоже понятно. Она с кучи угля по охранникам на тормозной площадке стреляла. Кочегар в это время на нее лопатой замахнулся. И убил бы. Но выстрелила Настя ему в лицо, и в это же время охранники у ворот всю будку паровозную пулями изрешетили, заодно изрешетили помощника машиниста и кочегара. Кочегар упал на нее, прикрыв от пуль.

Темнота. В темноту поезд несет. Во мрак. Это тоже понятно: обломки ворот разбили прожектор и фонари паровозные. Только топка внутренность кабины паровозной белым светом освещает.

13

Одна. В кабине паровозной. Взбесился паровоз. Выдыхает энергично, как спринтер на дистанции. За какой рычаг тянуть? За этот? Страшные рычаги: потянешь не тот, взорвется котел. Стрелки и так все зашкалило. И скорость выше и выше. И ритм колесный, точно как танец смерти у людоедов племени тумбу-юмбу.

Ничего не видно. Только слышно: по крышам бегут. Прикинула Жар-птица. Было у нее два полных магазина. Два магазина по восемь. Шестнадцать патронов. Сколько осталось? Сколько охранников на тормозных площадках? И куда бегут? И пуст ли поезд? Может, он зэками забит? Ясно, забит. Вечером эшелон в зону расстрельную загнали. В четыре утра разгружать планировали. И группами по пятьдесят — к шкафам. Ясно, забит эшелон. Иначе не охраняли бы его пустой.

Однозначно: в эшелоне приговоренные к смерти. Это строители подземного города в Жигулях. Износившиеся строители.

Прет эшелон во мрак и вроде качается слегка. И вроде рев прибоя Настя слышит.

Все сильнее поезд качает. Даже в паровозе качание ощутимо. Из стороны — в сторону. Из стороны — в сторону. И рев: ухх. Влево понесло: ухх. Вправо: ухх.

Рассказывала Анна Ивановна, учительница интеллигентная, полный срок оттянувшая, что есть такой прием из-под расстрела уйти. Если понимают люди, что везут их на смерть, и если везут их не в столыпинах, а в краснухах, то есть шанс освободиться. Не всем.

Все, сколько есть людей в вагоне товарном, разбегаются и валятся на стенку: ухх. Разбегаются и валятся на другую: ухх. И песню орут: «Мы умрем!» Припев у нее: ухх!!

Поначалу толчки влево-вправо никак на вагон не действуют. Они — людишки тощие, немощные, а он — вагон многотонный. Но упорству человечьему покоряются даже вагоны многотонные. И паровозы. Понемногу начинает вагон раскачиваться. Вправо. Влево. Вправо: ухх! Влево: ухх! Чем больше скорости, тем лучше.

Конвою, ритм уловив, лучше прыгать с тормозных площадок. Тут уже ничем не поможешь: **261** если охрана ритм раскачивания уловила, то и зэки в других вагонах его уловили. И поддержали. Пафос самоубийственного освобождения по закрытым вагонам как по бикфордову шнуру передается. И по эшелону песню орут: «Мы умрем!» И во всех вагонах бросаются на стены в едином порыве, в едином ритме.

Перед смертью к человеку освобождение приходит. Остается человеку несколько минут жить, но понимает, что мертв уже, что от смерти уже не увернуться, и вот она сейчас... Вот именно в этот момент человек становится свободным. Он бояться перестает. Нечего ему больше бояться!

И не в том свобода, что кто-то из них, может быть, не свернет шею, а в том, что не боятся люди смерти и вообще ничего не боятся.

Стоит только отрешиться от этого липкого, от этого мерзкого страха смерти, и человек свободен. Если смерти не бояться, то все остальное не страшно.

А чего, спрашивается, ее бояться? Один же черт, всем нам подыхать. И вот только перед смертью люди понимают, что зря всю жизнь боялись. Отрешиться бы давно от страха, совсем бы другая жизнь была...

Стонет эшелон, стонет, раскачивается: вправо, влево, вправо, влево... Ухх, ухх, ухх...

Настя узнала: это именно тот гул, это именно то раскачивание смертельное. Мало кому живым из катастрофы уйти удастся. Может, никому. Кто знает, под какой откос лететь предстоит. Кто знает, на какие скалы вагоны упадут, в какой реке утонут. И сейчас смерть заберет всех. А пока свобода ликует по запертым вагонам. А пока орут люди и бросаются от стены к стене в веселье самоубийственном, в восторге предсмертном.

Нарастает ритм, как пляс шамана. Все чаще, все чаще. И конвоиры на крышах вагонных больше не стреляют в Настю. Не до нее. Тем, кто на тормозных площадках остался, хоть прыгать не высоко. А тем, кто на крыши забрался, каково им?

А Насте хорошо. Она тоже в самоубийственном ритме. Ей тоже весело. У тех в вагонах выхода нет. Двери — в замках, окна — в решетках. А у нее есть возможность прыгать. Только из ритма выходить не хочется: ухх! ухх! Вправо. Влево. Вправо. Влево.

В любой момент наступит резонанс, совпадение амплитуд, и полетим все вверх колесами. Полетим в смерть.

Последняя мысль в голове Жар-птицы: бросить ли «Контроль-блок» в топку? Если бросить, оплавятся контакты, и получится слиток золота и стали. Никому им не воспользоваться, и пусть сами выкручиваются как знают. И пусть сами делят власть как умеют.

И еще одна мысль: а почему же я не прыгаю, если возможность есть?

Упрекнула себя: слишком, Жар-птица, смертью увлекаешься. «Контроль-блок» можно спасти. Можно товарищу Сталину доставить и заработать еще один орден Ленина... или пулю в затылок.

Трудно ей из самоубийственного ритма возвращаться, это так же трудно, как уходить от хороших друзей навсегда.

Сбросить бы скорость паровозную.

Дернула Настя за один рычаг, за другой — нет толку. По ступенькам — вниз.

И уже локомотив раскачивается в общем ритме. Не с такой амплитудой, как вагоны, но скоро и он будет качаться, как они.

Мешок за плечи, руками за голову — и вниз под откос.

И острые камни, и «Люгер» на боку, и «Контроль-блок» за спиной, и ветки злых деревьев, **263** и свист ветра — все обрушилось на нее сразу. Парашютистка-десантница, самбистка, знает она, что скрутиться надо мячиком, сгруппироваться. Борцы про это положение говорят: чтобы ничего не торчало.

Так Жар-птица и поступила. Летит в темноту, комочком сжавшись. И сразу рот кровью горячей переполнило. И катится Настя под откос, и видит черный страшный поезд над собою. Гремит поезд сталью и людскими воплями.

И не понять, летит одна под откос, кувыркаясь, или вместе с нею летит локомотив с вагонами, с орущими людьми...

Не понять.

ГЛАВА 17

1

Нет страшнее боли, чем боль возвращения к жизни...

Лежит Настя лицом вниз. Вся до последней клеточки соткана из боли, вся переполнена радостным ожиданием освобождающей смерти. Вот сейчас смерть подойдет, едва коснувшись, поцелует, улыбнется ей Настя тихой улыбкой. И заберет ее смерть с собой.

Это сладостное ожидание ей знакомо: парашют хлопнул над головой и тут — земля. И ждешь...

Но не пришла тогда смерть. Нет ее и на этот раз. Вместо смерти возвращается жизнь. И это самое страшное.

Так бывает в жизни народа: тысячу лет карабкается вверх, вверх, вверх. И надоело карабкаться, ломать ногти и задыхаться. Устал. Остановился народ. А на высоте удержаться можно — карабкаясь. Остановился народ и заскользил. Заскользил и сорвался. И так хорошо вниз лететь, никакого напряжения, ничего делать не надо, летишь, воздух свежий, думать не надо, ни о чем заботиться не надо. И всем видно: народ в движении. С ускорением. Аж в ушах свистит.

Потом удар.

Для некоторых народов удар бывает смертельным.

И исчезают народы. Но некоторые не погибают, не исчезают. И чудовищная боль, боль хуже смерти переполняет тело и душу народа. И сознает: переломаны руки и ноги, возможно, хребет и шея, все в крови, все болью пропитано. И боли мучительны. И слышатся голоса: как хорошо было падать! И есть возможность падение продолжить: вокруг пропасти, и там за карнизом — пустоты бездонные, только скользнуть... Боли невыносимы. Карабкаться снова? Тысячу лет? И хочется в пропасть...

Страшно возвращалась жизнь в ее тело. Лучше бы не возвращалась. Гудит голова колокольным набатом, чугунные молоты дробят позвоночник. Она шевельнула рукой и вскрикнула. Она прокляла жизнь, в которую злая судьба возвращает ее. И решила никогда не жалеть жизни. Ни своей, ни чужой. И встретить смерть кроткой улыбкой, когда бы ни выпала ей смерть, сейчас или потом, какой бы ни выпала ей смерть: в собачьих зубах или в опилках расстрельного подвала.

Лучше бы скорее. Лучше бы прямо сейчас.

Но смерть гуляет близко, Настю не замечая. Где-то рядом летел вверх колесами поезд. Вот там сейчас пирует смерть. Где-то рядом рыщут чекисты с собаками, добивая тех, кто выбрался из-под разбитых вагонов. Но ищут они Настю. Даже не ее, а «Контроль-блок». Им не дано знать, зачем. Им приказали. Им приказал Бочаров. Для Бочарова получить «Контроль-блок» — вопрос жизни и смерти. И для Ежова. И для Фриновского. И для Бермана. Так что не над одной Настей смерть крылья распустила. И для товарища Сталина вырвать «Контроль-блок» из лап НКВД — вопрос жизни и смерти. Отключить Сталина от связи — это отключить от власти. Отключат связь и будут передавать приказы от сталинского имени...

Непонятно, почему смерть не идет. Разве трудно Бочарову догадаться, что Настя могла выпрыгнуть раньше и сейчас лежит где-то рядом с насыпью. Разве трудно найти и убить?

Тихо совсем Настя позвала смерть. Ответила смерть лаем своры чекистских псов. Ответила прямо с насыпи.

Но не подошла.

2

Свиреп и страшен старший майор государственной безопасности Бочаров. Если бы на шее у него шерсть была, так стояла бы та шерсть сейчас дыбом. И взгляд его не прям, а вроде чуть скошен, вроде он себе все за спину смотрит, вроде без лая и без рева вцепится сейчас зубами в глотку кому-то невидимому за своей спиной. Та самая в нем неподвижность, которая у собак бывает в самый последний момент перед яростным броском, когда стоит пес и непонятно, куда смотрит, и непонятно, над чем песья голова размышляет.

3

Не знает она, сколько времени лежала не шевелясь. Может, минуту. Может, час. Может, день. Мозг ее работает ясно и четко. Как всегда. Но времени не замечает. Время просто не существует. Точнее, Настя существует вне времени. Нельзя сказать, что она живет. Не живет, а блуждает между болью и вечностью.

Вновь она прокляла жизнь и поклялась себе не жалеть жизни, когда ее будут убивать. Ей никогда не приходило в голову, что можно тихо, спокойно умереть. Она знала, что ее зарубят топором. Знала, что поднимут на нож. Знала, что ей однажды в затылок стрельнут. Другие возможности она представить не могла. Это была та самая граница, дальше которой ее воображение не шло. И тут она чувствовала себя младшей сестрой Сталина. Он тоже не мог умереть сам. Ночами Настя отчетливо видела морду террориста, который стреляет в товарища Сталина, руку ближайшего друга, который в стакан с водой порошок сыплет...

Ясно ей, почему смерть к ней не подходит: от каменной насыпи ее отбросило к лесному озеру, и тело лежит не на острых сухих камнях, а в мягкой холодной влаге. Протянула руку, опустила ладонь в чистую воду. Зачерпнула воды. Плеснула в лицо. Еще. Подтянулась к воде. Опустила лицо в воду.

Подняла голову. Попила воды. Где же «Контроль-блок»? Вот он. За спиной. В мешке. Не поломался? Разве такая штука ломается? Такую железяку хоть с самолета бросай. А может, он ей жизнь спас, как броневой плитой спину прикрыв.

Попыталась встать Настя. Не вышло. Поползла. Сползла в воду. Обожгла октябрьская вода, как крапива. Но тренирована Настя. Легче в воде. Ледяной компресс. Поплыла. Нырнула, чтоб и голове легче. Вынырнула.

Мелкое озеро. По грудь, по шею. Иногда ил под ногами, иногда коряги. Камыш по берегам. По насыпи цепь идет. Прочесывают. Опять с собаками.

Большой черный пес остановился там, где она совсем недавно была. Принюхался. Пошел было вперед. Остановился. Огляделся. Вернулся. Еще принюхался. Сумерки. Не знает Настя: сумерки потому, что темнеет, или потому, что рассветает.

268 Побежал пес дальше.

4

Сторонятся подчиненные Бочарова. На глаза стараются не попасть. Потому как расстреляет. Расстреляет потому, что ему сейчас кого-то расстрелять надо.

А кому-то на доклад к нему идти.

Идут.

5

Самая простая наука — тактика. Нужно представить себя на месте противника и попытаться понять, каких действий он ждет от вас. И поступить прямо наоборот. Сделать то, чего он не ждет. Вот и вся тактика. Плохо Насте совсем. Нужно от боли отвлечься. Нужно о чем-то думать. Думает Настя о Бочарове. Представила себя на его месте.

6

Доложили Бочарову: машинист паровоза ранен, но жив. Сообщил: залезла в паровоз девка в штанах с пистолетом, с мешком заграничным. В топке паровозной папки жгла. Сколько папок? Десять — пятнадцать. И стреляла, падла, в кого ни попадя. Взбесилась. Глаза, что у ведьмы.

7

Одно Насте спасение: к Сталину идти.

Но на дорогах сейчас Бочаров засады выставит и кордоны. И во всех деревнях. На всех станциях и пристанях. Оповестит Бочаров все почтовые отделения, телеграфные и телефонные станции. Нет у Насти возможности со Сталиным связаться. Радиостанции нет, а телефон, телеграф и вообще все системы известно в чьих руках.

Еще доложили Бочарову: поезд, проломив ворота, прошел девять километров и сошел с рельсов. Причина катастрофы непонятна. Железнодорожное полотно в районе катастрофы повреждено, но не это причина катастрофы: не оттого крушение поезда, что путь поврежден, а путь поврежден оттого, что поезд переворачивался и под откос летел. Поврежденный путь — не причина катастрофы, а следствие. Причину катастрофы пока выяснить не удалось. Из-под обломков извлечено сто тридцать два обезображенных трупа. Нет ли женского трупа? Нет, женского нет. Но работы продолжаются. Под обломками явно есть еще трупы. Девятнадцать раненых найдены в районе катастрофы и добиты. Есть предположение, что не менее сорока заключенных с легкими ранениями и ушибами сумели уйти в разные стороны. Поиск и преследование организованы.

Молча Бочаров доклады слушает. Церковь он сам обследовал. Сейф вскрыт. Не взломан, но вскрыт. Чисто вскрыт. Профессионализм за гранью вероятного. Много на своем веку Бочаров вскрытых и взломанных сейфов видел, а такой чистой работы не встречал. По долгу службы старший майор государственной безопасности Бочаров лучших медвежатников страны по почерку знает. Всех в памяти перебрал. Нет сейчас в Союзе такого мастера. Голову на отрыз: за последние десять — пятнадцать лет так чисто медведя никто в Союзе не вскрывал. Понятно, это не Жар-птица работала. Работал профессионал самого крупного калибра. Но откуда он взялся? Медвежатников старой классической школы всех извели. Вымерли они, как динозавры. Точнее — истребили их, как волков в Германии, как горностаев на Руси. В будущем они снова возродятся. Но на данный момент, на октябрь 1938 года, их пусть временно, но извели. Похоже, вынырнул великий медвежатник из прошлого, вскрыл сейф и снова в прошлое ушел.

Гуталин сам урка, Тифлисское казначейство с партнерами курочил. Вся Европа восторгом исходила, когда товарищ Сталин банки грабил. За что ни возьмется, все у него получается. Гуталин к мастерству вскрытия сейфов явно неравнодушен. Может, где-то держал Гуталин медвежатника высшего класса для такого случая? А как тот медвежатник на спецучасток пролез? И куда девался? Был когда-то на Руси легендарный Севастьян, так нет его давно. Пропал еще в Гражданскую. Вот только Севастьян один так и смог бы сработать. Больше некому.

Странный Севастьян, однако. В сейфе не тронута коллекция орденов, не тронуты бриллианты, монеты, слитки и самородки. Севастьян хоть горсть бы бриллиантов в карман сунул...

Но главное пропало. Пропали папки на Гуталина и на Дракона. Пропал «Контроль-блок». Без этого двадцатисемикаратовый голубой бриллиант Бочарову не в радость.

Скрипит Бочаров зубами.

9

Прикинула Жар-птица: вдоль железнодорожного полотна дороги нет. И вообще рядом дорог нет. Машины сюда не пройдут. Другого паровоза у них нет. А пешком десять километров — путь не близкий. Проверить всю линию от спецучастка до места крушения не просто. Настя может под обломками разбитого поезда лежать. Могла сгореть. А могла и спрыгнуть. Причем могла спрыгнуть сразу после того, как локомотив проломил ворота спецучастка.

Лес и болота. Она могла уйти далеко, могла захватить коня, велосипед, машину, могла выйти на железнодорожную магистраль и прыгнуть на проходящий поезд. Кроме того, знает Бочаров, что Настя какой ни есть, а все-таки диверсант: одежда и обувь пропитаны составом «ТК», человек запаха «ТК» не улавливает, а собаке этот запах вроде молотком в нос.

В общем, если поставить себя на место Бочарова, то задача не такая и легкая. Ко всему — в разбившемся поезде могли уцелеть заключенные. Те, кто уцелел, разбегаются. Сколько их, неизвестно. Они могут в округе воровать продовольствие, одежду, лошадей, машины, оружие, нападать на людей. Сейчас посыплются доклады из районов, поди разберись, куда силы бросать.

10

Сидит Бочаров, думает. Машинист уверяет, что одна она в паровозе была. А где же тот медвежатник, который сейф открыл? Черт с ним, с медвежатником. У нее с собой были папки и что-то тяжелое в мешке. А в лес она уходила с легким мешком. Следовательно, все силы только на поиск девчонки. Куда она может пойти? Может пойти на восток. Откуда-то с Урала может вызвать самолет, и ее заберут. Может пойти на запад. Но на запад — Волга. Волгу надо переплыть. В октябре дураков нет через Волгу плавать. А все причалы, пристани, все лодки — под контроль. Мост через Волгу тут один. Железнодорожный. Мост и так под полным контролем. Мост ей не перейти. Еще есть мост железнодорожный под Ульяновском — это сто пятьдесят километров вверх по течению. И мост железнодорожный под Саратовом. Это триста километров вниз по течению. Но все мосты под контролем. Железнодорожным мостом не пройдёшь и поездом не проедешь. Проверяются все поезда.

Только слышал давно Бочаров краем уха, что вроде у Гуталина налажена какая-то система железнодорожного движения. Какие-то поезда по каким-то тайным графикам носятся по всей стране. Если Жар-птица посвящена в эту тайну, если знает какой-то полустанок и время, когда там сталинский поезд останавливается, то подхватят её и увезут.

Все разъезды под контроль? Неплохо бы. Но уж очень страна велика.

11

Сидит Настя, думает. Бочаров мог позвонить Ежову, и тогда всё НКВД против неё. Тогда все станции, все аэродромы под контролем. Тогда все телеграфные и телефонные станции ждут, где она объявится. И не пропустят. Её поймают, как только она попытается звонить или телеграмму отправлять. На той стороне Волги, на разъезде 913-й километр, каждую субботу с двенадцати ночи до двенадцати дня стоит ремонтный поезд «Главспецремстрой». Как через Волгу перебраться? Много у товарища Сталина поездов-призраков, ходят они регулярно, много тайных мест по стране, где они останавливаются. Но доверен Насте только малый кусочек тайны: только один разъезд.

И он на той стороне.

На правой...

12

Куйбышевскому управлению НКВД — боевая тревога.

Оперативная обстановка: в районе спецучастка НКВД вредителями преднамеренно поврежден железнодорожный путь. На поврежденном участке пути потерпел крушение спецпоезд с опасными преступниками, которых транспортировали на исполнение. Не менее сорока преступникам удалось скрыться. Среди них — особо опасная медвежатница Жар-птица, участница ряда массовых зверских убийств. Приметы: возраст — 19; рост — 157; телосложение — правильное спортивное, некоторый недостаток веса; нос прямой; глаза большие синие; лицо — овал; волосы русые густые; стрижка короткая; одета в мужской костюм черного цвета спортивно-туристического типа; обувь — черные высокие кожаные ботинки необычной формы на толстых подошвах, рисунок подошвы и каблука полностью соответствует рисунку советского армейского сапога офицерского состава; имеет с собой вещевой мешок иностранного образца; вооружена пистолетом системы Люгер «Парабеллум-08» и немецким охотничьим ножом «Золинген»; исключительно опасна. При встрече — истребить на месте. Докладывать немедленно.

13

А что начальник Куйбышевского управления НКВД старший майор государственной безопасности Бочаров теперь должен докладывать в Москву товарищу Ежову?

Доложить, что Гуталин что-то пронюхал и прислал девку на разведку? Доложи такое Ежову, перепугается, побежит у Гуталина прощения просить.

Или доложить, что девка пронюхала, где «Контрольблок» лежит, и украла его?

Или, может быть, доложить Ежову, что эшелон с приговоренными к смерти уже находился на спецучастке, но угнан девкою и разбился, при этом половина приговоренных разбежались?

Семь бед — один ответ. Надо переворот начинать. Срочно. А Ежову шифровку: поезд с приговоренными к смерти разбился на подходе к спецучастку, в поезде особо опасная...

14

«Начальникам управлений НКВД Ярославской, Костромской, Горьковской, Саратовской, Пензенской, Сталинградской, Пермской, Кировской...

...глаза большие синие, лицо — овал... истребить... Ежов».

15

Листает товарищ Сталин отчет о московских слухах. Все об одном: в Сибири объявилась банда. Сорок человек. Все убийцы. Все приговорены к смерти. Стреляют в кого ни попадя. Банда называется «Птица смерти». Во главе — девка невиданной красоты. Глаза большие синие. Банда пробивается к Москве, но НКВД не дремлет: все мосты через Волгу блокированы, все лодки — под контролем, у каждой лодочной станции — засада, на каждой пристани — патрули с собаками.

Поднял товарищ Сталин телефон:

— Товарищ Ежов, вы что, банду обезвредить не можете?

— Товарищ Сталин, подняли на ноги все НКВД и армию. Обязательно найдем и истребим на месте. Особые указания даны в отношении атаманши. Уничтожим, товарищ Сталин.

Плывет Настя в черноте чернильной. Страшно. Рассказывали, что щуки на Волге хуже акул. По два метра длиной. Это сколько же ей в брюхо каждый день надо! Откусит ногу, и вот тебе ужин. Еще про сомов-людоедов рассказывали. Те по ямам глубоким лежат. Ночью к поверхности всплывают и хватают пловцов. Те по пять метров бывают и весят по триста килограммов. А есть еще и белуги в Волге. Те тоже по пять метров длиной, только весом не по триста килограммов, а по тонне. Живут белуги по сто лет и больше. И много едят... Только и разницы, что не по одной ноге откусывают, а сразу две.

Старший майор государственной безопасности Бочаров ругает себя: как близок был к победе! Надо было просто в самый первый вечер взять эту девчонку с собой. Взять с собой. Какая же стройная, какая изящная девочка! Где еще на Руси такую найдешь? Она сложена для танца, она рождена для танца. Она подавляет в себе танцевальный инстинкт. Ее надо было взять с собой, и она не удержалась бы. И танцевала бы. И забыла бы все свои спецзадания. И рассказала бы ему, зачем ее прислал товарищ Сталин. Но не взял ее Бочаров с собой. И вот она пропала. Пропала, украв «Контроль-блок» и папки на Гуталина и Дракона. Как могла она сообразить, где все это хранится? Как она могла вскрыть сейф? И когда? Пропала. Провалилась сквозь землю. Или — сквозь воду.

И вот доложили Бочарову: рыбаками пойман вещевой мешок необычной конструкции.

На вещевом мешке, стоимость которого оценивается выше, чем рыбачья лодка, — вражеские буквы. Персоналом спецучастка мешок опознан. С таким мешком вражеского покроя в этих краях появлялась только Жар-птица.

И Бочаров понял: наступило равновесие. Она утонула. «Контроль-блок» плавает хуже топора. Топор стальной, а тут золото — тяжелый металл. Сталин не может взять под контроль системы связи, но и Бочаров не может. Игра продолжается.

18

Мнится Насте сом усатый прямо под нею. И работает руками. И холод ее не берет пока — тренированная. Вот если бы снизу кто-нибудь стальной решеткой прикрыл от страшных рыб, то тогда и ничего. Или были бы у нее длинные лапки, как у жука-водомера, чтоб по воде скользить, а в воду не проваливаться. Плывет Жар-птица, за бревнышко держится. Бревнышко для того, чтобы «Контроль-блок» под воду не тянул. Направления не теряет. Направление на белый бакен. Бакен путеводной звездой впереди светит. Простой план: доплывет до бакена и будет ждать караван. По Волге караваны так и шастают: буксир и шесть-восемь барж на крюке. Караван против течения медленно идет. Особенно если груженый. У груженых борт низкий. Надо в темноте сообразить — груженый караван или нет. Если пустые баржи, на борт не взберешься, будешь хвататься, пока следующая баржа не накроет. Надо подплывать к самой последней.

Все это хорошо в теории. Только в темноте ничего не видно. На везение Настя надеется. Больше не на что надеяться. Делает она именно то, чего   **277** от нее не ждут. План: выплыть ночью на волжский фарватер, зацепиться за баржу и подняться на ней километров на двести вверх по течению, там — в воду и на правый берег, потом правым берегом вдоль Волги идти вниз. До Александровского моста. До 913-го километра.

19

Прошел пассажирский пароход вниз по течению. Музыка гремит. Над волжской волной — «Амурские волны». Но палубы пусты. Наверное, и каюты наполовину пусты. Завершается сезон. Сидит Настя на бакене, только волнами ее качнуло. Вверх прошлепал караван: буксир и шесть барж. К ним Настя было поплыла, на фарватер выплыла далеко, но вернулась. Вонь бензиновая от барж на километр. Из Баку гадость какую-то нефтяную Каспием до Астрахани гонят, потом Волгой на север, на север, на север. На нефтеналивных баржах делать нечего, укрыться негде. Прошел еще один пассажирский пароход. Теперь уже вверх по течению. Тоже с музыкой: тут — «Славяночка». За пассажирским не угонишься, даже если он против течения идет.

А вот буксир шлепает колесами. В нужном направлении шлепает. Скользнула Настя с бакена в воду — и на фарватер. Медленно буксир против течения идет, но и ей до средины фарватера плыть. Качают волны ее. Дождик пылью водяной стелется. Без капель. Успеть бы доплыть, пока караван мимо не пройдет. И вперед соваться толку мало — под колеса попадешь. Вон как вертит! И не понять в воде, далеко выплыла или не очень. Кажется, что сутками она плывет, а обернешься — бакен рядом, вроде и не отплыла от него еще.

Повезло ей. Вообще говорят, что хорошему человеку всегда везет. А разве она у нас плохая?

Зацепилась за борт занозистый, подтянулась, взобралась. Рядом с бортом огромная рыбина из-под воды пастью — хап. И хвостом бултыхнула как веслом.

20

Чем баржа гружена? Баржи с астраханскими арбузами уже прошли. В сентябре. Этот караван с зерном оказался. Шесть барж парами. Лучшего не придумаешь. Донская пшеница идет на сталинградские элеваторы, а оттуда — вверх по Волге на север, на север, на север. Каналами и реками до самой Москвы, до Питера, до Мурманска, до Архангельска. Холмы зерна. Брезентами укрыты. Нырнула Жар-птица под брезент. Духота жаркая. Тут меж холмами зерна ложбины должны быть. Точно. Есть ложбины. Со всех сторон пшеница, сверху тент брезентовый, почти как над вождями во время воздушного парада.

Пистолет Настя первым делом от воды отряхнула. Протереть бы, но нечем. Вся одежда килограммами воды пропитана. Одежду выжала, на зерне под тентом разложила. Из ботинок воду вылила и на ноги их. Пусть на ногах сохнут. Иначе покоробятся, потом их на ноги не натянешь. Нагребла себе Настя постель. Гребет, а зерно горячее, солнцем раскаленное, тепла своего еще северной осени не отдавшее. Разлеглась-вытянулась. Зерном себя и засыпала. Дрожит вся. Зубы как у щучки молоденькой клацают. Тянет буксир шесть барж, колесами по воде шлепает, бьют волны в борта. Дождик по тенту накрапывает. Никак Жар-птица не согреется. Ветер крепчает, волны сильнее по бортам лупят. А ведь как хорошо, что успела. Может, через час такие волны на Волге поднимутся, что не доплыть и до бакена, такой дождь ударит, что не увидишь огоньков. И повезло. Баржа с кирпичами могла оказаться. Или с рельсами. А в зерне хорошо. Понемногу дрожь утихает.

Интересно, что Бочаров сейчас о ней думает? Вплавь ночью через Волгу в октябре, чтоб за пароход проходящий цепляться и уходить на север? Такого Бочаров не думает. И улыбнулась себе: ай да Жар-птица.

21

Снились ей расстрелы. И размышляла во сне: кто же за расстрелы отвечать будет? Будут ли палачи отвечать? И является ли она сама палачом? Почему-то во сне она называла людей, которые приводят приговоры в исполнение, палачами. Это неправильный термин. И во сне она понимала, что неправильный. Не палач, а исполнитель... Это у них там, у врагов, палачи. А у нас это почетная романтичная профессия — исполнитель.

Она понимала, что спит, понимала, что во сне мозг человека работает, но мысли путаются, и потому вместо четкого понятного всем термина использует непонятный, расплывчатый, оскорбительный.

Итак, является ли она сама палачом? Смешно ей во сне. Какой же из нее палач? Палач — это кто регулярно. А она только порхала возле этого дела. Важно так Бочарову представилась: знай наших, я тоже исполнитель. Аж самой стыдно. Бочаров за свою жизнь настрелял трупов пирамиды египетские, а Настя... Исполнитель называется... Хотелось бы, конечно, этим делом всерьез заняться, но, знать, не судьба. В монастыре расстрелы редко-редко бывают, и стреляют понемногу. Так что ей лично отвечать не за что.

А другие, настоящие палачи? Будут ли они отвечать?

Спрашивается, а им за что отвечать? Разве они придумали Мировую революцию, социальную справедливость и уничтожение классов, без которого справедливости быть не может. Так что не за что палачам отвечать. Они просто выполняли приказ. А будут ли отвечать, хотя бы после смерти, те, кто придумал Мировую революцию и социальную справедливость?

Но тем и подавно не за что отвечать. Они лично никого не убивали.

И мозг ее, привыкший идеи формулировать, четко вывел формулу: «У теоретиков — чистые руки, у исполнителей — чистая совесть».

Эту формулу она тут же забыла. Мозг ее нашел требовавшееся оправдание, наступило успокоение, и больше расстрелы не снились.

22

Уснуло тело. Мозг не уснул. Мозг продолжает работу. Только свободен мозг спящего человека. Только оковы сняты. Покачивает баржи на волжской волне. Грохочет дождь по брезенту, как танковая колонна по булыжнику.

23

Светло. Выглянула из-под брезента. Холодно. Сыро. Тошно. Шлепает буксир колесами по воде, словно ямщик нудную песню поет. Волны холодные валят. Ломит всю Настю. Тело огнем горит. Утро. Слева по борту должны быть Жигули. Нет Жигулей. Слева по борту рощи и овраги. Не мог буксир с баржами так далеко уйти. А может, Настя не остаток ночи проспала, а еще целые сутки?

Может, заболела она?   **281**

ГЛАВА 18

1

Осторожно спустилась с борта. Ноги в воду. В октябре вода в Волге-матушке теплая. Раз не затвердела — значит, теплая.

Только показалось Насте, что зашипела вода.

Показалось, что ее, горячую, еще и кипятком ошпарили.

Минуту плыла, за корявый деревянный борт держась. И отпустила его. Качнуло Настю на волне.

Пошла баржа рядом, пошла, пошла дальше. А Настя Жар-птица поплыла к правому берегу. К оврагам. К оползням. К рощам. К унылым полям.

2

Ногами отмель почувствовала, встала, долго к берегу брела. Выбралась. Решение готово: «Контроль-блок» с собой не нести. Не донесешь. Тяжеленный. Еле с ним выплыла. И попадешься с ним, тогда всем плохо будет.

Еще когда плыла к берегу, обломки баржи разглядела. Никого вокруг. Остов баржи в берег врезан и наполовину песком засыпан. Бока просмолены, не сгниют никогда. Лежит разбитая баржа тут лет уже сорок. Значит, и еще столько пролежит. Баржа — ориентир. Легко описать словами: на правом берегу Волги, вверх от Жигулей, под песчаным откосом, на откосе две березки. Кому надо, найдет. Кому надо, все разбитые баржи на правом берегу Волги перевернет.

Достала Жар-птица из мешка стропу, поднырнула под киль, завязала конец стропы за обломки руля, вынырнула, вторым концом стропы завязала «Контрольблок» двойным крестом и швырнула дальше в воду. Плеснул блок, словно волжский сом-людоед.

Теперь собраться в путь. Проверила, что в мешке. В мешке — сухой паек диверсанта. Усмехнулась: десантник, вооруженный сухим пайком, практически бессмертен. Вспомнила: день в лесу, ночь и день в церкви, еще непонятно сколько времени у железнодорожной насыпи и на барже, а голод не чувствуется вообще никак. Удивительно. Теперь ей надо рассчитать запас продовольствия на ближайшие дни. Это уравнение со многими неизвестными. Неясно, сколько времени она проспала в барже, и потому неясно, как далека она от разъезда 913-й километр. А если дойти до 913-го километра, то неясно, сколько дней там ждать. «Главспецремстрой» на 913-м километре по субботам бывает, а сегодня неизвестно какой день.

Допустим, за три дня она дойдет до 913-го километра, но сколько времени там ждать? Может, она придет туда, а «Главспецремстрой» ее ждет. Это одна ситуация. Другая: она дойдет до 913-го километра, но ремонтного поезда там не окажется. Может быть, он только ушел. Тогда ждать неделю. Тогда продукты делить совсем по-другому надо. В этой задаче только ко количество продуктов — величина известная. **283**

У нее в запасе: две стограммовые плитки шоколада швейцарской фирмы «Нестле», две двухсотграммовые банки тушенки, стограммовая банка сгущенного молока, банка канадского лосося — 212 граммов, двадцатиграммовый пакетик кофе, тоже «Нестле», пять ненамокающих спичек, две таблетки сухого спирта. Тушенку можно есть так, а можно разогреть на огне от таблетки, не разводя костра. На таблетке сухого спирта можно и кофе сварить.

Представила Настя, как будет в котелке булькать кофе. Двумя руками она возьмет котелок и будет пить, согревая руки теплом и обжигая губы. Ощутила аромат, и вдруг запах кофе ей стал невыносим. Пакет еще не открыт и еще ничем не пахнет, но она представила, как это будет ужасно.

Не раздумывая, бросила пакет в Волгу. Тушенка? Тушенку туда же. И сгущенное молоко. Банку лосося туда же — рыбам в воде плавать полагается. Остался шоколад. Запах его чуть сочится через упаковку. А если открыть? Это будет невыносимо. Шоколад — в Волгу.

Теперь разобраться с остальным имуществом. Сбросить все, что не нужно. Бросить мешок. В воду его. Плыви. Может, к Бочарову доплывешь. Можно было мешок песком набить и утопить, но в горячую ее голову такая мысль не пришла.

Спички больше не нужны, как и таблетки спирта. Какой ужасный запах у таблеток. У спичек еще хуже. Пистолет на боку. В магазине осталось семь патронов. Второй магазин пуст. Найти патроны к «Люгеру» в приволжской степи вероятным не представляется. Потому пустой магазин — подарок Волге. Как же отвратительно пахнет пистолет. Никогда раньше она этого не замечала. А у него сразу столько запахов оказалось: запах металла, пластмассовые бока рукоятки свой отдельный запах имеют, и ружейное масло, и нагар в стволе, не чищенный после стрельбы в паровозе. Как же раньше она не замечала все эти запахи? Но «Люгер» пока выбрасывать нельзя. Как же его терпеть?

3

Раньше у нее темп был отработан: один марафон — малый отдых, второй марафон — большой отдых, еще марафон — малый отдых, еще один — большой отдых. Малый отдых — час. Большой — пять часов со сном.

Но то были другие времена и другие условия. Марафонцам легко: они по дорогам бегут, а Настя пробирается местностью нехоженой: мелколесьем, колючими кустарниками, болотами, жгучей осокой. Одно дело — по мостам и дорогам, другое — пахотой, песком, грязью, через откосы и овраги, через орешник и заросли малины, через камни, качки, бурелом. Ей еще и ориентироваться надо, препятствия обходить, прятаться, на глаза не попадаться. И еще: как километры отсчитывать? Приняла она стандарт — пятьдесят тысяч пар шагов за один марафон считать. И пошла. Условие: если со счета собьется, начинать счет с самого начала. Лучше не сбиваться.

Идет.

Если она где-то между Казанью и Ульяновском, то слева Волга течет почти с севера на юг. Надо все время Волгу слева иметь. Километрах в двадцати— пятидесяти западнее параллельно Волге течет Свияга. Только в обратном направлении — с юга на север. Карту Настя хорошо представляет. Однажды на экзамене по географии ответила она на три вопроса и дополнительный ей: «Назовите притоки Волги». «А я вам нарисую», — отвечает. Взяла мел и на доске сверху вниз провела волнистую линию в форме вопросительного знака. У самого начала точечку поставила — это деревня Волговерховье. Высота над уровнем моря — 228. Вот озера Стерж, Вселуг, Пено, Волго, вот Селижаровка из Селигера течет, вот впадают Молога, Шексна, Кострома, Унжа, вот Тверца подходит. Ой, забыла: тут же река Вазуза, из воды Вазузы водку делают. Вот Гжать впадает в Вазузу, а Вазуза у Зубцова — в Волгу. Вот Лама впадает в Шошу, а Шоша в Волгу, вот подходит Дубна, Медведица, Кашинка... Не знали учителя, что у Волги столько притоков. Вот и до Камы добрались. Притоки Камы рисовать? Нет? И называет Настя деревеньки справа и слева, справа и слева. И города. И глубины реки у городов, и сток воды в районе каждого города. А в каком это году такой был сток? Это рекордный — весной 1927 года. Но если хотите, Настя назовет сток в районе любого волжского города в любой год, когда, конечно, был учет. И скорость течения на фарватере.

Смотрел-смотрел старый учитель на Настины рисунки, а потом повернулся к комиссии экзаменационной: «А ведь вы не поняли главного. Она все извилины рек наносит совершенно правильно, смотрите на карту: вот тут Вазуза пошла чуть вправо, а тут чуть влево. Так ведь она по памяти рисует изгибы рек точно так, как они на карте нарисованы...»

Давно это было. Никак учителя понять не могли, откуда у Насти такие знания. А ларчик просто открывался: однажды сосед забыл в их квартире книгу какую-то истрепанную без обложки. Все про Волгу. Насте как раз читать было нечего. А тут — географическое описание Волги. Прочитала все 932 страницы, а прочитав, запомнила со всеми приложениями, со всеми таблицами и схемами, со всеми картами, со всеми городами и деревнями по волжским берегам...

И вот оказалось, что лишних знаний не бывает. Теперь по очертаниям волжского берега определила она свою точку стояния, мысленно рассчитала маршрут.

И пошла.

Пошла в уверенности, что заблудиться невозможно.

4

Исцарапаны руки колючками и лицо, шнурки изорваны, ногу из ботинка легче вытащить, чем ботинок из грязи. День и ночь. И еще — день и ночь. Солнце точно луч гиперболоида инженера Гарина. Луч солнца так страшен, что не слепит, а сверлит глаза. Еще в первый день оторвала она край куртки, завязала глаза повязкой, только маленькие дырочки для глаз. Все равно слепит ей глаза словно электросваркой. И болит голова. И тело ватное горит.

Но она идет. А солнце свирепствует, как конвоир на расстрельном участке. Никогда в октябре не было такого страшного солнца. Откровенно говоря, и в августе такого не бывало. Потому Настя старается ночами идти. А днями — если только лес впереди. Если нет впереди леса — отдыхает, чтобы всю ночь без остановок идти.

И еще день. И еще ночь. Продирается Настя орешником. Бредет кустами. Оглянется: та гора, которую утром прошла, все еще и к вечеру видна. Кажется, за последние десять часов сто километров позади осталось, сил отдала на тысячу километров, а если разобраться, то больше десяти не наберется.

Знает Жар-птица, что мысль свою все время от дороги отвлекать надо. Ноги пусть несут, глаза пусть видят, но мозг совсем о другом думать **287** должен. О чем? О жизни. Бредет, своим мыслям улыбается.

Идет и идет. Вспоминает всю свою прошлую жизнь. И вдруг открытие. Простое совсем. В ее жизни было и плохое, и хорошее. Так вот у нее, оказывается, выбор есть: можно жизнь свою сделать счастливой или несчастной. Это так же просто, как выбрать фильм в правительственной гостинице — выбирай что хочешь: драму, комедию, трагедию, фарс, приключения и вообще что нравится. Так вот, если выбирать в памяти все хорошее, то хорошая жизнь получается. А если вспоминать все плохое, то получается плохая жизнь. От нас самих зависит, что из прошлого наша память выбирает. Захотел жизнь превратить в триумф, скажи себе только: моя жизнь — триумф, и выбирай в памяти моменты великих свершений. Хочешь счастья в жизни — вспоминай моменты счастья. У каждого есть что вспомнить. Как каждый для себя жизнь прошлую сформулирует, такой она для него и будет. Можешь жизнь свою по собственному желанию превращать во что нравится: в приключения или в героическую эпопею. Но если так легко прошлую жизнь сделать счастливой, то почему жизнь будущую не превратить в один яркий взрыв счастья? Надо просто отрицательные эмоции отметать. Надо просто о плохом не думать. Все будет хорошо. Надо только верить, что все будет хорошо. Надо только отрешиться от плохих воспоминаний. Надо только душу не пачкать мечтами о мести, надо злую память давить. Надо прощать людям зло. Надо его забывать. Смеется Настя над собою: многим ли она прощала, многих ли намерена прощать?

5

Бредет счастливая Настя. Со счета шагов не сбивается. Только каждый шаг все труднее достается. Помнит она счет шагам в каждом марафоне, только не помнит, сколько марафонов прошла, не помнит, сколько дней она идет. Перепутались дни и ночи. Потрескались губы, кожа на лице совсем тоненькая. Скулы под тоненькой кожей как каркас проступают. И ребра каркасом. Голод ее не мучит. И жажда не мучит. Удивляется Настя. Сколько энергии отдано продиранию сквозь орешники и малинники, сколько километров пройдено, должен бы голод проявиться. Не проявляется. Ну и хорошо. Чувствует Настя, что с каждым днем она все легче становится. Почти невесомая. Один вопрос: если энергия расходуется и никак не пополняется, то на чем же она до 913-го километра дойдет?

И решила: на гордости.

6

Бредет.

На юг. На юг. На юг.

Идет рощами. Чахлыми перелесками. Идет степью. Ложится, когда кто-то на горизонте появляется.

Больше шагов Настя не считает. Решила идти не останавливаясь. Идти, идти, идти. Звенит голова от недосыпа. Знает: остановится — уснет.

Потому не останавливается.

7

Бредет.

Мираж пред нею на полмира. Мост. Одним концом в берег упирается. Другим — в горизонт. Разъезд пустынный. Это 913-й километр. По откосу: **289**

«Слава Сталину!» Рельсы в осеннем мареве. Припекает солнышко и плывут рельсы у горизонта. И поезд на плывущих рельсах дрожит и колышется. Желанный поезд. «Главспецремстрой». Он тут бывает по субботам. До 12 дня.

Где они, субботы? Потеряла Настя счет дням. И времени не знает. Давно стукнула часы, давно остановились они, давно их бросила, чтоб руку не давили, чтоб лишнего веса не тащить. И «Люгер» давно бросила. Солдату в походе даже иголка тяжела. А тут «Люгер». Железяка чертова. По бедру все лупил, в Волге ко дну тянул. К чертям его железного. Бросила — и легче идти. Давно бросила его. С ним не прошла бы такой путь. Ни за что не прошла бы.

Потрогала Настя место на бедре, где «Люгер» висел, удивилась: он все еще висит, зараза железная. Все хотела бросить, да так и не дошли руки. Как же она с такой тяжестью столько километров? Сама себе удивляется. А часов точно нет. По солнышку полдень вырисовывается. Жаль, по солнцу часы определять легко, а минуты — не очень. И если верить солнцу, то сейчас «Главспецремстрой» тихонечко двинется и покатит. И покатит. Быстро он разгоняется. Быстро за горизонт его уносит. Черт с ним.

Разве жалко? Понимает Настя, что не настоящий это мост, не настоящий разъезд, не настоящий поезд. Не могла же она, больная, избитая, дойти до магистрали. Не могла. Это сверх человеческих сил. И не могла же она выйти к разъезду прямо в то время, когда «Главспецремстрой» тут стоит. Не могла. Просто ей хочется дойти до магистрали. Хочется встретить поезд. Хочется войти в вагон и упасть. И спать. Не просыпаясь. Спать всегда. И пусть с нее снимут ботинки. Она никогда не будет больше ходить в ботинках.

Бредет.

В руки себя взять надо. Так надо идти, чтобы ботинки не цеплялись один за другой. Не цеплялись. Не цеплялись. Очень может быть, что мост и разъезд — вовсе не мираж. Очень может быть, что дошла она. И может, ей повезло, что дошла в тот момент, когда поезд тут стоит. В субботу до полудня. А может, товарищ Сталин прислал «Главспецремстрой» и приказал ждать, и ждать, и ждать. Ее ждать. Ждать, пока птичка не прилетит. Ну этого быть не могло. У поезда других дел много. И у других таких же поездов дел много. Вон какая страна, и всю ее контролировать надо. Может быть, суббота сегодня. Только вот в чем проблема: если она добредет до поезда, хватит ли сил по ступенькам вскарабкаться? Не хватит. Что тогда делать? Стучать кулаком по двери. А хватит ли сил стучать? Услышит ли ее кто? Ослабели руки. Это когда-то она в морду могла поднести мастеру Никанору. Теперь руки висят, как крылья у раненой птицы. Смешно: издыхающая Жар-птица. Может, самое время «Люгер» бросить? Легче станет. На целую тонну станет легче. Если опоздает на поезд, то упадет у рельсов, поспит минут десять, вернется в поле и «Люгер» найдет. Следующей субботы ей все равно не дождаться. Вот «Люгер» в самую пору ей и сгодится. Стрельнуть в себя. А если дойдет она до поезда и успеет в него забраться, то скажет, чтобы сбегали в поле да «Люгер» и подобрали. А сейчас без него легче будет. Легче. Будет совсем легко.

9

Некоторые думают, что власть Сталина — это самое страшное, что выпало на долю России. И осуждают мою героиню Настеньку Жар-птицу за то, что людей стреляет без трепета душевного.

Я не стал расстрелы в деталях описывать, а допросы полностью опустил. Но ясно без описаний, на допросах Жар-птица не праздным наблюдателем была и на расстрелах — отнюдь не зрителем. Допрос и расстрел — работа.

На допросах и расстрелах Настя работала. Уверенно и спокойно.

Отдавая себя работе полностью.

Потому что власть Сталина не считала худшим вариантом.

В монастыре свободно Настя могла читать хоть Троцкого, хоть Бухарина, хоть Радека. Не запрещалось. Даже рекомендовалось. И висели фотографии вождей, которые врагами оказались. Настя на Троцкого часто смотрела. В глаза портрету. А однажды на руки посмотрела. Большая фотография, спокойное лицо, свободное положение тела, руки на животе. А на руках — маникюр. Ногти товарища Троцкого длинны и ухоженны, как ногти стареющей придворной красавицы.

Почему-то эти ногти Насте покоя не давали. Почему-то возненавидела она их. Предлагал товарищ Троцкий ликвидировать семью и собственность. Предлагал всех организовать в трудовые армии. Только не сказал товарищ Троцкий, кто этими трудовыми армиями будет командовать. И как-то пальцы холеные товарища Троцкого, и полированные длинные ногти под ярким красным лаком не вязались с идеей трудовых армий. Или очень даже с этой идеей вязались. Просто закрыла Настя глаза и представила себе, что есть трудовая армия...

У товарища Сталина тоже есть трудовые армии. Они называются коротко и просто — ГУЛАГ. У товарища Сталина в трудовых армиях совсем мало людей. Никак не больше десяти процентов населения. А товарищ Троцкий предлагал — всех. У товарища Сталина трудовые армии только для перевоспитания. Каждый надежду таит оттуда вернуться. А товарищ Троцкий предлагал всех туда. Навсегда. Без всякой надежды... И ногти товарищ Сталин красным лаком не красит...

Так что если попадались Насте иногда троцкисты, то она допрашивала их с особым пристрастием и стреляла с особой любовью.

Попадались ей и бухаринцы. Товарищ Бухарин был романтиком революции. Предлагал вывести новую породу людей. Путем расстрелов. Убивать плохих, чтобы остались только хорошие. Великолепная идея. Только кому-то надо будет решения принимать, кого стрелять, кого миловать. И получается сразу класс людей с абсолютной властью... И если романтика товарища Бухарина расстреляли, так ведь в соответствии с его же собственной идеей. Он-то себя считал хорошим, а поди докажи, что ты хороший...

Знала Настя, что будет, если власть возьмет товарищ Зиновьев, который считал только те структуры прочными, «под которыми струится кровь». Так товарищ Зиновьев и выражался публично и печатно.

И пока Сталин воевал против всяких радеков и каменевых, тихо поднялась над Россией жуткая тень капризного, трусливого, самовлюбленного, изнеженного, извращенного, предельно жестокого барина по имени Тухачевский. И рядом с Тухачевским — безграмотный Якир, заливший землю потоками крови невинных. Якир в каждом занятом коммунистами районе устанавливал процент мирного населения, которое подлежало истреблению.

И много еще их было.

Спасти Россию — не допустить к власти Тухачевского — Сталин мог, только опираясь на Ежова. В борьбе против Тухачевского Сталин вынужден был дать Ежову почти абсолютную власть. И закружилась голова у товарища Ежова. И самого потянуло иа власть. Он мог ее взять. И что бы тогда ждало Россию?

Понимала Настя, что повезло России. Понимала, что власть Сталина — не худший вариант. Без этой власти миллионы шакалов, выброшенных на гребень революцией, растерзают страну.

Понимала Жар-птица — бывает хуже.

Занимала она скромный незаметный пост и на этом посту, как тысячи других, делала все, что в человеческих силах, и сверх того, чтобы худшего не допустить.

Оптимисты думают, что жизнь — это борьба добра и зла. Ей жизнь не представлялась в столь розовом свете. Она знала, что жизнь — это борьба зла с еще большим злом.

10

Не пропадает мираж на горизонте. Стоит «Главспецремстрой», явный, как картиночка. И решила: идти до самого миража. И умереть. В движении.

Идет. Пахнет железнодорожный разъезд углем. Пахнут шпалы запахом своим особым. Их какой-то чертовщиной пропитывают, чтоб не гнили. Издалека Настя запахи железнодорожные чувствует. Хорошо, но от острого запаха голову ломит.

Идет. Идет Настя и понимает, что не мираж это вовсе. Это поезд. Это «Главспецремстрой». И не какой-либо, а именно тот. «Главспецремстрой-12». Его по очертаниям издалека видно. Дураки думают, что однотипные вагоны все одинаковые. Но нет. Если присмотреться, у каждого своя индивидуальность.

Спотыкается Настя. На колени падает. А ведь решила та́к ноги переставлять, чтоб ботинок за ботинок не цеплялся. Чтоб не цеплялся. А шажки маленькие совсем. Нет бы пошире шаги. Не получается.

Бредет она и понимает, что мог старший майор государственной безопасности Бочаров у железнодорожного разъезда засаду поставить. Мог. Вот бредет она, уже не прячась, нет сил больше прятаться, вот бредет она из последних сил, спотыкаясь, а они сейчас и выпрыгнут. И захватят ее у самого поезда. Бредет она, не прячется: может, из поезда заметят? Не замечают. А бочаровские тигры в засаде ее, конечно, видят и выскочат... В них и стрельнуть ей будет нечем. Был «Люгер» на боку и семь патронов в нем. Но выбросила Настя «Люгер». Нечем ей теперь отстреливаться. А был бы «Люгер», она бы сейчас в воздух шарахнула, в поезде услышали бы и спасли...

Солнце высоко. Полдень. Говорил Холованов: от полуночи до полудня. До чего судьба злая: нет бы Насте выйти сюда в прошлую полночь. За двенадцать часов от леса до разъезда добрела бы. А так... Уйдет поезд. И вернется через неделю. Не доживет Настя неделю.

Идет она, руками машет. Идет и кричит. «Не уезжайте!» — кричит. Кричит и смеется. Кричит и понимает, что не кричится. Смешно: понимает, что губы спеклись и потрескались. Что и не раскрываются губы ее вовсе. Это ей только кажется, что кричит, а в горле пересохшем крик не рождается. Не видит ее никто. Идет Настя, как кавказский пленник. Тот по полю к своим бежал и кричал: «Братцы! Братцы!» Но те не слышали, а из лесу на скакунах выскочили краснобородые...

Так и Настя к своим идет. Правда, пока не вы-

295

скочили из леса на скакунах, но поезд в любую минуту уйти может. В любую. Идет и плачет. Жалко. Если бы на час опоздала, то не так жалко. Жалко, когда в минуты не уложилась.

Вконец Жар-птица отощала. Как былиночка. Может, и смотрел кто в ее сторону, но сквозь нее только поле ковыльное увидел. И часовой у поезда. И часовой не видит ее. Это ночью часовой бдительным бывает. А тут встал у вагона, развернулся спиной на осеннее солнышко, да и пригрелся. Кто со стороны поля подойти может? Никто не может.

Идет Настя, ступни ног горят огнем. Так горят, вроде по угольям идет. Протянула руку и взяла ручку вагона. Теплая ручка, на солнышке разогрелась. Правое колено на ступеньку. И всем телом вперед. Теперь левую ногу подтянуть и на ступеньку коленями. Теперь правой ногой надо встать на ступеньку. Теперь левой. Круги оранжевые в глазах. Подниматься надо не ногами, а руками за ручки хвататься и тянуться. Правую ногу на вторую ступеньку. Теперь всем телом вперед. Теперь левую ногу поднять на вторую ступень. Не поднимается. Обидно. Дрожь по поезду. Дернет сейчас — и свалится она в полынь придорожную, и не увидит ее никто. И уйдет поезд без нее, и не скажет никто товарищу Сталину, что она почти дошла. Что не дошла она всего одной ступеньки. Не расскажет никто товарищу Сталину, что папку с документами она под расстрельным шкафом спрятала. Не расскажет ему никто, что «Контроль-блок» в Волге лежит, стропой привязан к килю разбитой деревянной баржи. Ладно. Ногу вверх. Так. Встала нога на ступень, и прожгло ступню. Теперь правую ногу на третью ступень. И дверь пред нею распахнута.

Только тут ее часовой заметил:

— Кудыть, холера! Тудыть твою! Слязай! Стрялить буду!

И затвором — клац!

Но Настя и левой ногой уже в тамбуре. Руками обеими за стенки. Шаг вперед. Еще шаг. Коридор. Шатается коридор. Плывет. В том конце — Холованов. И Сей Сеич. Улыбнулась им Жар-птица, прижалась спиной к стене.

И уснула.

11

Старший майор государственной безопасности Бочаров опустил голову на руки. Сон караулил за углом. И как только его голова коснулась теплой руки, сон вырвался из-за угла столичным экспрессом и раздавил, и разорвал, и разметал по свету клочки того, что мгновение назад называлось старшим майором государственной безопасности.

За семь суток старший майор государственной безопасности спал в общей сложности одиннадцать часов и тридцать четыре минуты.

Пропала девка. Пропала. Весь левый берег Волги обыскали от Ярославля до Астрахани. Все мосты под контролем, все пристани, все лодки. Не могла она на правый берег уйти. Не могла.

Значит, утонула. Значит, погибла.

Игра продолжается. Но старшему майору государственной безопасности теперь надо спать. Ему надо два часа сна. Сейчас. Опустил Бочаров голову на руки и уснул тем сном, который вырывает нас на время из жизни, который бьет обухом в загривок, вышибая все воспоминания и размышления, от которого дуреешь, как от чистого гриба-самопляса, тем сном, из которого нужно вырваться, как из зубастой крокодильей пасти, очнувшись от которого, спрашиваешь: кто я?

12

Скользит Настя спиною по стенке. Но этого уже не сознает, не помнит. Бежит к ней Холованов. Бежит к ней Сей Сеич. Слышит она их шаги, и сны видит. Обрушились на нее сны, которые не досмотрела в пути, на хлебной барже, на расстрельном пункте НКВД, в монастыре, в парашютном клубе, в железном шкафу, в огромной квартире. Навалились сны тысячетонным обвалом, и она видела их все разом. Она видела сны, бесконечные и мимолетные, радостные и горестные, страшные и веселые. Ей снились цветы и волны, ей снился товарищ Сталин и товарищ Ежов. Ей снился майор Терентий Пересыпкин, который в Наркомате связи сцепился в жестокой словесной перепалке со всемогущим Наркомом связи бывшим главой ГУЛАГа и замом Наркома НКВД комиссаром государственной безопасности первого ранга Матвеем Берманом. Ей снился первый урок в первом классе и первый расстрел, ей снились рыцари и замки, мечи, сабли и револьверы. Ей снился раненый ротмистр лейб-гвардии Кирасирского полка и прекрасный пистолет «Лахти», который стал легок и руке удобен. Ей снилась божественная мелодия «Амурских волн», снились прекрасные дамы в белых платьях с красавцами офицерами Кавалергардского полка.

Холованов только десять метров коридором пробежал, а ей уже и поля рисовые привиделись, и люди в полях, и леса кедровые, и пустынный остров, и глубокие воды стеклянно-зеленые. И в водах она тонула.

Сей Сеич ворот ее распахнул да быстро обшарил: нет ли чего с собою важного. Но нет с нею ничего. Вообще ничего. Комбинезон изорванный, ботинки сбитые на изорванных шнурках. На широком запыленном ремне — кобура и пистолет «Люгер» с семью патронами.

Подхватил ее Холованов на руки. Открыла она глаза. И закрыла. Вот теперь все сны отошли разом и остался один глубокий и ясный сон: она тонет. Она — в глубине, в прозрачной воде. Она уже утонула. Ее больше нет. А тело ее скользит сквозь толщу воды в бездонную глубину. И зеленая вода превратилась в синюю, синяя — в черную. А она медленно уходит вниз, вниз, вниз.

Глубже.
Глубже.
Глубже.

ГЛАВА 19

1

— Все ясно, — говорит Холованов. — Давайте, Сей Сеич, меры принимать. Снимайте ботинки с нее. — Сам телефон сорвал и машинисту: — Гони! Куда гнать? В Москву гнать, на станцию «Кремлевскую».

Дернуло поезд ремонтный и повлекло.

И повлекло.

До чего быстро скорость набирает. Холованов правительственную по маршруту: графики движения ломать, поезду «Главспецремстрой-12» — «синюю волну».

Пошли столбы телеграфные за окном мелькать. Да все чаще. Сей Сеич Жар-птицу на руках — в купе свободное. Уснула она сном каким-то подозрительным. Исчерпала Жар-птица силы до самого дна. Душевные и физические. Исчерпала, и нет больше воли жить. Уснула, ничего не сказав, но казалось, что засыпает, прощаясь. Выражение на лице: ничего мне больше не надо. Дошла до вас, и все. И конец. И отстаньте. Сон ее — угасающий. Так котенок умирает — кажется, просто засыпает, но засыпает не просто, а навсегда. Того и гляди Жар-птица не проснется. Никогда. Этого Сей Сеич не допустит. Девку до Сталина живую

300

довезти надо и сдать лично в руки. Легко Холованову говорить: ботинки снимай. Как снимать? Шнурки все изорваны, все узелочками завязаны. Не поймешь, где концы. Достал Сей Сеич ножичек заморский. Пузастенький такой, красные бока с белым крестиком. Называется: швейцарский офицерский. Лучший в мире. Один шпион знакомый в подарок привез. Там в Швейцарии ничего не делают, кроме часов и ножичков. Да еще деньги считают. Но уж если считают, то так, чтоб себе всегда доход был. Сверхприбыль. Если уж делают часы, так чтоб вовек не останавливались. Если ножичек мастерят, так чтоб уж лезвия не ломались. В ножичке том пятьдесят восемь инструментов: и штопор, и вилочка, и шильце, и напильничек, и ножнички, и еще множество всяких удивительных штучек, которым, не прочитав инструкцию, применения не придумать.

Открыл Сей Сеич самое тоненькое, самое острое лезвие да им шнурки и срезал. Потянул ботинок на себя, она стоном ответила. Осторожнее надо. Ботинки к ногам вроде как прикипели, приварились. Стянул правый ботинок. Теперь носки. Только носков на ней нет. От носков тряпочки изорванные остались. Ноги в кровь истерты, избиты, припеклись тряпочки к ногам. Размачивать надо, иначе не отлепишь, не отскребешь.

— Горячая, как печка мартеновская в металлургическом городе Магнитогорске.

— Полотенце вымочить да протереть лицо.

Мечется Жар-птица в бреду, стонет. Товарища Сталина требует. Коснулся Сей Сеич губ ее полотенцем мокрым, она и припала к холодному. Ах, головы свиные: не сообразили напоить.

— Ну-ка, товарищ Холованов, воду несите, да со льдом.

Жадно пьет Жар-птица, проливая воду и захлебываясь.

— Ну-ка, товарищ Холованов, давай девку раздевать и телеграфируйте в Москву, пущай научного профессора к поезду выставят.

2

Проблема Холованову: что Сталину сообщать?

Выполнила Жар-птица задачу или нет? «Контроль-блок» она с собой не принесла, что из этого следует? Она его уничтожила или не нашла? Если «Контроль-блок» остался в руках Ежова и его ребят, то надо бросать карты: игра проиграна. Если она его уничтожила, то наступило равновесие: Ежов не может взять под контроль системы связи и Сталин не может. В этой ситуации можно проиграть, а можно и выиграть. Может быть и лучшая ситуация: она добыла «Контроль-блок», но боялась его нести с собой и где-то спрятала. Вот это почти победа: привести ее в чувство и спросить, где блок спрятала... Не выполнив задания, хотя бы частично, не пришла бы Жар-птица к поезду. На многое надеяться нельзя, но, видимо, минимум она сделала.

3

Прет «Главспецремстрой», разгоняет все поезда с пути своего. Прет — только синим огнем светофоры перед ним горят. Только курьерские из Хабаровска и Владивостока на запасных путях жмутся, дорогу уступая.

Прет «Главспецремстрой», а впереди него слух и позади слух до самого Владивостока: троцкисты путь заминировали и взорвали правительственный поезд, правда, пустой, без товарища Сталина.

К месту катастрофы со всего Союза ремпоезда стягивают. Курьерской скоростью. Ломая графики движения. Зря не стали бы.

4

Ночь над Москвой.

Один Сталин.

Пришла правительственная. Зашифрована личным сталинским шифром в три каскада. Секретарь товарищ Поскребышев расшифровал два первых каскада, подал Сталину листок и исчез. Снова Сталин один. Достал из сейфа шифровальный блокнот, разобрал текст. Получилось: «БЛОК НЕЙТРАЛИЗОВАН ТЧК ДРАКОН ТЧК»

Оторвал Сталин использованный лист шифровального блокнота, поднес спичку. Бумага в шифровальных блокнотах тем хороша, что по составу своему к целлюлозным взрывчатым веществам близка: возгорается легким хлопком, сгорает мгновенно, почти взрывается, и пепла не оставляет. Сгорает бумага шифровальных блокнотов так быстро, что пальцев не обжигает: пых — и нет бумажки.

Правильно Холованов делает, что посылает короткие сообщения. Длинное расшифровывать час. Да и каналы связи непонятно кем сейчас контролируются. Сообщение означает: ни Ежов, ни Фриновский, ни Бочаров, ни Берман взять под контроль всю связь страны не могут. Но и он, Сталин, тоже не может. Равновесие сил.

Усмехнулся Сталин веселым дьяволом.

5

Прет «Главспецремстрой», а спецпроводник
Сей Сеич Жар-птицу кормить пытается.

— Ну-ка, товарищ Холованов, голову ее держите. Сдохнет девка до Москвы. Скелет один от ходьбы остался. Ни виду, ни жирности. Страшнее балерины. Товарищу Сталину показать стыдно. Но мы ее — бульончиком куриным. Не хочет. Морду воротит. Никакой в ней сознательности, а морду все равно воротит, знать, нутро принимать отказывается. А мы ей икорочки. Пользительна икорочка. И питательна. Опять морду воротит. А вы, товарищ Холованов, покрепче держите. Покрепче. Чтоб не воротила. Вот так. Мы ей икорочки. Во. Понравилось. И еще. Так. Кусается. Глядите, кусается. Как котенок прозаический.

6

Длинный черный «Линкольн» с круглыми боками и зеленоватыми стеклами трехдюймовой толщины зашуршал шинами перед величественным гранитным подъездом. Вышел человек в сапогах, в серой распахнутой солдатской шинели, в зеленом картузе, взбежал по ступеням и, навалившись, отворил многотонную дверь, которая бесшумно и плавно ему подчинилась.

Дверь должны открывать сержанты государственной безопасности, но в четыре часа холодной октябрьской ночи первый сержант понадеялся на второго, второй — на первого. И оба решили: пусть уж товарищ сам дверь открывает. Ночь беспросветная, в такое время важные персоны здание покидают, а не приходят в него. Ясно, посетитель не из важных. Так пусть уж сам. Да и шинелька на товарище не того... Важные персоны в таких не ходят.

В общем, вышло так, что ночному посетителю самому дверь открывать пришлось.

Холод ночи ворвался в теплый мраморный вестибюль. Два сержанта-часовых скрестили штыки перед вошедшим, и появившийся неизвестно откуда розовый лейтенант государственной безопасности (со знаками различия капитана) требовательно протянул руку: «Вы от кого, товарищ? Ваш пропуск!»

Медленно повернул вошедший голову влево и посмотрел в глаза сержанту. Дрогнула у того винтовка. Незаметно дрогнула. У винтовки длинный тонкий штык. Кончик штыка вроде худой чувствительной стрелки точного прибора. Вот этот-то кончик и дрогнул. Заметить это мог только тот, кто рядом стоял и внимательно за кончиком штыка следил. Но кто в четыре ночи мог стоять рядом с сержантом государственной безопасности и рассматривать кончик его штыка? Так что у историков на этот счет разные мнения: одни доказывают, что дрогнул кончик штыка, другие — не дрогнул. Я лично склоняюсь к тому, что все ж таки дрогнул. Но чуть заметно.

Как бы там ни было, дрогнул он или нет, но отошел штык, открывая вошедшему дорогу. Повернул человек в шинели голову вправо и посмотрел в глаза другому сержанту. И второй штык дрогнул. Незаметно совсем. И тоже отошел.

Тогда человек в солдатской шинели посмотрел в глаза лейтенанту. Смутился лейтенант. Потупился. Отвел взгляд на большие стенные часы и постарался запомнить время. Стрелки показывали 3 часа 56 минут. Не знал лейтенант, зачем надо запоминать время. А была это просто защитная реакция мозга. Лейтенант существом своим понял, что это — ОН. Но сознанию надо время, чтобы смириться с новостью такой сокрушающей силы. Психология наша устроена так, что в ситуациях, отличающихся крайней остротой **305** и драматизмом, возникает тормозящая реакция мозга, которая не позволяет совершенно необычной новости мгновенно распространиться страшным ударом по всему телу. Мозг не желает принимать такую новость быстро и сразу и смягчает ее тысячей протестов: такого быть не может! Никогда!

Это просто невероятно. Почему ночью? Почему без предупреждения? Почему без охраны? Почему машина сразу ушла, не дожидаясь? Что ж он так, один и остался? Почему была только одна машина? Почему без сопровождения? Он никогда не ходит один. Тем более — ночью. Это не он! Не похож. На портретах он другой совсем. А если просто двойник? Загримировали двойника и проверяют бдительность...

Тяжелый взгляд прошил лейтенанта государственной безопасности насквозь, вспорол его внутренности, как крестьянская рогатина вспарывала брюхо бонапартову солдату. Такой взгляд лейтенант ощущал на себе только однажды: в зоопарке на Красной Пресне так на него смотрел двенадцатиметровый бразильский удав из дебрей Амазонки. Но тогда между лейтенантом и удавом было толстое стекло.

Сейчас стекла не было.

Лейтенант качнулся, но сохранил вертикальное положение потому, что взгляд одновременно толкал, отбрасывал и опрокидывал его тело и в то же время притягивал. Силы уравновешивались, и лейтенант не падал ни вперед, ни назад. От этого взгляда ноги лейтенанта стали легкими, живот — невесомым, грудь — воздушной, зазвенели в мозгу колокольчики, ударили в тело сто миллионов иголочек, зашумело вокруг. Вот тут и нарушилось равновесие сверхмощных сил, которые одновременно лейтенанта притягивали и отбрасывали. Магнитная сила взгляда превзошла силу отбрасывающую, и лейтенанта потянуло навстречу желтым глазам. Потолок скользнул назад, а пол ударил лейтенанта в лицо. Ему повезло: пол ударил его не сверкающим мрамором, но толстым мягким ковром. Именно в этот момент его сомнения рассеялись. Понял лейтенант государственной безопасности: это не двойник.

Двое со штыками вытянулись струнами и больше не дышали и не моргали. В голове левого сержанта змеиным хвостом скользнула мысль помочь упавшему лейтенанту, но только облизнул сержант пересохшие губы и тут же мысль эту забыл, как и все остальные мысли.

Вошедший с интересом и непониманием посмотрел на тело у своих ног и осторожно переступил его:

— Какие нежные лейтенанты в государственной безопасности.

7

Прет «Главспецремстрой», грохочут под ним мосты, стучат колеса на стыках, Холованов водку пьет. Натура широкая. Много в ту натуру водки вмещается. И не пьянеет. В седьмом купе Жар-птица в бреду смеется. И Сталина зовет. Над кем смеется? Что ей Сталину докладывать? Унесла ли она документы на Холованова? Ясно, унесла. Иначе не смеялась бы. Теперь все документы Сталину достанутся. Все, что чекисты за двадцать лет на Холованова собрали... А было что собирать... Узнать бы у нее, куда она дела на Холованова попрятала. Потом придушить. А если и не удастся узнать, все одно — придушить. Ей сейчас много не нужно, ладошкой рот прижать — ни один доктор потом не дознается... И Сталин не в обиде. Доложить **307**

Сталину: так и так, перед смертью говорила, что, мол, папку на Сталина нашла и сожгла... А «Контроль-блок» в речку выбросила.

И решил Холованов...

8

По белой мраморной лестнице, по широкому красному ковру человек в солдатской шинели поднялся к бюсту Дзержинского, где вторая пара часовых грохнула прикладами, с особой четкостью выполнив ружейный прием «на караул, по-ефрейторски»: винтовки со штыками резко вперед, так же резко назад и вправо. Замерли. Осмотрел их человек придирчиво, кивнул одобрительно: хоть какой-то в этом доме порядок; и повернул по широкой лестнице вправо. Рванули оба часовых винтовки влево к плечам, отбросили резко вперед и тут же — назад, снова грохнув прикладами об пол. И застыли.

Обернулся человек в шинели, посмотрел на тех, что у двери. А те замерли изваяниями мраморными. А лейтенант, раскинув руки, лежит. И пока не шевелится. Качнул пришедший плечом, как бы повторяя удивленно: «Какие нежные лейтенанты в государственной безопасности».

А по коридорам, кабинетам и залам огромного здания как взрывная волна, ломающая стены и двери, расшибающая людей вдребезги, вминающая их в стены и потолки, прокатилась весть: «ОН». И сразу же за первой всесокрушающей волной — вторая: «ТУТ». От архивных и расстрельных подвалов, от подземных кочегарок и крематориев, через стрекочущие телеграфные залы, через начальственные кабинеты, через пыточные камеры и одиночки, через буфеты и рестораны, через бесчисленные лифты и лестницы до прогулочных двориков на самой крыше прокатились две ударные волны и, столкнувшись в единый опрокидывающий гул, вновь прокатились по коридорам и лестницам: «ОН ТУТ».

Захлопали двери кабинетов. Затрещали телефоны. Побежали посыльные. Часовые по лестничным клеткам налились суровой решительностью. Надзиратели по тюремным коридорам подтянули ремни, чуть отпущенные по случаю ночи, застегнули верхние пуговки на воротниках, расстегнутые по тому же случаю. Следователи-ночники и подследственные приободрились. Спящие смены караульных во сне засопели, замычали, насторожились, напряглись в готовности проснуться и сорваться по команде: «Кр-р-раул! В ружье!»

Два размякших милиционера на площади Дзержинского встрепенулись при виде величественного зрелища: в огромном доме, в котором светилось всего тридцать—сорок окон, вдруг то там, то тут пошли зажигаться окошки по одному, группами и целыми этажами. И осветилось все.

И от этого здания, и от этой площади по бульварам и проспектам, по широким улицам и кривым переулкам, по заплеванным скверам и разбитым храмам, по спящим домам и неспящим вокзалам гулом далекого катаклизма прокатилась невидимая и неслышимая, но прижимающая всех силовая волна: что-то происходит.

Важное.

И непонятное.

9

Ночной посетитель растворил дверь в ослепительный кабинет. Перед ним — пятиметровый портрет: человек в сапогах, в распахнутой солдатской шинели, в зеленом картузе. Осмотрел посетитель свой портрет, пошел к книжным полкам — ничего интересного: Маркс, Энгельс, Ленин и Сталин. Все книги большие, только одна книжечка маленькая. Что это? Это «Полевой устав Красной Армии 1936 года. ПУ-36». Вот что Народный комиссар внутренних дел товарищ Ежов читает. Впрочем, не читает: страницы не разрезаны.

Не снимая шинели, сел посетитель в кресло наркома, картуз на зеленое сукно положил. Письменный стол Наркома внутренних дел похож на футбольное поле: и цвета зеленого, и размера почти такого же.

Человек в шинели никогда не читал книг с начала. Он раскрывал их на любой странице и читал до тех пор, пока читаемое ему нравилось. И сейчас сверкающим серебряным ножом он разрезал страницу, прочитал первое, что попалось на глаза, усмехнулся, из серебряного стакана в виде футбольного кубка взял толстый красный карандаш с золотыми ребрышками, золотым профилем Спасской башни и золотой же надписью славянской вязью «Кремль» и жирной чертой подчеркнул статью шестую: «Внезапность действует ошеломляюще».

10

Прет «Главспецремстрой», а спецпроводник Сей Сеич за Жар-птицей как за малой неразумной деточкой ухаживает. Главное — жар сбить. Так не сбивается. Хоть ты ее простынями мокрыми холодными обкручивай, хоть лед на щеки клади. Одно ей имя — Жар-птица. В натуре. Хорошо хоть воду пьет. Хорошо хоть икру принимает. Если понемногу. От икры нутро воды требует, больше пить хочется. Это хорошо, когда чего-то хочется. Когда ничего не хочется, тогда — того.

Поит Сей Сеич Жар-птицу водой ключевой, сам думу думает. Чего это Холованов в пьянку впал? Не похоже на Холованова. Сколько лет с ним по всей стране колесили. На девок — да. На девок слаб товарищ Холованов. Неудержим. А пьянка за ним не замечалась. И «Лимонной» ему подай. И «Перцовой». Или вот новой экспериментальной водки прислали. «Столичная» называется. Пять бутылок на пробу. Так он пробу снял: все пять вылакал. А закуску не принимает его нутро. В пору голову ему держать да с ложечки серебряной икрой осетровой кормить. От радости пьет? От радости так не пьют. Чего ж тогда пить? Девку спасли. Девка товарищу Сталину сообщение особой важности везет. Худо ли? Чему же Холованов не рад?

Не понять Сей Сеичу придворной блажи. Только кажется, что рад Холованов Жар-птице и вроде боится ее. Вроде два в нем чувства борются. Оттого и пьет. И решил Сей Сеич...

11

Поднял человек в шинели трубку. Трубка ожила мгновенно:

— Оперативный дежурный старший майор государственной безопасности Снегирев.

— Кто из руководства НКВД сейчас на месте?

— Только зам. наркома товарищ Берия.

— Какой хороший работник! Перевоспитался. Перековался. Не тревожьте его. Пусть работает товарищ Берия. А товарища Ежова и всех его заместителей срочно вызывайте ко мне.

— Уже вызываю.

— И Наркома связи товарища Бермана.

— Слушаюсь! — Трубка рявкнула так, что Сталин поморщился.

12

Ночь над миром. Прет «Главспецремстрой», прожектором тьму режет. Москва впереди.

Холованов пить перестал.

Сложил бутылки пустые в корзину особую. Горочкой такой звенящей. Чтоб по полу не катались. Аккуратный товарищ. Умылся, причесался, и снова молодец-молодцом, вроде и не пил. Как пилоту положено, белый шелковый шарф на шею. Шарфом душить хорошо. Шарфом императора Павла удушили. Правда, во времена Павла летчиков еще не было, и потому не было белых шелковых шарфов. Потому пришлось Павла душить серебряным гвардейским офицерским. Но белым шелковым пилотским лучше. Шелковый мягче. И отпечатков не остается. Проверено.

13

Противника надо брать в воскресенье в четыре утра.

Когда спало напряжение трудной недели. Когда охранники чуть отпустили ремни. Когда часовые тайком расстегнули пуговки на воротнике. Когда дежурный офицер, потянувшись сладко, доложил по телефону, что ночь прошла без происшествий. Когда затихли площади и бульвары. Когда милиционеры на площади Дзержинского слегка размякли в предчувствии смены. Когда сдавшие дежурство офицеры бросили карты и допили последние рюмки. Когда начальник отдела свалил наконец квартальный отчет, сообщил в полночь своей секретарше пышной бабенке Марь Ванне, что перепечатывать отчет больше не надо, проводил ее до дома да у нее и заночевал по причине того, что троллейбусы больше не ходят.

И вот когда последний случайный синий троллейбус собрал по ночной Москве всех своих пассажиров и ушел за поворот, вот тогда-то и надо действовать.

И пусть трещат, надрываются телефоны. И пусть спешат посыльные, пусть несутся ошалевшие курьеры. Пусть просыпаются только уснувшие наркомы и их замы. Пусть, чертыхаясь, натягивают сапоги. Пусть ревут сиренами автомобили. Пусть матерятся водители. Пусть задыхаются телефонисты и дежурные. Пусть мечутся и бегут.

Пусть спотыкаются.

— Але. Але. Это товарищ Ежов? Не товарищ Ежов? А не подскажете, где? В ЦК! Мы звонили. Нет его в ЦК. В Лефортове на допросе? Мы звонили. Нет его в Лефортове на допросе. В Суханове на допросе? Нет его в Суханове на допросе. На Лубянке? Да что вы мне лапшу на уши вешаете? А я вам откуда звоню? Нет его тут. У любовницы? Нет его у любовницы. У хорошего друга? Ах, вон где. Але. Не у вас ли товарищ Ежов? Что? Будите! А я сказал: будите! Але, товарища Бермана. Нет товарища Бермана? Тоже у хорошего друга? А где, не подскажете? Але. Будите! Товарищ Фриновский? Это вы, товарищ Фриновский? Да. Срочно. Срочно, товарищ Фриновский. Нет. Танками площадь не оцеплена. Нет. Войсками не оцеплена. Один он. Без охраны. Да, без охраны. Повторяю: один. В кабинете товарища Ежова. Да. Ждет.

ГЛАВА 20

1

— Разрешите, товарищ Сталин?

— Входите.

— Заместитель Наркома внутренних дел командарм первого ранга Фриновский по вашему при...

— Садитесь, садитесь.

Добр и ласков товарищ Сталин. А сам все никак от книжечки оторваться не может, вот еще строчечку прочитает, вот еще одну. И подчеркнет что-то. Книжечка с виду смахивает на «Уголовный кодекс 1926 года. УК-26». Только красненькая.

2

Выглянул Холованов в коридор. Никого. Да и кому быть? Трое их на весь вагон, на весь мир: Жар-птица в своем купе смеется, да Сеич в своей каморке спит. Замотался за дорогу. Глаз не сомкнул.

Сапоги сверкающие Холованов не обувал. К чему скрип в тишине поэтической? Носки на нем шерсти английской. Специально для полярных летчиков из лондонского магазина «Харрогс» доставляются. Хорошие носки. Никакого тебе шума, никакого скрипа. И ковер хороший. Ну такой хороший, что вроде специально для такого дела придуман. Снежным барсом по ковру идет Холованов, мягенько. Почти как Сталин.

3

Сталин отложил «Полевой устав» и улыбнулся Фриновскому.

— Не читали?

— Никак нет, товарищ Сталин.

— Вот возьмите и обязательно прочитайте. Я сам, признаться, никогда не читал, а тут под руку попалась такая книжонка. Очень интересно. И своевременно. Мы завершаем очищение страны. Врагов внутренних мы почти всех истребили. Осталась кучка мерзавцев, но их мы добьем. Главное сделано, вы хорошо потрудились на ниве истребления внутренних врагов. Новое вам назначение. А дело истребления внутренних врагов мы уж сами завершим. Теперь главное не это. Теперь на очереди — враги внешние. Потому важно вам эту книжечку знать наизусть. Только не забудьте вернуть ее товарищу Ежову, я ее без разрешения тут взял. Товарищу Ежову тоже надо «Полевой устав» знать во всех деталях. Наступает новый этап. Следующий, 1939 год будет годом войны. Мы в нее, конечно, сразу не полезем. Но внешние враги — главная сейчас забота. Мы, товарищ Фриновский, с товарищами посоветовались, да и решили перебросить вас на решающий участок. С повышением. Мы решили вас назначить Наркомом военно-морского флота.

— Товарищ Сталин, я никогда не был на боевом корабле.

315

— Вот и побываете.

— Я не справлюсь, товарищ Сталин.

— Справитесь. Я знаю ваши способности.

Стукнул дежурный в дверь и доложил, вытянувшись:

— Прибыл Нарком связи товарищ Берман.

— Зовите. А вы, товарищ Фриновский, поедете на Тихоокеанский флот, разберетесь с его состоянием, наведете порядок. Только арестов больше не надо. Мы достаточно уже врагов наловили. Некоторых даже отпустить придется. Три вам недели на проверку Тихоокеанского флота, потом надлежит проверить состояние Северного флота, Балтийского и Черноморского.

— Я выезжаю на Тихоокеанский флот сегодня же.

— Нет, нет. Дело срочное. Скорый поезд до Владивостока — двенадцать суток. Лучше я вам дам свой самолет «Сталинский маршрут». Вас повезет мой личный пилот товарищ Холованов. Его, правда, сейчас тут нет. Он сейчас в Жигулях. Представляете, какие-то проходимцы хотели воспользоваться системами связи в недостроенном подземном командном пункте в Жигулях, а системы и узлы связи в Москве планировали захватить или просто отключить. Но у меня на этот случай свои системы контроля. У меня для таких ситуаций — особая группа людей, которые умеют анализировать действия вероятного противника, принимать правильные решения и выполнять их быстро и хладнокровно. Я послал в Жигули своего человека. Она работала как чародейка.

— Она?

— Она, — подтвердил Сталин и улыбнулся. — У меня есть толковые люди и помимо Холованова. Холованов там был, но отнюдь не он играл главную роль.

Простите, товарищ Фриновский, заговорился.

316 Просто я праздную победу и потому много болтаю. Главное, товарищ Фриновский, держать ситуацию под контролем, иметь хороших помощников, которые могли бы работать головами и не болтали бы лишнего. Вернемся к делу: Холованов может появиться в любой момент. Вам лучше не ехать домой, а подождать Холованова в гостинице «Москва», чтобы отдохнуть перед дальней дорогой. В гостинице, в западном крыле, ремонт развернулся. Но доложили, что два номера-люкс уже готовы. В одном из них и подождете. Я приказал все телефоны отключить, чтобы вас зря не тревожили. Ваша жизнь для меня и для всей страны имеет сейчас особый смысл, поэтому я вам дам совершенно необычного телохранителя. Товарища Ширманова. Профессионал высшего класса. И вся команда у него того же выбора. Ширманов недавно в Америке гастролировал. Своим искусством удивил даже Холованова. Жаль, о подвигах этого человека ничего сообщить нельзя. Может быть, только лет через пятьдесят какой-нибудь сочинитель бульварный в роман его впишет. Не вдаваясь в подробности...

4

Дверь в купе Жар-птицы приоткрыта. Это хорошо. Чтоб меньше шума. И темно в купе. И в коридоре темно. Даже синие лампы отключены, чтоб не мешал ей свет.

Шагнул Холованов в купе.

Нагнулся над нею.

Спит. Раскидалась во сне. Спит сном тревожным и мучительным.

Потянул Холованов правой рукой шарф с шеяки своей бычьей. И ближе к Жар-птице подступил.

А из темного угла — глас:

— Не разбудите ее, товарищ Холованов. Только уснула, сердешная.

5

— Входите, товарищ Берман. Доброе утро. Мы назначили вас Наркомом связи, но вы — старый чекист, вы начальник ГУЛАГа и зам. Наркома внутренних дел. Мне очень нравится, что вы так в чекистской форме и ходите. Не потеряли хватку чекистскую?

— Стараюсь сохранять, товарищ Сталин.

— Я надеюсь, что в Наркомате связи вы всех ближайших подчиненных завербовали в свою чекистскую сеть.

— Так точно, товарищ Сталин, всех.

— Пока я вас ждал, приказал принести агентурные дела на всех ваших ближайших подчиненных. Вот их сколько дел. Гора целая. Вы хорошо поработали. Действительно все вами завербованы. Только... Только я не нашел агентурного дела на майора Терентия Пересыпкина. Он в прошлом году окончил Военную электротехническую академию и был направлен в ваш наркомат. Где же на него дело?

Даже при свете лампы видно — побледнел Берман:

— Товарищ Сталин, Пересыпкин — мелкая пешечка. Ему где-то всего тридцать лет.

— Тридцать четыре.

— Он всего лишь майор... я... я не успел его завербовать в свою сеть.

— Я приказал его вызвать. Войдите, майор

318 Пересыпкин.

Передернуло Холованова.

— Это вы, Сей Сеич?

— Кто ж? Приедем, у товарища Сталина, не постесняюсь, выходной вне очереди попрошу. Измотался с ней. Глаз не сомкнул. Сам не ем, не пью, все ее, тощую, откармливаю.

— Так что ж вы, Сей Сеич, сами-то не выпьете? Я вам сейчас.

— Не положено на службе. Вот сдам в Москве дежурство. Так что не извольте беспокоиться. Лучше спать идите, товарищ Холованов. Я уж за ней присмотрю.

И Холованова за плечики, аккуратно из купе выставляет. Здоров Холованов. Но и Сеич не из малокалиберных. Пронеслась за окном платформа, светом залитая. Блеснул тот свет по коридору, по всем деталям металлическим. Холованов — пилот. Тренирован все изменения обстановки в пятую долю секунды улавливать. Уловил: еще одна металлическая деталь добавилась — на поясе Сей Сеича здоровенный «Лахти» поблескивает. Каждый в контроле сам для себя оружие выбирает. Не знал Холованов, что у Сей Сеича такой же вкус. Выбрал, чертяка, с понятием.

— Ну так я спать, Сей Сеич.

— Спите, товарищ Холованов. Пусть вам снятся счастливые сны.

— Товарищ Сталин, майор Пересыпкин по вашему прика...

— Товарищ Пересыпкин, следующий, 1939 год будет годом войны. Я хочу проверить безопасность узлов, линий и систем правительственной, государственной, административной, дипломатической и военной связи. Для этого я решил, никого не предупреждая, внезапно начать военную игру. Представьте себе, что Нарком связи товарищ Берман находится в длительном отпуску и все его ближайшие подчиненные — в длительном отпуску. И вот вам поступили сведения, что в Наркомате связи заговор, что какие-то выродки рода человеческого планируют захватить узлы связи или парализовать работу основных систем связи в Москве. Представьте, что мне не на кого больше опереться. Вся надежда на вас, майор. Вам срочно требуется обеспечить безопасность. Что бы вы предприняли?

— Я бы сделал переливание крови.

— Ах, вот как. Что же это за переливание?

— Я бы позвонил Наркому обороны товарищу Ворошилову и потребовал передать в мое распоряжение семь батальонов связи из состава Московского военного округа, 5-ю тяжелую танковую бригаду и два стрелковых полка из состава 1-й Московской пролетарской стрелковой дивизии. Этими силами я бы сменил расчеты основных узлов связи и всю охрану и обеспечил неприкосновенность основных объектов. В принципе можно все системы связи за несколько часов военизировать. Солдатики-операторы будут, конечно, поначалу многое путать, но связь кое-как будет работать, а заговорщикам будет просто не на кого опереться: все люди новые, все незнакомые, все насторожены и выполняют только те приказы, которые поступают лично от вас, товарищ Сталин.

Повернулся Сталин к Берману:

— А ведь неплохо майор придумал!

— Угу, — согласился Берман. И воротник от горла оттянул, словно душил его тот. Словно воротник с петлицами и большими ромбами красной эмали в собачий наборный ошейник превратился.

А Сталин Пересыпкину:

— Хорошо, товарищ Пересыпкин. Я сейчас звоню товарищу Ворошилову, он выделит требуемые вами силы. Игра начинается сейчас. Объявляйте в Наркомате связи чрезвычайное положение и действуйте без всяких условностей. Товарищ Берман поедет со мной на мою ближнюю дачу и будет играть роль мерзавца и заговорщика. Я буду над вами судьей. С моей дачи товарищ Берман будет пытаться руководить захватом узлов и систем связи или попытается отключить их вовсе. Ваша задача, майор Пересыпкин: обеспечить непрерывное и четкое функционирование систем связи. Посмотрим, что получится у товарища Бермана.

— Товарищ Сталин, а если кто-то действительно полезет на узлы связи?..

— Играем без дураков, товарищ майор. Если кто полезет, то стреляйте, ловите, танками давите. Чему вас в академии учили?

Улыбнулся Пересыпкин.

— Чему улыбаетесь?

— Наконец-то дело настоящее.

— Мне тоже, товарищ майор, дело настоящее нравится. Не подведете?

— Не подведу.

— Раз игра пошла нешуточная, тогда вот что. Мне тут товарищ Берман рассказывал много про вас хорошего, говорил, что вы большой человек, что перед вами открываются широкие перспективы по службе. Товарищ Берман ваше личное дело знает в мельчайших подробностях. Так, товарищ Берман?

— Угу, — подтвердил Берман.

— В общем, мы тут с товарищем Берманом посоветовались и решили для начала вам присвоить звание полковника, чтобы не было ощущения игры, чтобы все реально было. Вот ваши знаки различия. — Достал Сталин бережно из внутреннего кармана шуршащий нераспечатанный конверт, раскрыл, подал Пересыпкину петлицы полковника войск связи.

— Служу Советскому Союзу.

— Идите, полковник. Действуйте. Всему высшему руководству Наркомата связи на время учений от моего имени объявить длительный отпуск и в наркомат не пускать. На время учений вы подчиняетесь только мне лично и выполняете только мои приказы. И навсегда: вы подчиняетесь только мне лично и выполняете только мои приказы. И если какой выродок рода человеческого вздумает вас вербовать в свою сеть, застрелите его.

8

Поднял Сталин трубку:

— Так где же товарищ Ежов?

— Товарищ Сталин, товарищ Ежов немного... как бы это... одним словом, немного пьян.

— А вы его будили?

— Полтора часа разбудить не можем...

— Хорошо. Не будите. Везите спящего в гостиницу «Москва».

— Будет выполнено.

— А когда проснется, скажите ему, что некий товарищ Гуталин передавал привет и хотел поговорить. Срочное дело было...

Гремит будильник над ухом так, что старшему майору государственной безопасности хочется его расстрелять. Но расстрелять будильник Бочаров не может просто потому, что не может проснуться.

Трясет его дежурный за плечо:

— Товарищ старший майор государственной... товарищ старший майор государственной...

Слышит Бочаров первых четыре слова и засыпает. И снова слышит четыре слова. И снова засыпает...

Дежурный полотенце в воде холодной вымочил и в лицо Бочарову:

— Товарищ старший майор государственной безопасности, Москва.

Долго смотрел Бочаров на телефоны, соображая, где между телефонами приладили будильник. Потом понял, что отвратительным грохотом может громыхать не только будильник, но и телефон. Осознав это, осталось сообразить, какую трубку поднять...

Посмотрел на время. Семь часов тринадцать минут. В Москве сейчас — шесть часов тринадцать минут. А телефон злобствует. Понял Бочаров: это не кремлевский. Это не Сталин. Это лубянский телефон свирепствует. Это лучше. С Лубянкой всегда объясниться можно.

Поднял трубку и услышал голос Сталина.

10

Прет «Главспецремстрой», и Жар-птица в нем. И гремят-гремят мосты. Нет конца мостам. Один огромный мост. Грохочет и обрывается вдруг, и летит Жар-птица в грохочущем вагоне, и смеется.

И вновь попадает «Главспецремстрой» на грохочущий мост, и прет, и гремит, и свистит. И режет прожектором тьму. Нестерпимой болью режет глаза прожектор, и закрывается Жар-птица рукой от бьющего света. И Холованов рядом, и шарфом своим белым шелковым хочет закрыть ей глаза. Чтоб не слепило ее. Да, Холованов, да. Закрой глаза шарфом. Ты не Холованов вообще. Ты — Дракон. Какое прозвище смешное — Дракон. Смешно? Смешно. Сей Сеич в углу: бу-бу-бу. Не дает Сей Сеич Холованову шарфом глаза ей закрыть. Какой человек нехороший этот Сей Сеич. Высмеять его. Ха-ха-ха. Как нам всем смешно. Очень вы, Сей Сеич, смешной товарищ.

Но где же товарищ Сталин?

11

— Товарищ Бочаров, это говорю я, Гуталин.

— Я узнал вас, товарищ Сталин. Какой же вы Гуталин? Вовсе вы не Гуталин. Здравствуйте, товарищ Сталин.

— Доброе утро, товарищ Бочаров. В такую рань я вас беспокою вот по какому вопросу. До меня дошли сведения, что вы никогда во внеслужебной обстановке не встречались с товарищем Ежовым. Так вот, мы тут с товарищами посоветовались, да и решили вас обоих пригласить к себе в гости.

— Спасибо, товарищ Сталин.

— Кроме того, вы никогда во внеслужебной обстановке не встречались с товарищами Берманом и Фриновским. Узнав такое, я всю ночь не спал, сердце за вас болит, все думал, как бы вас всех вместе под одной крышей собрать. В одну компанию. С товарищами
Ежовым, Берманом и Фриновским нет проблем.

Они все уже к веселью готовятся. Можете по их домашним и служебным телефонам звонить, не ответят: они уже у меня в гостях. Вас только, товарищ Бочаров, и не хватает. Так что приезжайте.

— Товарищ Сталин, курьерский «Куйбышев—Москва» ушел час назад, следующий завтра.

— Я знаю, товарищ Бочаров. Поэтому приказал графики ломать, курьерский поезд «Куйбышев—Москва» остановить и вернуть. Он через двадцать три минуты будет у вас в Куйбышеве. У первой платформы. Вам я заказал купе в вагоне-люкс. Начальник станции с билетами ждет. А начальнику милиции Куйбышева я приказал выделить вам автомобиль и все движение в городе на участке от управления НКВД до вокзала блокировать. Самое вам время успеть на наше веселье.

— Слушаюсь, товарищ Сталин. Но есть ли повод для веселья?

— Повод есть, товарищ Бочаров. Там у вас на спецучастке проходила практику некая Жар-птица. Она выполнила свою задачу. Там у вас на спецучастке она превратилась в настоящую разведчицу. Уверен, у Гитлера такой нет. Так вот, мы тут с товарищами посоветовались, да и решили эту самую Жар-птицу чем-нибудь наградить. Только еще не решили, чем именно. Вам как раз представится возможность поздравить Жар-птицу с наградой от имени личного состава Куйбышевского управления НКВД. Кроме того, товарищ Бочаров, у нас есть о чем с вами потолковать...

12

Наклонился кто-то над Жар-птицей и ласково так:
— Где «Контроль-блок»? Где дело на Гуталина?

— Нет, — смеется Жар-птица. — Только товарищу Сталину расскажу.

— А я и есть товарищ Сталин.

— Нет, — смеется Жар-птица. — Ты не Сталин. Я знаю Сталина.

— Поверь мне, я — Сталин.

Смешно ей. Смешно до слез. Жарко и смешно: не верю тебе, усатый. Ну какой к черту из тебя Сталин?

Взял Сталин ладошку ее горячую в свои руки: поверь мне.

ГЛАВА 21

1

— Товарищ Сталин, наука в данном случае ничего гарантировать не может.

— Ничего?

— Ничего, товарищ Сталин.

— Какая у нас негарантированная наука.

— Товарищ Сталин, тут случай почти исключительный. Все связано с памятью. У каждого человека хорошая память. Но обычный человек использует менее сотой доли своих способностей запоминать. Среди обычных людей встречаются те, кто использует свои способности на половину, на три четверти или больше, но тогда горизонты раздвигаются и возможности запоминать резко увеличиваются. Чем больше раздвигаем, тем больше можем запомнить. Но это — об обычных людях. А среди обычных людей встречаются феноменальные исключения. В каждом миллионе людей есть три-четыре человека с памятью, поистине выдающейся. Но и это не все. Среди семидесяти—восьмидесяти миллионов людей может встретиться один с памятью, у которой вообще нет предела, нет границ.

— Вы не смогли найти пределов ее памяти?

— Когда она начала работать в монастыре, мы пытались определить пределы ее памяти и не смогли. Не потому, что плохо работали. Эти пределы не сможет найти никто. Их нет. Это случай крайне редкий. Возможно, она одна такая на всю страну. Может быть, есть еще кто-то один. Но по теории вероятности во всей нашей огромной стране сейчас третьего такого человека не должно быть. Люди с такой памятью были в предыдущих поколениях и, возможно, появятся в будущих. И только такие поистине исключительные личности, у которых память беспредельна, иногда впадают в странную болезнь. Иногда от физического и нервного напряжения восприятие обостряется до крайности. Тиканье часов она воспринимает как удары молота о наковальню у самого уха. Любой самый слабый свет она воспринимает как удар сверхмощного луча прожектора в лицо, то есть как чисто физический удар. Она чувствует запах цветов в соседнем доме. Мы держим ее в совершенно темной комнате при абсолютной звуковой изоляции. Она голодала потому, что запах любой пищи ее душил. Есть надежда, что болезнь пройдет сама. Есть обнадеживающие признаки. Она не приходит в сознание, но температуру удалось сбить. Нам удается ее кормить, и физическое истощение больше не грозит смертью. Мы вносили в ее комнату цветы, и это не причиняло ей боли. Но звуковое и световое восприятие...

— И наука бессильна?

— Люди с такой памятью встречались мировой науке крайне редко. Известные науке случаи можно перечислить по пальцам. Такая болезнь случается только с такими исключительно редкими личностями.

— Но советская наука выше всей мировой буржуазной науки!

— Правильно, товарищ Сталин, но и советской наукой эта странная болезнь не изучена, ей даже не придумали названия, не говоря о разработке методов лечения.

— Что же будет делать советская наука, если такая болезнь случится со мной?

2

Она проснулась в большой белой комнате. Окна раскрыты настежь, и потому в комнате холодно. За окном бушует море. Она укрыта тяжелым мягким одеялом, и потому ей тепло. Рядом с кроватью — тумбочка. На тумбочке орден. Ее орден. Но она слаба и видеть четко не может. Двоится орден. Кажется, что два их рядышком одинаковых. Протянула руку и тронула пальцами. Взяла в руку. Поднесла к глазам. Один орден в руке, а второе изображение осталось на тумбочке. И тогда она протянула руку и взяла другой орден. И долго на него смотрела. Их оказалось два. Два ордена Ленина.

Она опустила ноги на пол и села. Закутавшись одеялом, как шубой.

Интересно, что за окном? Осторожно встала на ноги. Постояла немного. Снова села. До окна ей не дойти. Кружится голова. Легла.

Что за море плещет? Балтика? Нет. Не Балтика. За окном качнулась пальмовая ветвь. Значит, юг. Значит, Черное море. Почему холодно? Наверное, зима.

В комнату заглянула сестра в белой косынке. Испугалась. Удивилась. Убежала.

И зашумели в коридоре голоса. Слышно, что идут малой ордой. Множество ног, и все в одном коридоре. И все нетерпением гонимы.

Растворилась дверь. В двери — огромного роста толстенный профессор. Весь в белом. И ватага его — в белом. У профессора на золотой цепочке пенсне. Поднес пенсне к глазам и долго Настю разглядывал, порог не переступив. И вся его свита Настю из-за спины профессорской разглядывает, из-за плеч профессорских, из-за боков.

Улыбнулся профессор.

И все улыбнулись. Шагнул профессор. И все шагнули. Подошел профессор, на краешек кровати присел, а все кровать вокруг обступили.

— Ну вот, наша птица ожила. Как самочувствие?

Настя ему только кивнула: хорошее.

— Чудесно. Покажите язык. Так. Хорошо. Скажите «а». Хорошо. Глаза? Хорошо. Через неделю вставать будем.

Легким одобрительным шумом свита ответила. Обернулся профессор к кому-то за своей спиной:

— Наша советская наука действительно выше всех буржуазных наук. Телеграмму товарищу Сталину.

3

Она встала через неделю. И сама дошла до окна. А еще через неделю, укутанная в меховую летную куртку, бродила по пустынному берегу. Далеко-далеко над горами каждый день поднимался самолетище и, ревя моторами, уходил гулять над морем. Врачам и медсестрам дела нет: самолет он и есть самолет, только большой. А Настя с детства все авиационные новости ловила как звукоуловитель. Вспомнила, прикинула, вычислила: это, конечно, ТБ-7 летает. Враг народа Туполев и враг народа Петляков создали лучший в мире стратегический бомбардировщик. Самое время его испытывать. Поразмыслила, кто бы испытателем мог быть на ТБ-7. Вроде Водопьянов по ее расчетам выходит. Надо будет у знающих людей спросить. У Холованова. Где он?

Над Россией март бушует, а тут, на крымских берегах, ни снега, ни мороза. Просто ветрено и прохладно. Но погода всегда летная. И потому тут круглый год идут испытания новых самолетов и десантных планеров. И потому лучших летчиков готовят именно в Крыму. Аэродромов тут так много, что можно считать Крым не совокупностью многих аэродромов, а одним большим непотопляемым авианосцем. Если смотреть на восток, то там угадывается большой аэродром за горизонтом. На северо-восток — еще один. Два на севере. Если смотреть на запад, то там вдалеке каждый день в небе точечки. Это каких-то девчонок готовят к следующему воздушному параду. Они удивят мир групповым затяжным прыжком. Их не только для парада готовят. Есть и другое предназначение группам отважных девчонок, которые могут валиться с неба, не раскрываясь до двухсот. А вчера садился там сверкающий самолет. Может, «Сталинский маршрут»? И улыбнулась.

4

Сидит укутанная Настя на берегу. Камушки в воду бросает. Кричат чайки. Стучит море. Зашуршали камушки позади. Оглянулась. От солнца рукой закрылась. Слепит. В лучах солнечных стоит огромный человечище. Не разобрать лица. Только пальто кожаное различимо да сапоги ярче солнца.

— Здравствуй, Драконище.

Подхватил он ее на руки. Закружил.

— Здравствуй, Жар-птица.

— Отпусти, дурной, даже у советских парашютистов головы иногда кружатся.

Опустил он ее осторожно.

— Как ты тут?

— Хорошо, Дракон. Рассказывай.

— Что же тебе рассказывать?

— Все рассказывай. Я ничего не знаю.

— Все просто. Был заговор. Был. Самый настоящий. В их руках были все системы связи и недостроенный командный пункт в Жигулях. Оттуда можно было управлять не хуже, чем из Москвы. И в Москве очень многое было в их руках. И по провинциям. На товарища Сталина они имели что-то очень серьезное. Настолько серьезное, что могли его совершенно легально на пленуме ЦК партии в чем-то уличить и снять. Они могли арестовать кого угодно и делали все, что хотели. В их руках уже была почти ничем не ограниченная власть. И был у них «Контроль-блок» — ключ ко всем правительственным, государственным, военным, дипломатическим и всем другим системам связи. Задавлен мятеж. Задавлен до того, как успел вспыхнуть. Бочарова я арестовал. Вот этой рукой ордер предъявлял. Вот этим пистолетом в морду бил. Хорошо — рукояткой в морду. Хорош «Лахти» тем, что тяжел. Как двинешь в рыло, вроде молотком. Одна забота: чтоб не до смерти. Хороший человек Бочаров. Жалко. А как подумаешь, так и хрен с ним. Ежов отстранен от должности Народного комиссара внутренних дел, но пока остается Народным комиссаром водного транспорта.

— Да почему же?

— Не спеши. Всему свое время. Товарищ Сталин стратегию и тактику классовой борьбы понимает лучше нас. Помяни мое слово: пройдет месяца два-три, и пропадет товарищ Ежов. Никто о нем больше не вспомнит.

— А Берия теперь Нарком НКВД?

— Ты догадлива.

— А что с Фриновским?

— Фриновский назначен Наркомом военно-морского флота.

— Так он же...

— Это повышение, но у нас такое повышение называется: отфутболить на чердак. Фриновского надо было выслать подальше от Москвы, оторвать от корней. Полетал он по Союзу от Москвы до самых до окраин, с южных гор до северных морей. Больше не летает. Смещен и арестован.

— А Берман?

— Товарищ Сталин устроил учения и потребовал от Бермана любыми способами захватить или нейтрализовать системы связи в Москве. Берман с задачей не справился, и тогда товарищ Сталин снял его с поста Наркома связи. Под Новый год его арестовали, судили и уже расстреляли.

— Кто же теперь будет Наркомом связи?

— Пока нарком не назначен, но руководит связью Пересыпкин.

— Тот самый майор Пересыпкин, который с Берманом ругался?

— Тот самый полковник Пересыпкин. Помяни мое слово, товарищ Сталин назначит его Наркомом связи.

— Полковника наркомом?

— А разве у нас так не бывает? Звание соответствующее товарищ Сталин ему присвоит. Только с товарищами посоветуется... Своим товарищ Сталин не жалеет.

— Нашел товарищ Сталин папку?

— Нашел. **333**

— А «Контроль-блок»?

— За что, думаешь, тебе второй орден?

— А папки на тебя я все сожгла в паровозной топке.

— Знаю. Но все сначала запомнила, а потом Сталину рассказала.

— Не может такого быть.

— Может. Все запомнила. Все доложила.

— Я болтала, а он записывал?

— Знаешь, нет. У него есть записная книжка. А еще у него есть коричневая тетрадка, в которую он записывает неизвестно что. Он ее никому не показывает. Но на этот раз он не записывал ни в записную книжку, ни в тетрадку. Он может вполне обходиться без тетрадки и записной книжки: память у него, как у тебя. Может, на всю страну вас двое таких. Ты ему страницу за страницей выкладывала — он сидел и слушал. Как с магнитофона на магнитофон информация переписывалась. Иногда товарищ Сталин меня звал, чтоб и я послушал.

— Ты меня, Дракон, прости. В бреду.

— В бреду-то в бреду. Но только ему и рассказала, ни мне, ни докторам рассказывать не стала. Ему ты рассказала потому, что у тебя еще до бреда такое намерение было.

— Правильно, Дракон, было.

— Он тебя за это особо благодарить будет. Но и мне в конечном итоге это не повредило. Чем больше он про меня знает, тем легче ему меня контролировать. Тем больше у него ко мне доверия.

— Я это понимала. Потому все запомнила и ему рассказала.

— Знаешь, что товарищ Сталин для тебя сделал?

— Не знаю.

— Он приказал сейф, в котором Бочаров «Контроль-блок» держал, тебе подарить.

334

— И где он сейчас?

— Его вычистили, выкрасили и отвезли в Жигули. В подземном городе у тебя персональные апартаменты. Вот туда сейф и поставили. Ты в бреду сейф вспоминала как человека живого и просила товарища Сталина тебе его подарить. Товарищ Сталин — человек добрый. Приказал немедленно твое желание исполнить. Это, конечно, не все. Добыв «Контроль-блок», ты спасла всех нас. Не только он тебе благодарен, но и я персонально. Проси что хочешь.

5

Проси что хочешь.

Что же она хочет?

Проснулась Настя среди ночи. Бушует море за окном, терзает ветер пальмовые ветви, гремит железо на крыше, а ее вопрос поразил: что же она хочет в этой жизни? Никогда она над этим не думала. Ничего ей не надо. Денег не надо. Зачем деньги? Квартира тоже не нужна. Счастлив тот, кто все потерять не боится. А не боится тот, у кого терять нечего. Ей нечего терять, все ее достояние в одном солдатском вещмешке помещается. Ордена? Два их у нее. Самых высших. Хороший пистолет? Хороший — это «Лахти». Тяжел для нее «Лахти». А если не «Лахти», то «Люгер». Вот он рядом лежит.

Проси что хочешь.

Холованов все что угодно достанет. Что угодно сделает. В крайнем случае, если сам не сможет, Сталину скажет. А уж товарищ Сталин...

Так что же ей надо? Для полного счастья? Даже развеселилась она. Сотни миллионов людей днем и ночью о чем-то мечтают. Всем чего-то хочется. Сколько ни имей, всегда мечта опережает действительность, и нам снова чего-то хочется. Каждый курсант хочет быть лейтенантом. Но как только стал лейтенантом, сразу хочется быть старшим лейтенантом. Каждому капитану хочется быть майором, а каждому майору — полковником. Каждый, у кого сто тысяч долларов, мечтает о миллионе, а каждый, у кого миллион, мечтает о десяти. А Насте мечтать не надо. Нужно просто сказать: хочу. Просто надо назвать, что именно хочешь. Хочешь героем стать, завтра во всех газетах будет указ: «За выполнение ответственного правительственного задания, за мужество, отвагу и героизм...» Можно попросить звание комбрига: комбриг Стрелецкая, ромбик в петлицах. У американцев это называется бригадный генерал, а у нас нет генералов, у нас — комбриг. Тот же ромбик может означать старшего майора государственной безопасности Анастасию Стрелецкую. А можно сказать: устала я, товарищ Сталин, хочу уединиться, хочу виллу в Рио-де-Жанейро, с большим бассейном, с видом на океан, не хочу длинных черных машин, хочу длинные белые, открытый счет в «Кредит Сюисс»... Болтать я не буду, вы всегда можете опубликовать в мировой печати снимки соответствующие... Хочу жить тихо, мирно и наслаждаться. Позволит ли Сталин? Позволит. Она ведь ему всю империю спасла и власть его спасла, власть самого сильного, самого богатого человека в двадцатом веке... Товарищ Сталин может дать ей все, кроме бессмертия. Не мало ли в этой ситуации просить открытый счет и мраморную виллу? Что же тогда просить, если можно получить ВСЕ?

В далеком детстве читала Настя «Остров сокровищ»: множество приключений и в конце герои получают несметные сокровища. Тогда Настя спросила себя, а почему Роберт Стивенсон не стал писать книжку дальше. И ответила себе: потому, что дальше неинтересно. С того времени замечать стала, что все интересные книги и фильмы про то, как люди что-то ищут, чего-то добиваются. А как нашли, то и фильму конец, и книжке. Дальше ничего интересного. Удивило это Настю, и тогда она обратилась к своим любимым книжкам раннего детства, к тем, которые читала еще до «Острова сокровищ». Та же картина: Иван-царевич (или Иван-дурак) ищет золотые яблоки, Жар-птицу, Василису Прекрасную (или Премудрую). Все это ужасно интересно. А как нашел, так и сказке конец. Дальше неинтересно.

Выходит, что жизнь у людей счастливая и интересная только до тех пор, пока им чего-то не хватает, пока им чего-то хочется, пока они за чем-то гонятся и что-то ищут.

Но может быть вообще в жизни такой момент, когда мы получим все, за чем гонимся, и готовы воскликнуть: «Остановись, мгновенье, ты прекрасно!»... и отдать душу дьяволу? И если в образе товарища Сталина живет дьявол, то разве она уже не отдала ему свою душу? И может, уже был в ее жизни момент счастья, выше которого не может быть ничего?

Он был.

Был момент счастья. Конечно, был. И не один. Если можно было бы соткать всю жизнь только из таких мгновений. Из мгновений обладания властью. Абсолютной и беспредельной властью. Ничего другого ей не надо. Не надо ромбик в петлицы. Не надо золотую геройскую звездочку. Не надо славы и почестей. Не надо мраморной виллы и длинных белых машин, не надо бездонного счета. Она останется скромным незаметным винтиком власти.

Власть!

Вот только теперь поняла Настя, почему Сталин не вешает себе не шею бриллиантовые звезды. У нормального человека есть дом, семья, увлечения и мечты. А у Сталина нет ничего. Ничего, кроме власти. Любая женщина доступна ему, но нет этих женщин рядом с ним. Он может нацепить на себя любые награды, но он не носит наград. Ему ничего не нужно: у него есть ВЛАСТЬ. Власть над людьми, власть над жизнью и смертью каждого. Власть его бесконечна, безгранична, беспредельна.

И Настя прикасалась к этой власти. И наслаждалась ею.

Жрецы в Древнем Египте знали толк в жизни: у них все было подчинено служению власти. Настя будет спокойной и холодной жрицей абсолютной власти. Ей не нужны квартиры и наряды, ей не нужны машины и деньги.

Люди, идущие во власть, в большинстве своем не понимают вкуса власти. Они идут во власть ради славы, ради богатства, почестей и жизненных удобств. Они идут во власть в надежде повесить на себя ленты и звезды, завести гаремы, построить дворцы, одеться в роскошные наряды. Такие люди не держатся долго на вершинах. Робеспьер проиграл потому, что его повлекло к славе и почестям. Его повлекло на чисто внешние и побочные проявления власти.

Только немногие идут во власть ради самой власти, понимая ее вкус без примесей. Настя знает только одного человека в мире, который понял вкус власти до конца. Он ходит в сапогах, в солдатской шинели, в зеленом картузе. Ему не надо разбавлять власть наградами и титулами. Он пьет ее неразбавленной.

Повернулась Жар-птица на горячей подушке и поняла, что ей для счастья ничего не надо. Она счастлива.

6

Был дивный весенний расстрел.

Тропинки в подмосковном лесу пропахли весной. И яма расстрельная не зимняя уже, но весенняя, весной благоухающая. Люблю раннюю весну в Подмосковье. Люблю проталины на лесных дорогах. Люблю подснежники, которых мне никогда уже в подмосковных лесах не собирать. А Настя Жар-птица до начала расстрела собрала букет.

Тепловоз «Главспецремстрой» подтянул пять тюремных вагонов. В каждом вагоне — три купе для охраны, одно купе — карцер, шесть купе для врагов народа. В каждом купе — по двенадцать. В вагоне — семьдесят два. В пяти вагонах — триста шестьдесят. Кое-где с перебором заполнены. Да по карцерам злостные враги. Одним словом, четыреста пятьдесят четыре. И восемь человек — вставших на путь исправления, которым на сборе сапог работать и в яме на раскладке тел. Их не поездом, их воронком подвезли. Из Таганки. Их тоже к концу работы — того. Так что — четыреста шестьдесят шесть.

Набирают наши пятилетки темп. Во всем у нас улучшения. В расстрельном деле — в первую очередь. Совсем недавно, три месяца назад, гоняли по лесу расстрельные партии. А теперь не надо гонять. Моторизация упрощает процесс исполнения. Прислали Холованову для таких дел автобус ЗИМ — Завод имени Молотова. Хороший автобус. Краской свежей блестит, краской свежей пахнет. Нижняя часть — синяя. Верхняя — голубая. Эстетика. Гармония. Загляденье.

Вход у автобуса сзади. Подгоняй его прямо вплотную к двери вагона, открывай одно купе, **339** высаживай врагов в автобус, открывай второе купе, загружай и вези к шкафам. Чтоб туда-сюда не мотаться.

По шкафам разберись!

Вязателям, круче брать! Так им руки проволокой скручивать, чтоб и стрелять не надо. Чтоб от боли выли!

Стоит Холованов на бугре. В улыбке зубы выскалил. Такая улыбка у собак конвойных бывает. Сапог на пне. Целуйте, сучьи дети! Целуйте.

Целуют.

Холованов целующих легонько кончиком сапога в челюсть тычет: у-у, псина... С презрением мягким.

Товарищи ежовцы, ваше время ответ держать.

Покорно ежовцы на расстрел идут. С выбитыми зубами, с изорванными лицами; с расплющенными пальцами. Прыгают ежовцы из автобуса, на солнышко щурятся, улыбаются, отвыкли от солнышка, спешат: только бы скорее, только бы расстрел не отменили. Многим и не верится, что до смерти дожили. Весна по лесу бушует, а они за три месяца забыли, что бывает весна. Они забыли, что бывает день и солнечный свет. Они забыли свои имена. Они помнят только о том, что бывает в жизни смерть. Смерть, которая дарит покой. Смерть избавляющая. Смерть желанная и недостижимая, как мечта. О ней они мечтали в людоедских подвалах. И сейчас в сладкой надежде на быструю и легкую смерть они, расталкивая друг друга, спешат.

К яме.

7

Устали все. Измотались.

Расстрел — дело утомительное.

Некто в сером в кустах стенгазету завершает. «Сталинский стрелок» газета называется: «...уставшие, но довольные...»

Некто в сером писателем стать мечтает. Талант в нем литературный пробуждается, как вулкан Кракатау. Чем товарищ Сталин не шутит: посоветуется с товарищами, да и назначит великим писателем. Классиком социалистического реализма.

А пока — муки творчества. Надо расстрел описать в стенгазете, но чтоб своим ясно было, о чем речь, а посторонним — неясно: «Подразделению, в котором служит товарищ Ширманов, руководство доверило исполнение...»

А работа и вправду не из легких. Кажется, что за проблема — четыреста человек в трупы превратить. А вот вы попробуйте. Одних операций сопутствующих сколько.

Еще в конце вставших на путь исправления перестрелять. С ними беда. Они-то жить хотят. Они — визжать. Они — брыкаться. Они исхода такого не ждали.

Но постреляли и их.

Тут и легла на шею Жар-птицы петля из гитарной струны. На шею сзади набросили и затянули. Знают — самбистка. Так чтоб без фокусов.

Хватает Жар-птица воздух ртом, хватает руками струну, да не хватается струна. И огромный кулак Холованова дробящим ударом сокрушил ее. Повисла Настя на кулаке. Ухватил Ширманов Настю за волосы, и пошел Холованов кулаками молотить, словно куклу тряпочную.

И не сразу боль приходит. Бьет Холованов, отлетает ее лицо то вправо, то влево. Бьет Холованов, а Ширманов-холуй струну затягивает, чтоб не трепыхалась Настя.

Бросили в мокрый песок то, что Настей звалось. Холованов за волосы голову ее поднял: **341**

— Вспомни, девочка, что за тобою числится. За одного вертухая вышак ломится. А ты сколько в эшелоне перестреляла? И эшелон блатных на волю выпустила. Согласен, ради спасения власти советской. Но кто сказал, что власть благодарностью платит за служение ей? Запомни до смерти — власть всегда неблагодарна. Ты услугу власти оказала. Но чего стоит услуга, которая уже оказана? Она не стоит ничего. Наоборот, девочка, ты слишком много знаешь, потому опасна. Вот почему власть освобождается от тебя. Закон старый: уйди в смерть, но сломись, уходя. Я тебе подарю легкую. Я добрый. Ты меня знаешь. До свидания. Встретимся в аду. В рай нас с тобой, Жар-птица, не примут. А теперь... теперь целуй мой сапог.

ЭПИЛОГ

Открыла глаза.

Весь мир перед нею белый.

Что это?

Это белый потолок.

Пахнет госпиталем.

Ей хорошо. Так хорошо, что надо рассказать об этом всем, всем, всем. Слов не получилось. Получился вздох. Получился неясный звук. Как обрывок песни из вагонного окна.

И тихонько пошли воспоминания: парашютная секция, прыжки, сталинская дача, «Главспецремстрой», монастырь в бесконечном лесу, «Сталинский маршрут», Александровский мост, расстрелы, расстрелы, снова «Главспецремстрой» и снова расстрелы, и ее собственный расстрел. Странно. Где же это она? Голову не повернуть. Забинтована голова. А глаза могут смотреть прямо вперед — и видят потолок. А если поднять глаза выше, то виден не только потолок, но и стена, которая позади нее. Цвет? Сразу не скажешь, какой цвет. Цвет мягкий. Цвет усыпляющий. И радостный. Вправо — тоже стена. Тоже радостного цвета. Влево — цветы. Много цветов.

Гладиолусы. Всех цветов сразу. Где ранней весной в Москве можно достать гладиолусы? В оранжереях цветочного хозяйства Кремля. А если вниз глаза опустить, то видна белая простыня. Простыню не только видно. Ее можно ощутить на запах и на вкус. Простыня чуть хрустит от прикосновения губ, а пахнет морем. Чуть пахнет горячим утюгом. Но запах утюга не победил запаха моря.

Если дальше смотреть — видно одеяло верблюжьей шерсти. Узор затейливый. Цвета яркие. Дальше — спинка кровати.

Больше смотреть нет сил. Лучше закрыть глаза. Хочется пить. Спокойно и тихо произнесла: «пить». Может, не произнесла, а только губами слово обозначила. Но поняли ее.

Губ коснулась трубочка. Ей всего один глоток. Вода невыразимого вкуса. Как на сталинской даче. Глаза закрыты, но она уже не спит. Она снова видит сосновые корни в белом песке расстрельной ямы. Она помнит запах. Запах ямы. Запах теплых трупов. Почему тут нет запаха теплых трупов? Почему тут другие запахи? Как лисенок в непонятной ситуации, она тревожно принюхалась. Где же это? Открыла глаза. Потолок. Уже знакомый. Теперь — глаза вверх, вроде как запрокинув голову назад. Там должна быть стена. Правильно, стена. И вправо должна быть стена. Так оно и есть. А слева — цветы. Именно так — слева цветы. Глаза вниз — простыня, одеяло, спинка кровати. Рядом — лицо милосердной сестры. И стакан с трубочкой. Коммунисты обозвали сестру милосердия медицинской сестрой. Какая пошлость: медицинская сестра. А ведь как нежно звучало раньше: сестра милосердия. И почему Настя не стала сестрой милосердия? Как красиво: серое длинное платье, белый передник и большой красный крест на груди. И раненый в бою ротмистр лейб-гвардии Кирасирского полка... Ранен в голову... Настя осторожно бинтует голову... Вообще-то у нее самой голова почему-то забинтована. Это не кирасирский ротмистр, а она сама лежит в постели. Это над нею склонилась сестра милосердия и улыбается чуть заметной улыбкой. Улыбается и уходит, тихо затворив дверь. У двери — кресло на колесиках. В кресле — Холованов. В больничной пижаме. Интересное сочетание: Дракон в пижаме. Нога в гипсе. У Дракона поломалась нога. Дракон на поломанной ноге. Меньше по лесам гулять надо, товарищ Дракон, тогда нога не поломается.

У кресла — два костыля. Дракон улыбается.

— Здравствуй, Жар-птица.

— Здравствуй, Дракон, — шепнула совсем тихо.

— Как ты спала?

Она только закрыла глаза, показывая, что спала хорошо.

— Это я тебя расстреливал. Ты мне ногу поломала, а стрелять тебя все равно надо. Никому из своих ребят я этого не доверил: надо было так возле твоего виска стрельнуть, чтоб полное впечатление расстрела было, но чтоб слуховые нервы тебе не повредить. Тебя над ямой согнули, а меня ребята подхватили на руки, поднесли, я и стрельнул. Ты сознание потеряла. И в яму кувыркнулась. Так почти со всеми бывает, кому туфтовый расстрел устраивают. Благо не высоко падать и мягко в яме. Профессора Перзеева мы в кустах держали. Он тебя сразу усыпил. И потом тебя кололи. Чтобы все плохое ушло во сне. Ты долго спала. Много дней. Мы все боялись, что твоя странная болезнь вернется. С обострением чувств. Не вернулась.

Она слабо улыбнулась.   **345**

— Хорошо ты меня, Жар-птица, за ногу. Теперь я как зайчик буду прыгать по коридорам. Не знаю, когда снова к летной работе допустят. Там, на расстреле, все боялся, что от боли не смогу стрельнуть правильно. Уже тут, в госпитале, ты спала, а профессор Перзеев камертончиками возле твоих ушей все звенел. Проверял, реагируешь ли. Успокоил: реагируешь. Ты же хорошо меня слышишь?

Она закрыла глаза и открыла их: хорошо слышу.

— У тебя, Жар-птица, вся жизнь впереди такая — ты контролируешь, и тебя контролируют. В производственном процессе, так сказать. Но серия интенсивных проверок завершена. Теперь тебя будут проверять редко и без драматических эффектов. От случая к случаю. Основной контроль ты прошла. Только на практической работе можно проверить человека. Мы проверили тебя в настоящем деле. Результаты обнадеживающие. Ты умеешь работать сама, ты умеешь анализировать, умеешь принимать правильные решения и выполнять их, ты не боишься крови и смерти. Ты не стала целовать сапог... Это всем понравилось. До тебя только одна девочка дошла до этой стадии проверки. До расстрела. Она тоже не целовала сапог. Правда, и не кусалась. Она не выдержала самое последнее испытание: я выстрелил у виска, а она умерла. Разрыв сердца. Такие нам не подходят. Твое сердце выдержало. Такие нам нужны в контроле. Ты нам подходишь, девочка. У нас с тобой впереди много работы. Контроль — дело бесконечное. А сейчас закрой глаза. И забудь все плохое. Счастье — это умение забывать плохое. Пусть тебе снятся счастливые сны.

Хорошо Насте. Понимает, что, может быть, серия интенсивных проверок завершена, она спасена, просто проснулась на несколько сладких мгновений в **346** роскошной палате кремлевского госпиталя, увидела рядом своего Дракона, успокоилась и снова засыпает. А завтра она проснется...

Но...

Но, может быть, все завершилось совсем по-иному. Может быть, вся наша жизнь — это просто серия интенсивных проверок. Может быть, ставят всех на контроль и проверяют, чего каждый из нас и все мы вместе стоим. Проверяют всегда. От самого первого крика до самого последнего вздоха. И может быть, для Насти серия интенсивных проверок, именуемая жизнью, завершена. Может быть, палата кремлевского госпиталя, цветы, сестра милосердия, Дракон в пижаме — все это только привиделось в тот самый момент, когда пуля пробила ее голову. Знающие люди говорили, что убиваемый мозг работает совсем не так, как тот, который остается жить. Может быть, по приказу товарища Сталина спецкурьер Центрального Комитета ВКП(б) Стрелецкая Анастасия Андреевна, агентурный псевдоним Жар-птица, исполнена без приговора 12 марта 1939 года на спецучастке особой группы контроля, исполнитель — Дракон. Может быть, в самое последнее мгновенье мимолетным сном ясно и четко увидела Жар-птица себя спасенной и Дракона рядом. Может быть, она его увидела добрым просто потому, что всегда хотела таким видеть.

Радостно ей. И совсем не страшно. Ей не хочется знать, умирает она в куче теплых трупов или просто засыпает среди друзей и цветов. Ей совсем неинтересно, убита она по приказу товарища Сталина или спасена по приказу товарища Сталина. Где Холованов? Его все звали Драконом. И она его так звала. А ведь его зовут Александром. Сашей. Сашенькой. Где он? Может, сейчас он за ее спиной? Может, извлек магазин из пистолетной рукояти, рванул затвор, поднял сектор предохранителя и прячет **347** свой пропахший пороховой гарью «Лахти» в кобуру? Или, может быть, этот большой, сильный человек рядом, может, он у ее кровати? Может быть, Настя засыпает в блаженстве, а ласковый Дракон поправил одеяло и, приложив палец к губам, остановил на пороге толстого профессора в белом: «Тише, товарищ Перзеев, не разбудите, только уснула».

Интересно Насте, проснется ли она еще раз? И если проснется, то где? С другой стороны, зачем ей это знать? Разве не все равно? Все равно. Ей просто хочется все забыть. Ее неудержимо влечет в сказочную страну, в бесконечный скользящий полет.

Где-то далеко-далеко в волшебном лесу над игривым ручьем — скала. Хрустальный замок на скале, а на самой высокой башне — суровый седой старик. Настя знает его. Это Севастьян. Севастьян-медвежатник. Только он уже не медвежатник. Только он уже не расписан синими картинками. Только он уже бесконечно стар и бесконечно молод. Ветер треплет его длинную лохматую бороду, белую, как потолок палаты кремлевского госпиталя. Сверкнул луч солнца позади, и показалось Насте, что голова его — в золотом сиянии. Вознес он руку над головой и кричит то, что надлежит помнить каждому. Слышит Настя его слова и помнит их.

Над заколдованным лесом, над серебряным озером, над цветами, каких не бывает, гремит его голос:

«Люби! Трижды тебе говорю! Люби!»

И хочется Насте улыбаться, но так, чтобы никто не догадался, как она счастлива. И хочется высказать заветное, но так, чтобы никто не узнал ее тайну. И улыбается Настя совсем незаметно, самым краешком губ, и шепчет так, чтобы никто не услышал: «Люблю».

1981 — Ньюпорт, Гвент.

Издательство АСТ
представляет

самое полное собрание сочинений
Виктора Суворова

«Освободитель»
«Аквариум»
— «Ледокол»
«День М»
— «Последняя республика»
✝ «Контроль»
«Выбор»
«Очищение»

Скоро
выйдет из печати
новая книга В. Суворова
«Самоубийство»

Все эти и многие другие издания вы можете
приобрести по почте, заказав по адресу:
107140, Москва, а/я 140.

По этому же адресу издательство высылает
бесплатный каталог "Книги по почте"

ИЗДАТЕЛЬСТВО АСТ ПРЕДЛАГАЕТ

ВСЕМИРНАЯ ИСТОРИЯ В ЛИЦАХ

«Всемирная история в лицах» — это книги о тех, кто творил историю и историей стал. Великие полководцы и политики, императоры и короли — самые заметные личности с античных времен и до наших дней, от Юлия Цезаря до «вождей» коммунистического Советского Союза. В чем заключался феномен каждого из этих людей, как оказывались они у кормила власти? Кем они были — консерваторами или, наоборот, отважными реформаторами? Какой, наконец, была личная жизнь тех, кто вращал колесо истории? Обо всем этом серия «Всемирная история в лицах» рассказывает с энциклопедической точностью и полнотой, но в то же время в увлекательной и доступной форме...

Книги издательства АСТ можно заказать по адресу: **107140, Москва, а/я 140 АСТ –"Книги по почте".** Издательство высылает бесплатный каталог.

Издательская группа АСT

Издательская группа АСT, включающая в себя около **50 издательств** и редакционно-издательских объединений, предлагает вашему вниманию **более 10 000 названий книг** самых разных видов и жанров. Мы выпускаем классические произведения и книги современных авторов. В наших каталогах — интеллектуальная проза, детективы, фантастика, любовные романы, книги для детей и подростков, учебники, справочники, энциклопедии, альбомы по искусству, научно-познавательные и прикладные издания, а также широкий выбор канцтоваров.

В числе наших авторов мировые знаменитости Сидни Шелдон, Стивен Кинг, Даниэла Стил, Джудит Макнот, Бертрис Смолл, Джоанна Линдсей, Сандра Браун, создатели российских бестселлеров Борис Акунин, братья Вайнеры, Андрей Воронин, Полина Дашкова, Сергей Лукьяненко, Фридрих Незнанский, братья Стругацкие, Виктор Суворов, Виктория Токарева, Эдуард Тополь, Владимир Шитов, Марина Юденич, а также любимые детские писатели Самуил Маршак, Сергей Михалков, Григорий Остер, Владимир Сутеев, Корней Чуковский.

Книги издательской группы АСT вы сможете заказать и получить по почте в любом уголке России. Пишите:

107140, Москва, а/я 140
ВЫСЫЛАЕТСЯ БЕСПЛАТНЫЙ КАТАЛОГ

Вы также сможете приобрести книги группы АСT по низким издательским ценам в наших **фирменных магазинах:**

В Москве:
- Звездный бульвар, д. 21, 1 этаж, тел. 232-19-05
- ул. Татарская, д. 14, тел. 959-20-95
- ул. Каретный ряд, д. 5/10, тел. 299-66-01, 299-65-84
- ул. Арбат, д. 12, тел. 291-61-01
- ул. Луганская, д. 7, тел. 322-28-22
- ул. 2-я Владимирская, д. 52/2, тел. 306-18-97, 306-18-98
- Большой Факельный пер., д. 3, тел. 911-21-07
- Волгоградский проспект, д. 132, тел. 172-18-97
- Самаркандский бульвар, д. 17, тел. 372-40-01

мелкооптовые магазины
- 3-й Автозаводский пр-д, д. 4, тел. 275-37-42
- проспект Андропова, д. 13/32, тел. 117-62-00
- ул. Плеханова, д. 22, тел. 368-10-10
- Кутузовский проспект, д. 31, тел. 240-44-54, 249-86-60

В Санкт-Петербурге:
- проспект Просвещения, д. 76, тел. (812) 591-16-81 (магазин «Книжный дом»)

Издательская группа АСT 129085, Москва, Звездный бульвар, д. 21, 7 этаж. Справки по телефону (095) 215-01-01, факс 215-51-10 E-mail: astpub@aha.ru http://www.ast.ru

Литературно-художественное издание

Суворов Виктор
Контроль
Роман

Художественный редактор О.Н. Адаскина
Компьютерный дизайн: И.А. Герцев
Технический редактор О.В. Панкрашина
Младший редактор Н.К. Чернова

Подписано в печать 27.12.00.
Формат 70x90 $^1/_{32}$. Усл. печ. л.12,76.
Тираж 10 000 экз. Заказ № 3202.

Налоговая льгота — общероссийский классификатор продукции
ОК-005-93, том 2; 953000 — книги, брошюры

Гигиеническое заключение
№ 77.99.14.953.П.12850.7.00 от 14.07.2000 г.

ООО «Издательство АСТ»
Лицензия ИД № 02694 от 30.08.2000 г.
674460, Читинская область, Агинский район,
п. Агинское, ул. Базара Ринчино, д. 84
Наши электронные адреса:
WWW.AST.RU
E-mail: astpub@aha.ru

Отпечатано на ордена Трудового Красного Знамени
ГУП Чеховский полиграфический комбинат
Министерства Российской Федерации по делам печати,
телерадиовещания и средств массовых коммуникаций
142300, г. Чехов Московской области
Тел. (272) 71-336. Факс (272) 62-536